大伴家持 自然詠の生成

古舘綾子 FURUDATE AYAKO
kasamashoin

笠間書院版

『大伴家持 自然詠の生成』目次

序

旅にして物恋しきに山下の赤のそほ船沖を漕ぐ見ゆ
ぬばたまの夜のふけゆけば久木生ふる清き河原に千鳥しば鳴く
うらうらに照れる春日にひばり上がり心悲しもひとりし思へば

いずれも、『万葉集』所収の短歌である。そして、万葉集研究に携わる者には、これらの歌の作者、作歌事情は自明のことと思われる。それだけ研究対象として数多く取りあげられ、また高い評価を与えられてきた歌々である。

しかし、そのような状況にもかかわらず、我々はまだこの歌を読めてはいない。もっと正確に言えば、「読めていないのではないか」という疑いを常に抱かされている。

その原因は、これらの歌が描く自然物象にある。「山下の赤のそほ船沖を漕ぐ」「ぬばたまの夜のふけゆけば久木生ふる清き河原に千鳥しば鳴く」「うらうらに照れる春日にひばり上がり」といった物象が、歌の中でどのような意味を担っているのか、我々には分からないのだ。

ここで「分からない」というのは、もちろん「古代の文脈の中で」という条件においてである。現代の感覚でならば、一首目は旅愁を、三首目はうららかな春の日に独り物思う悲しみを、そして二首目は景情一致の境地を詠んだものと理解することは可能であり、そのような読みにも十分耐えうる表現を持っている。むしろ、この歌々が今日まで愛されてきたのは、こうした近代的な読みをも可能とする懐の深さゆえであった。

ここ何十年かにおける万葉集研究は、万葉集を近代的な読みから解放することに全力を傾けてきたように思う。まず、こうした近代的・主観的な読みへの反発として、歴史的・民俗学的な方向から、より客観的な読みが目指された。しかし、自らもそうした読みに関わりながら、その方法に訣別し、あらたな地平を開いたのは西郷信綱氏である。氏は、自身の初期の研究に対し、次のように述べている。

> 万葉集がもっぱら近代主義的によまれているのを修正し、それをその作られた当時の歴史的文脈のなかでとらえ直し、万葉の作者が、子規や茂吉など近代の歌よみといかにちがった質をもっているか、を明らかにしたい下ごころで以て臨んだ。そして自然と人間との原始的融即状態や、古い魔術体系が解体をとげ、分化してゆく、そのなかから、万葉集、とくに人麿において、いかに文学意識がはじめて自覚されてくるかを説こうとしたのである。狙いはそう悪くなかったにしても、しかし私は、「芸術や文学が人間の自我意識を前提としてそれを主体として営まれる」ものであるという近代的な概念にのみ立脚してそれを説こうとしたため、論理は空中に円形を描いて墜落せざるをえなかった。せいぜい、最初にいった近代主義的なよみかたに対抗するのに、作品の作られた時代条件のちがいを強調するにとどまり、作品の新しいよみ直しには進めなかった。当時としては、人類学や民族学をも大いに活用し、発想にやや新しみがあったにせよ、作品そのもののよみとなると、子規以来、茂吉以来のそれをいくらも出てい

なかった。(『詩の発生』)

主観的な読みに対抗するために持ち出したはずの新しい読みの試みが、その前者と何ら変わらぬところへ着地してしまった、という氏の言葉は重い。古代の万葉集、あるいは文学というものを捉えるとき、そこには客観・主観という対立を超越した方法が必要だということであろう。そこで氏は、文学の発生を古代のものとして論じるための「言語による造型」「形」そのものから見出される理論を探し始める。

「古代の文学を古代のものとして見る」という氏の提言は、現在では研究の前提として当然のあり方とされている。歌の論理としても、表現論・様式論・発生論と呼ばれるような方法が、新しい読みを可能にし、これまで我々が理解できなかった歌が次々に説明され、新しい解釈も生まれていった。

だが、こうした中で、反対に「古代幻想」とでも言えるようなものが、大きく膨らみすぎてきたようにも思う。我々の現代社会とはほど遠く、呪的な古代の姿。それはもちろん一面の真実ではあるだろう。しかし、古代のものとして万葉集を捉えるということは、その方法を突き詰めれば突き詰めるほど、万葉集が「読めなく」なるという矛盾を抱えている。結局は今までとは違う、新しい恣意的な読みを「古代的」と銘打って次々に貼り付けていく作業をしているだけなのではないか。そんな空しさにも襲われるのである。

冒頭に挙げた歌々は、こうした研究史の中で、取り残されてきたものたちであったと思う。これらの歌はその物象部分の持つ喩を探ろうにも用例が少なく、古代的喩をそこに見出すことが難しい。そして、そのような歌を「読む」すべを、我々はまだ持たないのである。

分からなかった歌は分かるようになったが、「分かってしまう歌」を古代のものとしてつかみ出す方法を、我々はまだ手に入れていない。このような歌にとって、近代的な読みも古代的な読みもそう変わりはない。

研究論文の数だけ新しい解釈がべたべたと貼りつけられていくだけである。他の研究者の共感を最も多く得た解釈が最も正しい読みとして認識されるにすぎない。こうした、我々に「分かってしまう歌」を、「分かってしまう」ことをも大切に抱えながら、なおかつ古代のものとして掬いあげるような方法はないのだろうか。

万葉第四期の家持歌にはこうした歌が非常に多い。つまり、我々に「分かってしまう歌」である。大伴家持が万葉集編纂に大きく関わっていることはすでに疑うべくもないが、そうした重要な人物の歌を詠む方法が確立されていないという事実を重く受け止めるべきである。「読めてしまう」家持歌と「読めない」家持歌の間を縫い、これらの歌の依って立つところを明らかにする方法はないのだろうか。

そこで、本書では「読めない歌」を読むことを諦めた。そしてその代わりに、なぜそのような表現が表れてくるのかを探ることに終始することにした。「読めない」表現を強引に我がものとせず、家持が「そう詠んでいる」という事実だけを受け止めるようにした。そして、家持が自らを取り巻く歌のことばの中で、歌の表現によってどこへ連れて行かれようとしているのかを、あくまで歌に即して追ってみようとした。そのような読みの中から、家持歌の持つ抒情性の本質のようなものに触れられるのではないかという思いがあったからである。

もちろん、「なぜそのような表現が表れてくるのか」という問いを立てることが可能なのは、それが家持歌だからである。家持の歌はまず数が多い。そして、それらの歌は実際に家持自身によって作られ、題詞・左注も彼の手でつけられたと考えられる。よって、家持の自然詠全般を眺めていくことにより、家持が自然物象と自らの心との関係をどのように捉えていたのかということが、かろうじて見出せるかもしれないのである。家持が中国文学やそこで展開される詩学に深く触れ、「作歌」という行為について考える機会を手に入れていたらしいことも、分析の助けとなるだろう。

時代を越えて我々の胸に迫る家持の歌、その、古代の表現の中に突出しているかのように見える自然詠の抒情性を、あくまで、家持自身の歌と、歌をめぐる言説からあぶり出すことが本書の目指すところである。

〔使用テキスト一覧〕

古事記　小学館新編日本古典文学全集
日本書紀　小学館新編日本古典文学全集
風土記　小学館新編日本古典文学全集
万葉集　小学館新編日本古典文学全集
日本霊異記　小学館新編日本古典文学全集
古今和歌集　小学館新編日本古典文学全集
伊勢物語　小学館新編日本古典文学全集
枕草子　小学館新編日本古典文学全集
拾遺和歌集　岩波新日本古典文学大系
詩経　新釈漢文大系
礼記　新釈漢文大系
書経　新釈漢文大系
文心雕龍　新釈漢文大系
詩品　東海大学古典叢書『鍾嶸詩品』
文選　新釈漢文大系

〔諸注釈略号〕

『代匠記』　『万葉集代匠記』契沖
『攷証』　『万葉集攷証』岸本由豆流
『古義』　『万葉集古義』鹿持雅澄
『新考』　『万葉集新考』井上通泰
『全釈』　『万葉集全釈』鴻巣盛広
『金子評釈』　『万葉集評釈』金子元臣
『窪田評釋』　『万葉集評釋』窪田空穂
『武田全註釋』　『万葉集全註釋』武田祐吉
『佐々木評釈』　『評釈万葉集』佐々木信綱
『土屋私注』　『万葉集私注』土屋文明
『大系』　日本古典文学大系本『万葉集』
『澤瀉注釋』　『万葉集注釋』澤瀉久孝
『全注』　『万葉集全注』
『新全集』　新日本古典文学全集本『万葉集』
『伊藤釋注』　『萬葉集釋注』伊藤博

Ⅰ　万葉集儀礼歌と自然

――家持自然詠を導くもの

第一章　「見れど飽かぬ」と詠む主体
――宮廷歌人と自然詠

一　序

景と心。歌におけるこの二者の関係は、歌を支える表現形式や発想、歌における抒情の成立といった根本的な問いと関わりながら、常に和歌研究の中心に据えられてきた。

かつて、歌における景と心の間に、「事物現象を表す言葉と心情を表す言葉がたがいに反応しあうことによって、歌中の〈心〉〈物〉のいずれの言葉をも超えて新たなイメージを構築しうる」ような〈心物対応構造〉というしくみを見出したのは鈴木日出男氏である。(1) 氏は、共同性の側にある、それ自体は没個我的な〈心〉と〈物〉が、非類同的に組み合わされることにより、個別の心情が表出されつつ同時に普遍化されるという、歌独自の構造を明らかにした。これは古代和歌のみならず、広く和歌表現に普遍的な特徴を的確に捉えたものである。

しかし、こうした〈心〉と〈物〉の対応では説明しきれない歌は、万葉集にも多く存在する。後期万葉における大伴家持の歌はその典型であろう。家持歌では〈心〉は〈物〉を見出すための前提として存在しているように見え、〈心物対応構造〉の仕組みがうまく機能していないように感じることもしばしばである。

また、土橋寛氏はその古代歌謡の研究を基に、寿歌である国讃め歌を、景を叙する歌、つまり「叙景歌」の源流と捉えた。国讃めを目的に呪的信仰によって列挙される景物が、呪的信仰の後退とともに具体的に描写され、徐々に讃歌的性格を脱することで、自然そのものをうたう歌が作られるようになるという。[2]

ちなみに、土橋氏は単に景を詠むだけでなく、自然を自然として見る純粋な自然観照の歌を叙景歌としているが、どれほど純粋に景のみを捉えようとしても、そこにはその景を見出すこちら側の見方が関わってしまう。たとえ表面的にうたわれていないとしても、常に対象を見出すこちら側の見方を、歌は内在させているのである。むしろ、叙景歌とは、対象である自然物象と歌の作り手の間に生じた関係性を示した歌であると見るべきではないか。そのような視点で考察することにより、土橋氏の言う「呪的信仰の後退」が具体的にはどのような出来事だったのか、そこで何が見えなくなり何が見えるようになったのか、という答えにも近づけるものと思われる。

よって本書では、歌に表れる自然物象の「見方」「見え方」にこだわり、その根底にある歌の作り手（＝心）と自然物象（＝物・景）との関係を考えることで、家持自然詠の生成の過程を明らかにしていきたいと思う。

ここで問題になるのは、我々が強い関心を寄せる自然と心の関係が、古代人にとってもまた自覚されたものだったのかということである。少し時代が下る古今和歌集では、仮名序や真名序によって歌論と言い得る内容が展開され、物と心の関係が語られることは周知の通りである。また、家持や池主にも、自然物象と心の関係に触れた題詞や左注が見られるようになる。

しかし、後期万葉を俟たずして、すでにそうした問題に自覚的であることを求められていた人々がいたのではないか。それは、研究史上「宮廷歌人」と呼ばれてきた、宮廷儀礼歌の作者たちである。

「見る」ということばが現代とは異なる深みを抱えていた古代において、第三者的立場から天皇の治める（見る）自然を描くという事情は、案外に複雑であったはずだ。[3] 天皇の見る自然をより好ましく描くには、どこからどのように、そしていかなる対象として自然を捉えたらよいのか。そこには細心の注意がはらわれたはずである。

天皇の見る力は超越したものでなくてはならないから、第三者の立場にある自分からは到底同じものは見えない。まずはそうした制限が敷かれたところから作歌がはじまる。しかし、その一方で、そこがいかにすばらしい地であるかを表現することも、また求められるのである。つまり、宮廷儀礼歌においては、天皇と土地の関係をどう表現し、さらにその関係を歌の作り手の側からどう捉えるかという、見る者と見られる者（物）との関係が常に意識されていたはずなのだ。

したがって、後期万葉で不意に現れたかのように見える歌論的言説にも、宮廷儀礼歌が与えた影響を考えるべきである。作歌年代からしてもその歌風からしても万葉集中最も新しい家持の自然詠であるが、その表現を支えていたのは、宮廷歌人たちが行幸従駕歌で培った物の見方である可能性が高いのだ。

もちろん、「山柿の門」(4)を引き合いに出すまでもなく、家持が柿本人麻呂・山部赤人ら宮廷歌人の歌から多くを学んでいたことは明らかである。しかし、単に歌のことばを学ぶ、題材を学ぶといったことを超え、自然を捉える方法、自然に向き合う論理といった、もう少し根本的な部分において、家持は彼らの歌を踏襲していたのではないか。

家持の自然詠では、詠み手が自然そのものに対して「恋」や「思ひ」を抱くという、万葉集中では特異な用例が数多く見られる。そして、この特徴を家持個人の自然への偏愛や、漢文学への傾倒によって説明する論は多い。しかし本書では、そこに宮廷歌人的自然把握とでも言うべき自然描写の型が大きく関わっていたことを明らかにしていきたいのである。

以上のような観点から、本書第I部では人麻呂や赤人といった、いわゆる宮廷歌人らの歌における自然物象の捉えられ方、描かれ方を分析することから始めたい。

また、行幸従駕歌の自然を扱う論考では国見歌の様式とされる「見れば～見ゆ」が安易に持ち込まれることが多いが、本書ではそれぞれの歌が「見れば～見ゆ」という国見歌の様式とどのように切り結ぶことで独自の自然詠を作り上げているかを、なるべくひとつひとつの歌に即して明らかにしていきたいと思う。

二　国見と天皇

万葉集には、天皇自らが「望国《くにみ》（国見）」して詠んだと記される長歌がある。

　天皇、香具山に登りて望国したまふ時の御製歌

大和には　群山あれど　とりよろふ　天の香具山　登り立ち　国見をすれば　国原は　煙立ち立つ　海原は　かまめ立ち立つ　うまし国そ　あきづ島　大和の国は（①二）

当歌は「高市岡本宮御宇天皇代」という標題のもとに収められており、題詞の「天皇」は舒明天皇と考えられる。題詞に対応し、歌中にも「国見をすれば」とあり、天皇の「国見」を天皇自らが詠んだ歌と捉えることに表現上問題はない。しかし、この歌が舒明の実作であるかどうか、つまり、天皇という立場に立つ者が詠んだ歌であったかということには疑問が残る。なぜなら、万葉集中には天皇が自らの「国見」行為を詠む歌が他に見られないからである。

もちろん、舒明国見歌と似た構造を持つ歌は数多く残されている。ただし、それらはいずれも、いわゆる宮廷歌人の作であることが題詞・左注によって明示されている。また、記紀や風土記に天皇が国を見るという記事はあるが、天皇を主体とした「国見（望国）儀礼」が存在したか否かは明らかではない。

しかし、そのような歴史的事実は別として、『万葉集』という集がこの二番歌を、天皇自らの「望国（国見）」という行為に伴う歌として位置づけていることは動かない。そしてその歌が、後続の歌のあり方を規定するであろう、二番歌という比較的重要な場所に組み込まれていることもまた示唆的である。

「天皇が国を見る」という行為が表現されるとき、その行為には、為政者が統治する土地を眺め掌握するとい

う政治的意味合いが強く含まれていたことは言うまでもない。古事記の記事からは、治める土地を眺める「望国(国見)」という行為が、天皇と神との間に結ばれる命がけの交渉であった(あるいはそのように想定されていた)ことが垣間見られる。

故、天皇、筑紫の国の訶志比宮に坐して、熊曾の国を撃たむとせし時に、天皇、御琴を控きて、建内宿禰大臣、さ庭に居て、神の命を請ひき。是に、大后の帰せたる神、言教へ覚して詔ひしく、「西の方に国有り。金・銀を本と為て、目の炎耀く、種々の珍しき宝、多た其の国に在り。吾、今其の国を帰せ賜はむ」とのりたまひき。爾くして、天皇の答へて白さく、「高き地に登りて西の方を見れば、国土見えずして、唯に大き海のみ有り」とまをして、詐を為る神と謂ひて、御琴を押し退け、控かずして、黙し坐しき。爾くして、其の神、大きに忿りて詔ひしく、「凡そ、茲の天の下は、汝が知るべき国に非ず。汝は、一道に向へ」とのりたまひき。是に、建内宿禰大臣が白ししく、「恐し。我が天皇、猶其の大御琴をあそばせ」とまをしき。爾くして、稍く其の御琴を取り依せて、なまなまに控きて坐しき。故、未だ幾久もあらずして、御琴の音聞えず。即ち火を挙げて見れば、既に崩りまし訖りぬ。(仲哀記)

仲哀天皇が熊曾を討つに当たり、神の託宣を聞く神事が行われている。その最中、天皇は神が示した国を「見えず」とし、神寄せのためと思われる琴を弾く手もおろそかになる。天皇はついに神を信じず、「詐を為る神」と言い放ち、琴を置く。その結果、天皇は死に至るのである。

話の流れからは、「詐を為る神」という言葉が神の怒りに触れ、天皇に死がもたらされたようにも読める。しかし、むしろここでは、天皇でありながら国を見ることができなかったことこそが問題なのである。「国土見えずして、唯に大き海のみ有り」と、己の「見る力」の未熟さを不用意に露呈させることは、統治者(＝天皇)としての能力の欠落を示すことに他ならない。仲哀天皇は、「見る」神事の失敗によって命を落としたと考えられるのだ。

この後、残された建内宿禰大臣が重ねて神託を得ることで、その託宣が天照大神の神意によるものであること、託宣の主が底箇男・中箇男・上箇男の三神であることが明らかとなる。そして、その託宣により、仲哀が「見えず」と言った土地が皇后が身ごもる皇子が治めるべき土地であること、その土地を手に入れる方法などが詳細に伝えられていく。

しかし、建内宿禰大臣や皇后である息長帯日売命は、天皇や皇子の代わりに彼の土地を「見る」ことはない。特に、息長帯日売命は皇子を身ごもったまま新羅・百済を服せしめるが、その際にも「見る」行為は一切描かれることがないのである。こうした仲哀記の話には、治める土地を見るということが天皇の特権的行為であり、それゆえ、国見が天皇としての身体維持とも関わる重要な行為として捉えられていたことをあらためて確認することができる。

さて、仲哀天皇には見えなかった西の土地（新羅・百済）の統治者として、あらたに神に名指された皇子（応神天皇）には、その「見る力」を顕示する歌謡が残されている。

一時に、天皇、近淡海国に越え幸しし時に、宇遅野の上に御立ちして、葛野を望みて、歌ひて曰はく、

千葉の　葛野を見れば　百千足る　家庭も見ゆ　国の秀も見ゆ（応神記　四一）

応神天皇が自ら葛野を見ると、「百千足る家庭・国の秀」という好ましいものがそこに見えたという。この応神の持つ「見る力」は、「見えず」と言うことで死を招いた父仲哀とは好対照をなす。また、応神の次の世代の仁徳記でも、引き続き「見る力」に関わる叙述が見られる。

是に、天皇、高き山に登りて、四方の国を見て、詔ひしく、「国の中に、烟、発たず、国、皆貧窮し。故、今より三年に至るまで、悉く人民の課役を除け」とのりたまひき。是を以て、大殿、破れ壊れて、悉く雨漏

れども、都て修理ふこと勿し。椷を以て、其の漏る雨を受けて、漏らぬ処に遷り避りき。後に国の中を見るに、国に烟満ちき。故、人民富めりと為ひて、今は課役を科せき。是を以て、百姓は、栄えて、役使に苦しびず。故、其の御世を称へて、聖帝の世と謂ふぞ。（仁徳記）

是に、天皇、其の黒日売に恋ひて、大后を欺きて曰はく、「淡道島を見むと欲ふ」といひて、行幸しし時に、淡道島に坐して、遥かに望みて、歌ひて曰はく、

押し照るや　難波の崎よ　出で立ちて　我が国見れば　淡島　淤能碁呂島　檳榔の　島も見ゆ　離つ島見ゆ（仁徳記　五三）

一つ目は、仁徳が聖帝と呼ばれた所以が語られたものである。ここでも、統治者である天皇自らが国を見ることで、その後の繁栄がもたらされる。二つ目は黒日売を追っていく場面に差し挟まれたもので、「我が国」を見るとそこに「淡島・淤能碁呂島・檳榔の島・離つ島」が見えたという。

仲哀によって一度断たれた「見る力」が続く二代にわたって繰り返し示されることは興味深い。このような古事記の叙述には、天皇という立場と「見る力」の結びつきに関心を払わないではいられない記述者のまなざしを見て取ることができる。

そして、このような関係は、天武御製とされる次の歌にも認めることができよう。

よき人のよしとよく見てよしと言ひし吉野よく見よよき人よく見（①二七）

はじめの「よき人」に当てられている「淑人」は、『詩経』「鳲鳩」などの「淑人君子」を出典とすることが指摘されている。[5]「淑人」は中国における理想的君主であるため、「よき人」はすなわち天皇の意と考えられる。よって、この歌では、天皇が吉野を「見る」ことだけがひたすら繰り返されているのである。天皇が「吉野」の地を見て「ヨシ」と言うのは、吉野の地からその属性、本質である（よって名でもある）「ヨシ」という状態を正

しく感受したからである。つまり、対象である吉野の本質を余すことなく受け止めたことを示している。天皇の「見る」力は、万葉歌においてもこのように誇示されていたのである。

三　万葉集の「国見」

さて、古代における、天皇が「見る」ことの重要性を考えたとき、万葉集に残る天皇御製国見歌が舒明のもの一首だけであることには疑問を感じざるを得ない。あれだけ頻繁に吉野離宮へ行幸した持統天皇にさえ、天皇自らが詠んだ国見歌は見られないのである。もちろん、「国見」ということば自体を万葉集中に探すことはできる。しかし、その場合は、天皇や皇子以外の者の行為として詠まれるか、あるいは天皇や皇子の「国見」行為を第三者の立場から詠んだものとなっている。

「第三者の立場から詠んだ」と言えるのは、それらの歌の中で「国見」が「国見乎為勢婆〈くにみをせせば〉（①三八）」、「国見所遊〈くにみあそばし〉（⑬三二三四）」「国看之勢志氐〈くにみしせして〉（⑲四二五四）」と、詠み手からの敬意とともに示されているためである。これに対し、国見の主体が天皇や皇子ではない場合は「国見為〈くにみする〉（③三八二）」「国見毛将為〈くにみもせむ〉（⑩一九七一）」「国見者〈くにみれば〉（⑬三二三四）」とあり、敬語が用いられない。ここから、これらの歌において国見をする視点が、詠み手自身のものでないことはもちろん、詠み手が天皇になりかわって天皇の視点で詠んでいるのでもないことが分かる。

さて、天皇の国見を第三者の立場から詠んだ代表的なものに、人麻呂の吉野讃歌がある。この歌には、舒明国見歌における「うたう（みる）天皇」から、「うたわれる（みられる）天皇」への転換があるといわれる。[6]

やすみしし　我が大君　神ながら　神さびせすと　吉野川　激つ河内に　高殿を　高知りまして　登り立ち
国見をせせば　たたなはる　青垣山　やまつみの　奉る御調と　春へには　花かざし持ち　秋立てば　黄葉

かざせり〔一に云ふ、「もみち葉かざし」〕　行き沿ふ　川の神も　大御食に　仕へ奉ると　上つ瀬に　鵜川を立ち　下つ瀬に　小網刺し渡す　山川も　依りて仕ふる　神の御代かも（①三八）

反歌

山川も依りて仕ふる神ながら激つ河内に船出せすかも（①三九）

二歌群ある人麻呂吉野讃歌のうち、二つ目の歌群である。「我が大君〜国見をせせば」から、当歌で国見をする主体は詠み手によって敬意を払われる人物、つまりここでは天皇となることはすでに述べた。ここにも仲哀記につながるような、国見を天皇の特権的行為とする意識が働いている。よって、天皇が国見の主体であるという点においては先の舒明国見歌と変わりはない。ただ、詠み手が天皇ではないことに伴い、物象描写の方法が大きく異なっていると思われる。

舒明国見歌では、「国原は煙立ち立つ海原はかまめ立ち立つ」と、見えた物象がそのまま詠み込まれたかのような表現があったのに対し、人麻呂吉野讃歌では、「春の花」や「秋の紅葉」といった物象に、「やまつみの奉る御調」という「意味」が与えられている。天皇が見た物象そのままではなく、それを説明する言説が差し挟まれているということになる。(7)

これがもし、「柿本人麻呂」という宮廷歌人ではなく、持統「天皇」自身によって作られたものであったなら、「やまつみ」や「川の神」が現れる必要はなかったのではないか。先に挙げた古事記の記事を参考にすれば、その場合、天皇は歌の詠み手である以上に、神事を執り行う主体である。仲哀記では、神に与えられる土地が見えるかどうかという「見る力」の有無が、天皇の身体維持にまで関わる問題として扱われていた。神事の担い手である天皇にとって最も重要なのは、統治者として土地を治める力、つまり土地を「見る」力を持っているかどうかである。よって、見える物象の意味化や説明に主眼を置く人麻呂吉野讃歌の叙述は、天皇御製歌には必要なかったと思われるのだ。国が「見える」か否かを巡る緊迫した交渉（＝神事）を描いた仲哀記と、人麻呂吉野讃歌の間には、大きな径庭があると言わねばならないだろう。

ここで確認しておくべきは、国見儀礼と国見歌の違いである。仮に国見の儀礼が天皇によって執り行われていたとすれば、そこには仲哀記のような神事の当事者としての天皇がいたはずだ。しかし、万葉集の国見歌、またはそれに準ずる歌々の詠み手は、神事の担い手である天皇ではない。少なくとも、天皇自身によって詠まれたと記される舒明国見歌以外では、国見行為と国見歌を同じレベルで考えることはできない。それはたとえば、実際に行われる旅の習俗と、それが歌に詠まれることではレベルが異なることに等しい。

別れなばうら悲しけむ我が衣下にを着ませ直に逢ふまでに（⑮三五八四）

我妹子が下にも着よと贈りたる衣の紐を我解かめやも（⑮三五八五）

無事の再会を果たすため、旅中、相手の結んだ紐を解かないという旅の習俗が詠み込まれた歌である。旅の習俗を歌に詠み込むことには、再会を実現させようという意図が認められる。しかし、実際に紐を解かないことと、それを詠み込む歌を作ることが、重なりつつずれることもまた然りである。両者をあまり遠ざけてもならないが、あまりに近づけすぎるのも危険であろう。

このような、実際の神事・習俗とそれらを歌に詠むことの違いを踏まえた上で、もう一度舒明国見歌に立ち戻ってみたい。あらためて眺めてみると、この歌も純粋に物象のみを詠んでいるわけではないことに気づく。「煙立ち立つ」「かまめ立ち立つ」という物象は、それ自体が土地の繁栄という意味合いを持っていることが指摘されており、(8)また、それを受ける「うまし国そ」も、物象に「うまし」という判断、説明を加えていると言える。(9)また、応神記の歌謡でも、「百千足る家庭」「国の秀」という描写の「百千足る」「秀」に、国を讃める意味合いがすでに含まれているとも考えられる。(10)その中で、最も純粋に見えたものだけを並べていると言えるのは、仁徳記の「淡島淤能碁呂島檳榔の島も見ゆ離つ島見ゆ」という島を列挙した歌謡であろう。

　舒明国見歌や人麻呂吉野讃歌は、その根源にこれら記紀歌謡に見られる「見れば〜見ゆ」の様式を抱えていることが指摘される。これらの歌が「国見的」とされる所以である。しかし、万葉集では、天皇自らが詠んだとある舒明天皇国見歌にさえ、「見れば〜見ゆ」というかたちそのものは現れない。これはいったいなぜなのか。

　その理由を歌謡の時代から万葉の時代に下ったことによる「見る」ことの変化として捉えることも可能である。つまり、「見る」の意味合いが受動的行為から能動的行為に移行し、呪術的な「見る」がその呪性を失って現代的「見る」に近づいた結果、「見れば〜見ゆ」とは詠めなくなったという考え方である。[11]しかし、「見れば〜見ゆ」という対応が万葉集にもまだ生きていたことを考えると、そこには、それだけでは片づけられない問題があると言わざるを得ない。「見れば〜見ゆ」と、それに準じる表現を持つ歌は次の通りである。

　難波潟潮干に立ちて見渡せば淡路の島に鶴渡る見ゆ（⑦一一六〇）
　紀伊の国の雑賀の浦に出で見れば海人の灯火波の間ゆ見ゆ（⑦一一九四）
　磯に立ち沖辺を見れば海布刈り舟海人漕ぎ出らし鴨翔る見ゆ（⑦一二二七）
　我が背子を我が松原よ見渡せば海人娘子ども玉藻刈る見ゆ（⑰三八九〇）

一首目と四首目は「見渡せば〜見ゆ」で、少しかたちは異なるものの、「見れば〜見ゆ」の対応は明らかである。こうした用例が残る一方で、舒明国見歌や人麻呂吉野讃歌に「見れば〜見ゆ」が用いられなかったのはなぜなのか。舒明国見歌、人麻呂吉野讃歌にはそれぞれ「見れば」にあたる、「国見をすれば」「国見をせせば」があるのに対し、それを受ける「見ゆ」の部分がないのである。[12]
　歌謡の「見れば〜見ゆ」における見る行為とは、すでに存在する対象を見るのではなく、見ることで逆に対象が立ち顕れる（＝見ゆ）という呪術的な行為と考えられる。[13]すると、舒明国見歌や人麻呂吉野讃歌での「見ゆ」

の欠如は、歌の詠み手がそのような呪術的な見る行為を遂行する主体ではないことを示していると考えられないだろうか。また、そのような主体と詠み手の差異を隠蔽するのではなく、むしろその事実を明示するために「見ゆ」が外されたと考えることはできないか。つまり、これらの歌の詠み手は「国見儀礼」で神事を担い、呪術的「見る」行為を遂行する主体とは異なる立場に立ち、重ねて、そのような自らの立場を歌の中で明確に示そうとしていたということである。

森朝男氏は「宮廷歌人とは神に憑依されたり神に倣ったりして発語する者の位置からは一歩遠ざかっていて、むしろそういう発語者を称えるような位置にある」(14)と指摘するが、まさにそうした違いが彼ら自身の中にも明確に抱えられていたということである。

このことは、歌謡が「国見れば」であったのに対し、万葉歌が「国見をすれば（せせば）」となっている点でも説明できる。「国見れば」が、国を見るという行為が今まさに行われているかのような即時的な表現であるのに対し、「国見をすれば」は「見ることで国を統治する」ことまでを含んだ「国見儀礼」の時空全体を指している。たとえば、「花見をすれば」と「花見れば」を比較したとき、前者には大勢で花を愛でながら酒を酌み交わす「花見」という場全体、また、その場が開かれてから閉じられるまでの時間全体が含まれるのに対し、後者では花を見るその一瞬が捉えられているという違いに等しい。

よって、「国見れば」には、今まさに天皇と神のやりとりが繰り広げられようとしている臨場感、緊迫感がある。「国見れば」とはじめた場合、それが成功するか、はたまた失敗に終わるかは、未だ分からないのである。それに対し、「国見をすれば」の「国見」＋「す」という語構成は、すでに「国見」という一語の中に「見れば～見ゆ」という神事の時空全体が含み持たれている。「国見をすれば」というもの言いは、神事の成功（神の示した土地が天皇に見えること）を前提としている。よって、「国見をすれば」は、「国をお治めになると」とほぼ同意となり、ここでの「見る」は、「国見れば」の「見る」に比べ、かなり形骸化しているということになる。ただ、舒明国見歌はその物象の詠みぶりや、「望国したまふ時の歌」という、あたかも天皇主体の「国見儀礼」の場が存在したかのような題詞により、天皇に詠まれた歌を装っている。おそらく、この歌は国見歌らしい国見歌として舒明に仮託された歌だったのであろう。

四　見れど飽かぬ

では、天皇の国見歌を装う歌が、巻一・二番歌という位置に入れられたことには、いったいどのような意味があるのか。人麻呂吉野讃歌のような、第三者によって詠まれた行幸従駕歌、いわゆる国見的表現を持つ儀礼歌の源流として示すためだろうか。おそらくそうではない。

天皇の歌を装い、また実際に題詞によって「天皇」の歌として扱われる舒明国見歌に対し、人麻呂吉野讃歌は「柿本人麻呂」という臣下の名のもとに収められている。そのことは、題詞だけにとどまらず、「国見をせせば」という敬語の使用、説明的な景表現からも明らかである。人麻呂吉野讃歌は天皇の歌を装うどころか、むしろ第三者の位置から詠まれたことを随所ではっきりと示していくのである。

このことから、当時の宮廷が「柿本朝臣人麻呂」、つまり、「臣下」の歌を必要としていたことが分かる。言い換えれば、天皇自らによる国見歌は、もう必要とされていなかったのだ。その理由について今述べる準備はないが、人麻呂吉野讃歌が、臣下の視点から吉野を捉えることをその歌の中にはっきり示していることは押さえておくべきである。

このように見てくると、人麻呂吉野讃歌は、「舒明天皇国見歌を源流としていない」という結論に至る。むしろ、両者は全く異なる視点と目的を持っている。舒明天皇国見歌は天皇の側から見た世界を表現するものとして、人麻呂吉野讃歌は天皇とは異なる立場から、神と天皇の関係を説明するための歌として存在している。「天皇とは異なる立場」とは、国見儀礼における神事の当事者ではない者である。もとより、舒明国見歌も「国見れば」や「見れば～見ゆ」を用いておらず、厳密には神事の当事者・呪術者の歌でないことを露呈させている。しかし、題詞や物象の詠み込み方で、呪術者の歌を装っていることについてはすでに触れた通りである。それに対し人麻呂吉野讃歌は、はじめから非呪術者の立場に立って歌を詠むだけでなく、そのことを随所で明示しているのである。

したがって、人麻呂吉野讃歌には、歌が詠まれることで離宮が離宮として立ち現れてくるといった「見れば～見ゆ」的な力はなく、歌自身もそのことをよしとしている。この歌は、そのような力とは全く別の方向から吉野行幸を支えているのである。

それは、天皇が見ている世界（天皇と土地の神の間に結ばれている理想的関係）を、外側から説明し敷衍することであろう。「国見れば」ではなく「国見をせせば」とあることが、土地をめぐる天皇と神のやり取りの成功を前提としたものであることはすでに述べた。その関係を第三者の視点から捉え直すことが、当歌の目的だったのである。

天皇と臣下の視点をはっきりと分ける意識は、人麻呂吉野讃歌のもう一つの歌群にも同様に見ることができる。実際に歌を挙げながら、更に考察を進めていきたい。

　吉野宮に幸ませる時に、柿本朝臣人麻呂が作る歌
やすみしし　我が大君の　聞こし食す　天の下に　国はしも　さはにあれども　山川の　清き河内と　御心を　吉野の国の　花散らふ　秋津の野辺に　宮柱　太敷きませば　ももしきの　大宮人は　船並めて　朝川渡り　船競ひ　夕川渡る　この川の　絶ゆることなく　この山の　いや高知らす　みなそそく　滝のみやこ

は　見れど飽かぬかも（①三六）

　反歌

見れど飽かぬ吉野の川の常滑の絶ゆることなくまたかへり見む（①三七）

こちらの歌群には第二歌群に見られる「国見」の語はない。文脈上「国見をせせば」に相当するのは、「宮柱太敷きませば」である。ただし、第一歌群長歌では、「見れど飽かぬかも」「またかへり見む」いう、第二歌群とはまた異なった「見る」が詠み込まれている。

特に「見れど飽かぬ」は長歌反歌で二度繰り返される。大君の統治する山や川の描写に続くとき、この「見れど飽かぬ」という言葉は讃辞以外のなにものでもなく、これまでもそう捉えられてきた。しかし、「見れど」という逆接を、さらに「飽かぬ」と否定で受けるまわりくどさは、この表現を単なる讃辞として片づけることをためらわせる。諸注釈の現代語訳にあるように「見ても見ても見飽きることがない[15]」と捉えたとしても、落ち着きの悪さは否めない。

すでに、大浦誠士氏が、従来の解釈の問題点を以下のように指摘している[16]。第一点は「見れど」に繰り返しの要素を持ち込んで「何度見ても」と解釈することへの疑問である。「朝な朝な見れども君は飽くこともなし（⑪・二五〇二）」などの例を示し、このような場合繰り返しの意味を担うのは「朝な朝な」であり、「見れど」自体には繰り返しの要素はないとする。

そして第二点は「飽かぬ」を「見飽きない」と捉えることの是非についてである。「「飽く」は満足する意。ただし、打消を伴う場合には、飽きる（いやになる）の意になる。」という『全注』の説を引用し、「強弁の感を否めない」とする。そして「見れど飽かぬ」は「「見る」ことの力を以てしてもその対象の本質を十全に汲み尽くすことができないことを言う」ことによって、対象の持つ本質（聖性）の大きさを表した表現と捉えるべきだと結論づける。

この解釈の正当性は、次のような歌によっても証明される。

いさなとり 浜辺を清み うちなびき 生ふる玉藻に 朝なぎに 千重波寄せ 夕なぎに 五百重波寄す
辺つ波の いやしくしくに 月に異に 日に日に見とも 今のみに 飽き足らめやも 白波の い咲き廻れる 住吉の浜 (⑥・九三一)

難波行幸の際の車持千年作歌である。当歌は、諸注釈によって解釈に揺れが見られる。この歌の「飽き足らめやも」が文脈上どこを受けているかはっきりせず、「月に異に日に日に見とも」を受けるとする場合と「今のみに」を受けるとする場合の二通りの可能性が考えられ、その両者では「飽き足らめやも」の理解が違ってくるとされるためだ。

たとえば、『新全集』の頭注は「飽き足らめやも」が「月に異に日に日に見とも」を受けると「いやにならない」の意になるが、「今のみに」に続くと「満足しない」となり、ここでは意味が二重になっているとする。ここにも「飽く」の相反する二通りの訳（満足する／いやになる）の影響が見られる。

そこで、「月に異に～飽き足らめやも」を先程の「見れど飽かぬ」の新しい解釈で捉えてみるとどうなるか。つまり、「見るけれども、対象の本質を十全に汲み尽くすことができない」という意味を当てはめてみるのである。すると「今のみに」見ても「月に異に日に日に」見ても、「対象の本質を十全に汲み尽くすことができない」となり、どちらを受けても矛盾無く、しかも一首全体の調和も崩さずに読むことが可能なのである。

五 非呪術者の視点

大浦氏は「見れど飽かぬ」の前段階に「見れば飽く」という概念を想定している。[17] これは大変興味深いが、しかし「見れば飽く」という形は資料として残っていない。「見れば飽く」を用いず、あえて逆接と打ち消しを重ねた「見れど飽かぬ」という表現が選び取られたのはいったいなぜなのだろうか。その要因を、人麻呂という個性に求めたり、見ることの呪性が失われていく過程によるものと説明することもできる。しかし、何が人麻呂にこのような歌を作らせたのか、呪性が失われるとはどういうことなのか、それこそが問題である。

まず、「見れば飽く」と詠める主体は誰か、ということから考えてみたい。先程の「見れど飽かぬ」の新しい解釈の裏を返せば、「見れば飽く」主体とは天皇の治める土地を見てその土地の本質（聖性）を余すことなく感受する者である。国見歌において、それは言うまでもなく天皇である。歌謡に見られる「見れば〜見ゆ」の対応からも明らかなように、天皇という主体は神の示した土地を「見る」ことで獲得する神事の担い手、呪術者的存在である。よって、「見れば飽く」という表現が、実際に用いられていたとすれば、その内実は「見れば〜見ゆ」と同義であったと考えられる。

しかし、「見れば飽く」が実際に用いられた可能性は低い。なぜなら、神事の担い手である天皇にとっては対象が「見える」か「見えない」かが最も重要であり、見た結果、「飽く」か「飽かぬ」かは、問題ではなかったからだ。神事の担い手である呪術者にとって、それは不要な叙述である。

このように考えてくれば、人麻呂吉野讃歌が「見れど飽かぬ」と詠む理由も自ずと明らかになる。それは、「詠み手が非呪術者の位置から作歌しているから」に他ならない。吉野離宮に対し「見れば〜見ゆ」と詠む主体は呪術者の視点から対象を捉えているが、「見れど飽かぬ」と詠む主体は、非呪術者の視点から対象を捉えているのである。もし、人麻呂吉野讃歌が呪術者である天皇の視点から吉野を捉えた上で「見れど飽かぬ」と詠むならば、天皇は自ら治める土地の本質を十分に把握していないことになる。それは天皇の神事・呪術の失敗を意味するため、行幸に際する儀礼歌としては破綻を来すはずだ。要するに、「見れど飽かぬ」は、非呪術者である詠み手の視点を示す表現なのである。

ではなぜそのような表現が必要なのか。それは、対象を十全に感受できない非呪術者の視点で歌を作ることで、対象の本質を十全に感受できる呪術者、つまり天皇の視点を言外に示し、称えることが可能となるからである。

しかし、詠み手が対象の本質を十全に感受できないことを示すには、「見れど飽かぬ」ではなく「見れど見えず」という方が適当であるように思われる。この二つの表現にはどのような違いがあるのだろうか。大きく異なるのは、詠み手の心情が含まれるか否かという点である。「飽かぬ」には、対象の本質を十全に捉えられないという事実に加え、それを捉えつくす（見ゆ）ことを希望する心が同時に表現されている。一方、「見えず」は見えないという事実を述べるだけで、そこに対象を捉えるこちら側の心は介在しない。つまり、「飽かず」の裏側には、対象を見尽くすことへのあこがれの心が貼り付いているのである。

人麻呂吉野讃歌の反歌が「見れど飽かぬ」吉野の川に「またかへり見む」と歌いおさめられるのも、この心ゆえである。「またかへり見む」とは、また再びここに戻ってきて見よう、という意志だが、この表現が讃美であることは現代の我々にもよく理解できる。しかし、この「かへり見む」という発想自体、実は呪術者の視点からは生まれるはずのないものである。対象を見れば理想的な状態が見える（対象を十全に感受できる）呪術者はすでに充足している。すなわち、繰り返し見ることを欲することはないのだ。

「見れど」に繰り返しの意を読むことは大浦氏の否定するところであったが、むしろ「飽かぬ」そのものにこそ「何度も見ることで対象の本質に近づきたい」という繰り返しの要素が含まれているといえるだろう。非呪術者の視点から対象を捉える詠み手は、その充足した世界にあこがれる心から、何度も見ることを求めるのである。

このように、「見れど飽かぬ」は呪術者の視点と非呪術者の視点をはっきりと区別することで、言外に理想的な呪術者の視点を表し、さらに、呪術者が見ているはずの世界へのあこがれの心をも同時に表明していたのである。

「見れど飽かぬ」に限らず、「宮廷歌人」の歌にはこうした性質を持つ表現が多いのではないか。もちろん、歌への現れ方はそれぞれの歌人、あるいは歌によっても異なるだろう。それは当然のことで、非呪術的な視点から土地を見るという見方そのものがまだ試行錯誤の状態にあり、それぞれの詠み手が、様々なあり方を探りながら歌作を重ねていたものと思われる。非呪術的な視点からものを見るということを半ば強制された歌人たちが、そこでどのような新しい視点を獲得していくか。ここから人の歌の歴史が始まっていく。古代の詠み手は呪術的な視点を徐々に失っていったのではなく、自ら手放すことで、新しい表現の可能性を切り拓いていったのではないだろうか。

六　見が欲し

養老七年癸亥の夏五月、吉野の離宮に幸せる時に、笠朝臣金村が作る歌一首　并せて短歌

滝の上の　三船の山に　みづ枝さし　しじに生ひたる　とがの木の　いや継ぎ継ぎに　万代に　かくし知らさむ　み吉野の　秋津の宮は　神からか　貴くあるらむ　国からか　見が欲しからむ　山川を　清みさやけみ　うべし神代ゆ　定めけらしも（⑥九〇七）

反歌二首

年のはにかくも見てしかみ吉野の清き河内の激つ白波（⑥九〇八）

山高み白木綿花に落ち激つ滝の河内は見れど飽かぬかも（⑥九〇九）

笠金村の吉野讃歌である。この歌にも人麻呂吉野讃歌と等しく、「見れば〜見ゆ」の対応は見られない。「見れば」に当たる部分さえないところも、人麻呂吉野讃歌第一歌群と同様である。当歌の天皇の「見る」行為は「万

代にかくし知らさむ　み吉野の秋津の宮」の中の「知らす」ということばにすでに含み込まれていると考えてよい。当歌でも天皇の国見は前提となっているのである。

さて、しかしながらこの歌にも「見る」行為は詠まれる。「見が欲し」「かくも見てしか」「見れど飽かぬ」の三つの「見る」である。「見れど飽かぬ」について触れる中ですでに述べたように、これらは単に「見る」とか「見える」ことを意味する語ではない。そこには詠み手の心が含まれている。「見が欲し」「かくも見てしか」は（今のようにまた）見たいという心、そして、「見れど飽かぬ」は見てもその対象を十全に感受できず、もっと見たいと思う心である。言うまでもなく、これらは先述した非呪術者の視点に基づく「見る」行為である。

「国からか見が欲しからむ～うべし神代ゆ定めけらしも」の部分は、「見が欲し」状態にあったから、天皇がその地を治めたという文脈にも読めるため、「見が欲し」と思う主体には天皇までを含めるべきという意見もあろう。しかし、それを「うべし神代ゆ定めけらしも」としか言わないところに注目すべきである。「うべし」は、「なるほど当然だ」というように、相手の行為や状態についてこちら側が推測し納得する際に用いられる。当歌でも、天皇が吉野を治めるにふさわしいことを詠み手自らの感懐から納得している部分であり、天皇が治める理由を「定めけらしも」と推し量っているのである。天皇自身の思惟はあくまでも語られない。その図りがたい思惟にはあえて触れず、うまくかわしながら歌は成立しているのである。

すでに天皇と土地の神の間で行われた神事（＝天皇による見る行為）の成功を前提とし、それを外側から眺める羨望のまなざし（見が欲し・見てしか・見れど飽かぬ）を描くことに中心が置かれており、土地を讃めるだけでなく、神とそれを祭る呪術者の間に結ばれた理想的祭祀関係までをも含ませることに成功しているといえる。

考えてみれば、現在行幸で目の前にしている場所を「見が欲し」というのは矛盾である。つじつまが合うように「これ以降もますます見たいと思う」という意味に解されることが多いが、先の金村歌でも「見が欲し」とあるだけで、「これ以降もますます」といった内容を示すことばはない。

「見が欲し」の用例を見ると、今挙げた金村吉野讃歌、山部赤人の明日香旧都歌（③三二四）、丹比真人国人の筑波岳の歌（③三八二）、田辺福麻呂の奈良故郷の歌（⑥一〇四七）といったいわゆる宮廷歌人の儀礼歌やそれに準ずると考えられる歌、また、二上山の賦（⑰三九八五）、橘の歌（⑱四一一一・四一一二）といった大伴家持の歌以外は、実際に今目にしていないものに対して用いられている。用例を挙げると次のようになる。

ゆくりなく今も見が欲し秋萩のしなひにあるらむ妹が姿を（⑩二二八四）
誰が園の梅にかありけむここだくも咲きてあるかも見が欲しまでに（⑩二三二七）
味酒の三諸の山に立つ月の見が欲し君が馬の音そする（⑪二五一二）
見欲しきは　雲居に見ゆる　うるはしき　十羽の松原　童ども　いざわ出で見む……（⑬三三四六）
……見が欲し御面　直向かひ　見む時までは　松柏の　栄えいまさね　貴き我が君（⑲四一六九）
白玉の見が欲し君を見ず久に鄙にし居れば生けるともなし（⑲四一七〇）

ここにあげたものはすべて、今見ていないものに対して「見が欲し」と言った例である。ただ、この中の二三二七番歌については判断が難しい。『澤瀉注釋』はこの部分の解釈を「誰の園の梅であつたのだらう。こんなにたくさん咲いていることよ。その園に行つて見たいと思ふほどに。」としており、「見が欲し」対象は今目の前にある枝ではなく、その枝が手折られた園であると捉えている。阿蘇瑞枝氏が、「梅の花に対する好尚から、見事な花を見ると、樹そのもの、その樹のある庭園、そして、その庭園の主人にまで関心がそそがれるという心があらわれている。梅の花をみやび男の愛するものとする風潮を背景としており、男子官人の作であろう。宴席に折り取って置かれた梅の枝を見て詠んだものかと思われる。[18]」とするのも、同様の解釈であろう。

それに対し、『窪田評釋』は「誰の苑の梅の花であつたらうか。澤山に咲いてゐることだ。見たく思ふまでに。」という訳からも明らかなように「思ひ出となつて眼に浮んで来た梅の花を、今一度愛でてゐる心である。印象の强かつた花そのものだけを覺えてゐて、その在つた場所ははつきりしないといふことは、推察し易いことである。花よりも、花に伴つて起る氣分の方を重んじ、そこに力點をおいてゐる心で、奈良時代の風である。實際に卽しての機微を捉へてゐる歌である。」と、詠まれた時点では手元に花は無く、すべてが回想の情景であると捉えている。他の用例と合わせて考えれば、今目の前に全く花が無いと捉える『窪田評釋』の読みがふさわしいようにも思える。

しかし、「ここだくも」の「ここだ」が「話し手の現在経験しつつある事柄に関して用いられ[19]」ることを考えると、梅の花を実際に今目にしていると捉える『澤瀉注釋』や阿蘇氏の解釈の方が妥当であるとも言える。たとえば、当歌の二つ前には次のような歌がある。

誰が園の梅の花そもひさかたの清き月夜にここだ散り来る（⑩二三二五）

月の美しい夜、いずこからか盛んに散り落ちてくる梅の花のすばらしさに心を奪われ、その樹がある園を思いやった歌である。ここでは、「ここだ散り来る」という眼前の梅の花びらを根拠とし、その木のある園を思いやっていることが明確である。すると、二三二七番歌も、今目にしている折り取られた梅の枝から、その木のある園を思う歌と考えられるのではないか。

今見ている梅の花はどこからか折り取ってきたもの（あるいは二三二五番歌のように、枝ではなく散る花びらであったかもしれないが）であり、その梅を通して、かつてその梅が所属していた、とある園の様を「見が欲し」と表現したのである。梅の一枝、あるいは梅の花びらという一部分を眼にしながら、その花の全体性としての樹、あるいは梅の樹が属する園を見ることを求めているということになる。それは言い換えれば、今目にしている梅の枝や花びらを通して、その梅が持つ本質的な姿、完全なる姿を見たいと欲することにほかならない。

すると、実際に眼前にあるものを「見が欲し」とする表現は、単にもっと見たいというだけでなく、その奥に隠された、まだ見えていない本質、完全なる姿をつかみたいという欲求を表しているとも言える。対象を見ているのにその全てを捉え尽くせないというこのことばの感覚は、まさに「見れど飽かぬ」に通じるものである。二三二七番歌の詠み手には、梅の花は見えているものであり、また見えないものでもあるのだ。

このように考えてみると、眼前にあるものを「見が欲し」と詠む歌のしくみも解けてくる。次に挙げる大伴家持の橘の歌も、眼前にある橘を「見が欲し」と詠んだものである。先程歌番のみ示したが、あらためて歌群全体を引用する。

橘の歌一首　并せて短歌

かけまくも　あやに恐し　天皇の　神の大御代に　田道間守　常世に渡り　八矛持ち　参ゐ出来し時　時じくの　香菓を　恐くも　残したまへれ　国も狭に　生ひ立ち栄え　春されば　孫枝萌いつつ　ほととぎす　鳴く五月には　初花を　枝に手折りて　娘子らに　つとにも遣りみ　白たへの　袖にも扱入れ　かぐはしみ　置きて枯らしみ　落ゆる実は　玉に貫きつつ　手に巻きて　見れども飽かず　秋付けば　しぐれの雨降り　あしひきの　山の木末は　紅に　にほひ散れども　橘の　なれるその実は　ひた照りに　いや見が欲しく　み雪降る　冬に至れば　霜置けども　その葉も枯れず　常磐なす　いやさかばえに　然れこそ　神の御代より　宜しなへ　この橘を　時じくの　香菓と　名付けけらしも（⑱四一一一）

橘は花にも実にも見つれどもいや時じくになほし見が欲し（⑱四一一二）

閏五月二十三日に、大伴宿禰家持作る。

この歌群が、橘の名を持つ橘諸兄ないし橘家に対する讃歌としての意味を含み持つことはほぼ間違いない。[20]当歌が詠まれた閏五月二十三日は太陽暦の七月半ばに当たり、実際の橘の花の時期を過ぎている。したがって、当歌が橘そのものに触発されて詠まれたとは考えがたい。しかし、伊藤博氏は次のように言う。

当面の橘讃歌は、橘が「時じくのかくの木の実」であることを称揚する点に主旨がある。歌の表現に即して言えば、家持の周囲で、橘が、まだ青いながらも、「時じくのかくの木の実」といわれる実を、いかにも橘らしく見せはじめたことが、詠作の直接の契機になっているといってよいのではあるまいか。五月の花の時期を過ぎて一ヶ月余。枝もたわわに橘が実りを見せはじめる時期、それが「潤五月二十三日」の頃と思われる。(21)

氏が言うように、ここでは橘の実が重要視されており、実際の橘に全く関わりなく詠まれたわけでもなさそうである。また、歌の内容にも、橘氏のさらなる繁栄を予祝するというより、橘そのものの変化を注意深く観察する視点が見られる。

橘が「時じく」とされるいきさつは、垂仁記に見られる。

天皇、三宅連等が祖、名は多遅摩毛理を以て、常世国に遣して、ときじくのかくの木実を求めしめき。（中略）天皇、既に崩りましき。（中略）其の木実を擎げて、叫び哭きて白さく、「常世国のときじくのかくの木実を持ちて、参ゐ上りて侍り」とまをして、遂に叫び哭きて死にき。其のときじくのかくの木実は、是今の橘ぞ。（垂仁記）

ここで「木の実」が強調されているところからも、先の伊藤氏の指摘は正しいのではないか。そもそも、「時じくの香菓」とは、木にその実が長い間ついている点からこのように言われたのであり、いつでも実が成っているという不変の姿が「時じく」とされる所以である。しかし、この歌では「時じく」の橘の変化が詠まれているという点が興味深い。夏は花が咲き、実が生り、落ちる実までが賞美に値する。秋になっても木になっている実はまだ照り輝き、いよいよ見たい状態になり、雪の降る冬がやってきて霜が置いてもその葉が枯れることはないという。ここには確かに「時じく」の姿が描かれてはいるが、その「時じく」さとは橘の変化によるものである。ここで描かれる橘は、四季折々、「いつでもその季節に即した楽しみを与えるもの」なのだ。「時じく」の語源は「その時期でない」ことだが、この歌は逆に季節に合わせて推移していく橘の姿を描いているのである。

ではこの歌における「時じ」きものとは何か。それは、こちら側の見たいと思う気持ちである。橘はどんな季節にも変わることなくこちら側を惹きつけ、常に見ることを要請するからこそ「時じくの香実」なのだ。

当歌群では長歌反歌にそれぞれ「いや見が欲し」「なほし見が欲し」とある。「いや」「なほし」ということばがあることを考えると、「見が欲し」を、今目にしていながらさらにまた見たいという意味にとることも可能である。しかし、特に反歌の「なほし見が欲し」にはそれ以上の意味があるように思われる。季節ごとの橘の変化を詠んだ長歌を受けて「いや時じくになほし見が欲し」と言うとき、そこには、今目の前にある橘の姿を何度も見たいというだけでなく、他の季節に現れる橘の姿を想定し、それを見たいという思いまでもが込められているのではないか。

よって、この橘の歌も、今眼前にある橘のその奥に、今は目にすることの出来ない橘の姿を求めていると考えることができる。それは別の季節の橘の姿かもしれないし、また、花も実もつけながら葉をも照り輝かせるという、実際には見ることのできない理想としての橘像であるかもしれない。

このように、第四期の家持歌にまで引き継がれていく「見が欲し」ということばは、今目の前に見ているものの奥にその真の姿や本性、あるいは今は見ることができなくてもその対象が必ずその内に秘めているであろう別の姿を求めるという意味合いを持つようである。対象の本質を求めるような表現が現れるのは、それをつかみきれていないという実感がともなうからにほかならない。つまり「見が欲し」とは、単に「何度も見たい」ことを言う表現ではないのである。このことばには、対象を目の前にしながらその本質をつかまえられず心惹かれる詠み手の心が示されており、対象はその心によって讃美されているのだ。

七　結

これまで見てきたように、宮廷歌人による行幸従駕歌には、国見の主体である天皇とは異なる視点が表れていた。それは神事の主体である呪術者の視点ではなく、非呪術者の視点とでも言うべきものである。離宮を目の前にしながら「見が欲し」と詠み、「見れど飽かぬ」と詠むことで対象の本質をつかみきれないことを告白する主体の視点である。

これらの歌は「見れば〜見ゆ」と詠む呪術者の視点から作られた歌に向き合いながら、それとは全く異なる論理によって行幸を支えていた。非呪術者の視点から捉えられた離宮は、すでに天皇の国見を前提としたところから語られる。詠み手には推し量ることしかできない天皇と自然との関係、そして呪術者の視点を持つ天皇が目にするはずの理想的な離宮の姿へのあこがれ。それらを詠むことで、その完全なる離宮の姿を言外に表し、離宮と天皇を讃美したのである。そして、完全なる世界が確かに存在することを示すためには、舒明天皇国見歌のような天皇その人が詠んだ歌が一首、どうしても必要だったと考えられるのだ。

詠み手の心によって対象を讃美するこの方法は、その内面部分を肥大化させ、家持の自然詠へと展開していくものと考えられる。

（1）「和歌の表現における心物対応構造」（『古代和歌史論』東京大学出版会　一九九〇）。
（2）『古代歌謡と儀礼の研究』（岩波書店　一九六五）。
（3）宮廷歌人の持つ第三者的視点については、清水克彦「吉野讃歌」『柿本人麻呂―作品研究』風間書房　一九六五）、森朝男「白鳳の祭政構造と詩―様式としての人麿―」（古代文学会編『想像力と様式』武蔵野書院　一九七九）に詳しい。
（4）三九六九番歌の前文に、「幼年に未だ山柿の門に逕らず」とあるもの。「柿」は柿本人麻呂を指すものと思われるが、「山」については山部赤人説と山上憶良説が展開されている。本論の立場から言えば、これは宮廷儀礼歌の作者を念頭に置いたものと考えられるため、赤人説に従いたいところではあるが、家持には憶良の歌に学んだものも多く見られ、決定は難しい。
（5）小島憲之「万葉集の文字表現」（『上代日本文学と中国文学』中　塙書房　一九六四）。
（6）身﨑壽「宮廷讃歌の方法―和歌と天皇制序説―」（『日本文学』一九九〇・一）。
（7）前掲森論文（3）は、当歌では山の神・川の神が、天皇に「奉仕という行為をなしうるほどに、ある種〈人格化〉されたかたちで表されていることを指摘し、それを支えるのは「支配⟷服属の論理の構図化であるところの、天つ神⟷国つ神の親和的形象を結果した想像力であるとする。
（8）前掲土橋（2）第五章。
（9）川口勝康「舒明御製と国見歌の源流」（『万葉集を学ぶ』第一集　有斐閣　一九七七）は、この語が「ウマシアシカビヒコヂの神」を想起させ、「あきづ島大和の国」を創世記的な幻視の世界における国土として表しているという。
（10）ただ、「百千足る家庭」「国の秀」の「百千足る」「秀」などは、「家庭」に対して「百千足る」という評が与えられるという関係ではなく、讃辞が対象そのものの持つ属性として捉えられている。これは、舒明国見歌で、対象は対象として述べた上で、それらに対しあらためて「うまし国」と詠むようなあり方とは多少異なると言える。
（11）古代における「見る」という行為に対する論考は、そこにタマフリ的意義を唱えた土橋寛の論（前掲（2））に始まる。吉井巌は、「見る歌の発想の基本形式」として「～見れば～見ゆ」というかたちをおさえ、その発展を見た（「見る歌の発想形式について―「見ゆ」を中心に―」『万葉』四五　一九五二・十）。それを受けて、「見る」ことが呪的な意味から解放される過程を明らかにしたものに、内田顕徳「「見る・見ゆ」と「思ふ・思ほゆ」―『萬葉集』におけるその相関―」（『万葉』一一五　一九八三・十）がある。内田氏は、「見ゆ」から「思ほゆ」

への移行を想定しており、「見ゆ」は不可視のものが共同体の中で所与的な視線によって見えてくることを意味したが、それが見えなくなった段階で「見ゆ」にかわるものとして「思ほゆ」があらわれるという。しかし、「思ほゆ」にはすでに「見えない」という否定が孕まれているため、その不確かさから主観の側から「感傷」として捉えられるとする。このことは「見る」行為が影を帯びるという点で大変重要な指摘であると思われる。本書も、万葉集を通して「見る」という行為を取り巻くものがどのように変化し、その結果どのような表現があらわれるようになるかを明らかにすることを目的とするが、その際、そこに詠み手の「心」への意識を見ようとするものである。

(12)　中西進「古代的知覚」(『万葉集原論』　桜楓社　一九七六）は、「見れば……見ゆ」という「本来の型」に対し、「見ゆ」を欠くものを「変型」であるとしている。

(13)　前掲土橋(2)、前掲吉井論文(11)など。

(14)　「神代再現―吉野離宮歌の《時》」(『古代文学と時間』新典社　一九八九)。

(15)　『伊藤釋注』の現代語訳による。

(16)　「「見れど飽かぬ」考―人麻呂の創造―」(『万葉史を問う』新典社　一九九九)。また、島田修三「〈見れど飽かず〉の考察―その意味と用法をめぐって―」(『美夫君志』三一　一九八五・十）にも同趣の指摘が見られる。

(17)　前掲大浦論文(16)に同じ。

(18)　『全注』巻第十。

(19)　『時代別国語大辞典　上代編』による。

(20)　このように読める根拠については、橋本達雄「橘讃歌とその周辺」(『大伴家持作品論攷』塙書房　一九八五)に詳しい。

(21)　『全注』巻第十八。

第二章 「そがひに見ゆる」考
――赤人紀伊国行幸歌を中心に

一 「宮廷歌人」と「叙景歌人」

万葉集研究において叙景の問題に触れる際、避けて通ることのできない歌人が二人いる。一人は高市黒人、そしてもう一人は山部赤人である。黒人は人麻呂と同じく万葉第二期のいわゆる宮廷歌人であり、行幸従駕歌や旧都歌をはじめ、旅にかかわる短歌を残している。赤人はそれに続く第三期の歌人であり、こちらも吉野讃歌に代表される行幸従駕歌を数多く詠んだ宮廷歌人である。

言うまでもなく、「宮廷歌人」という名は研究者によって与えられたものであり、当時そのような職名があったわけではない。行幸をはじめとする公の場で詠歌を任される一方、万葉集以外の文献に彼らの名は無く、宮廷との関わりも明らかではない。そこから、彼らは史書に名を留めぬ微官で、行幸に従駕しての歌作を専門としたものと推測され、そのあり方から「宮廷歌人」という呼び名を冠せられたわけである。

それに加え、高市黒人と山部赤人の両者は、その作風から万葉集における叙景歌の展開に大きな影響を与えた「叙景歌人」とも言われる。ここで言う「叙景歌」とは、自然物象を主観的感情を省いて客観的に表現した歌という意味で用いられているようだ。たとえば次のような歌が彼らの代表的な「叙景歌」とされ、自然を自然として捉えた客観性が評価されている。

桜田へ鶴鳴き渡る年魚市潟潮干にけらし鶴鳴き渡る（③二七一）
若の浦に潮満ち来れば潟をなみ葦辺をさして鶴鳴き渡る（⑥九一九）

一首目が黒人、二首目が赤人の歌である。どちらも潮の満ち干と鳴き渡る鶴の姿を描いている。ともに「われ」という詠み手を表すことばがなく、心情語も含まれていない。よって、ただひたすらに景のみを叙述しているようにも見える。

しかし、こうした歌が、万葉集中他に全く見られないわけではない。

葦辺なる荻の葉さやぎ秋風の吹き来るなへに雁鳴き渡る（⑩二一三四）

これは作者不明の季節歌だが、ここにも同じような詠みぶりが見られる。したがって、赤人や黒人が「叙景歌人」と呼ばれる場合、山部赤人・高市黒人の名でこの手の歌がまとまって残されていることに意味が見出されているのである。「赤人」なら「赤人」の名を持つ歌が、共通してオリジナルな叙景方法を持っているように見えるということが重要なのだ。

たとえば、鈴木日出男氏は先に挙げた九一九番歌に対し、次のように指摘する。

完璧なまでに遠近法によった叙景である。（中略）上の句の説明に導かれ、鶴が和歌の浦から離れて葦の生えている岸辺をめざして飛びわたっていくのだ、と知られる。叙景の構図が遠景の「葦辺」の一点に集中すべく、鶴の群れが大空を、その位置の遠近に応じて大小の形姿を見せながら葦辺に吸いこまれるように翔び渡ってゆくのである。(1)

氏によれば、赤人の歌は「平衡感覚のある固有の空間構図」を持つという。単に景が詠まれているだけではなく、その描き方に赤人歌「固有」のものが見られるということだ。そしてそのような特徴によってこそ、赤人は「叙景歌人」と呼ばれ得るのである。

しかし、万葉集に「叙景」ということばがあるわけではなく、彼らが自覚的に「叙景」を目指していたかどうかは「分からない」としか言いようがない。「叙景」という概念そのものが近代的なものを含んでおり、このことばを用いること自体、古代を語るには有効でない場合も多いだろう。

そこで、黒人や赤人の歌を「叙景歌」と名付ける前に、我々に「叙景歌と見える」ような表現がいったいどこから生まれるのか、というところから考えてみたい。そしてそのとき、黒人と赤人が「宮廷歌人」と呼び得る性格を持っていたことが、案外に重要な要素となってくるのである。

五味智英氏が「赤人の聖駕に扈従しての畏りと歓喜、慎みの中に激滟と湛へるやはらぎ、この心情が清なる吉野の自然に接して生まれたのがこれらの作であり、従つて単なる儀礼的作歌動機を想像するのがあやまりであると同時に、この所謂叙景的関聯の基底に行幸の事実の先在を見逃してはならないのである。(2)」と言うように、赤人が行幸に従駕し皇統讃美・行幸地讃美の歌作を重ねたことが、「叙景歌」と見られる歌々の成立に関わっていると思われるからだ。

それは、彼らが「見る」ことにこだわる歌を多く持つことからもうかがえる。赤人については、長歌・短歌合わせて五十首のうち、「見る」「見ゆ」の語を用いたものが十一首あり(3)、野田浩子氏は黒人歌の特徴として「見ることへの執拗なまでの意志」を指摘する。(4)「見る」ことへのこだわりは、彼らに求められた行幸従駕歌が、国見歌の表現と深く関わることに由来するのではないか。そこにあるのは、美しい自然をありのままに描こうという意志ではない。「見る」力、すなわち、「見る」ことでその土地の性質を余すことなく把握する呪術的主体である天皇を詠むことが彼らの役目であり、そこには、呪術者としての天皇を、非呪術者の視点からいかに描けるかという課題が絶えず抱えられていたのだ。

赤人の行幸歌と叙景歌の関係については、鈴木日出男氏にも次のような発言がある。

叙景歌という概念の自覚は制作者において稀薄だったにちがいないのだから、彼らの直接の意識は従駕や羈旅の場に規制される度合いが強い。そうした場における官人的意識が、ここに強く作用していたと思われる。赤人自身、ことさら新しい叙景歌の表現をしようとしたか否か、その意識は分明でない。それよりも、この下級官人にとっての律令的な世界感覚が、従駕歌・羈旅歌の伝統につながろうとする没個我と、風景美に傾斜しようとする個我そのものとを繋ぎとめる紐帯たりえていよう。そこから、きびしい緊張感のこもる詩性が発揮されてくるのだと思われる。(5)

彼らの叙景歌が、従駕や羈旅といった場に規制されることによってもたらされたということは、五味氏の論にも見られた重要な指摘である。しかしここで氏は、「叙景という概念の自覚は稀薄」としながらも、「風景美に傾斜しようとする個我」をあらかじめ認めている。従駕歌の伝統につながることが没個我であり、風景美に傾斜しようとするのが個我であるという構図は分かりやすい。しかし、それは我々の目から見た分かりやすさでしかない。

黒人が旅愁の詩人と呼ばれ、(6)赤人が春の野に対する恋を詠むように、(7)彼らは、「叙景歌」という概念とは対極とも思われるような抒情的な歌も多く残している。個我・没個我、叙景・抒情といった概念を使って彼らの歌を捉えようとすれば、この分裂はいかんともしがたい。この間をつなぐ論理が必要だ。そして、そのための鍵は、彼らの宮廷歌人という立ち位置に隠されているものと思われる。我々から見れば、「行幸従駕歌」「叙景歌」「抒情歌」といった三つのものにそれぞれ分断されてしまう概念が、赤人歌や黒人歌では混在している。これを矛盾とせず、それらすべてを受け止められるような論理を立てることなしには、「叙景歌人」の内実が明らかになることはないのである。

二　赤人の紀伊国行幸歌

神亀元年甲子の冬十月五日、紀伊国に幸せる時に、山部宿禰赤人が作る歌一首　并せて短歌
やすみしし　わご大君の　常宮と　仕へ奉れる　雑賀野ゆ　そがひに見ゆる　沖つ島　清き渚に　風吹けば　白波騒き　潮干れば　玉藻刈りつつ　神代より　然そ貴き　玉津島山（⑥九一七）
反歌二首
沖つ島荒磯の玉藻潮干満ちい隠り行かば思ほえむかも（⑥九一八）
若の浦に潮満ち来れば潟をなみ葦辺をさして鶴鳴き渡る（⑥九一九）
右、年月を記さず。ただし、玉津島に従駕すと俰ふ。因りて今行幸の年月を検し注して載せたり。

題詞・左注に従えば、神亀元年に行われた伊勢行幸の際、山部赤人によって詠まれた歌である。神亀改元のこの年は、首皇子が聖武天皇として即位した年であり、この前後には多くの行幸従駕歌が残されている。さて、当歌群長歌には「雑賀野」「沖つ島」「玉津島山」という三つの地名が詠み込まれるが、この地名の関係が分かりにくく、従来から問題になっている。これらの地名の中で中心として描かれる場所、すなわち讃美の対象となる場所がどこなのかが、歌の表現からは読み取りにくいのである。行幸従駕歌で中心に置かれる場所は行幸にとって重要な拠点であるはずだが、そこがはっきりしないのだ。

歌の流れから判断して、長歌末尾の「玉津島山」は「沖つ島」をより具体的に言い換えたものと考えられる。すると、「玉津島山」と「沖つ島」は同じ場所を指すとまずは言えるだろう。しかし、それらと「雑賀野」がどのような関係にあるのかが分からない。また、「雑賀野」と「玉津島山」のどちらが「常宮」に当たるのか、「常宮」ということば自体が何を意味するのかなど、そこに付随する問題は尽きることがない。

この歌が紀伊国行幸の際に詠まれた儀礼的な歌ならば、当歌の讃歌としての機能を探ることで「常宮」の正体もはっきりしてくるのではないか。

そこで、注目したいのは、この二つの土地をつなぐ「そがひに見ゆる」である。第一章において、行幸地で「見る」行為を詠むことが、呪術者の視点を意識すること無しにはあり得なかったことを述べた。行幸地とその土地を治める天皇の間には、その土地の本質を余すことなく感受し得る呪術者と土地の神との理想的な関係が想定されている。その関係は歌の前提として存在しており、人麻呂吉野讃歌ではその自明の事柄をいかに第三者の立場（非呪術者の視点）で表現するかが課題であった。

人麻呂吉野讃歌や金村吉野讃歌における「見れど飽かぬ」「またかへり見む」「見が欲し」といった「見る」表現は、それが非呪術者の視点から捉えられているからこそ成り立つ讃美であり、記紀歌謡における「見れば〜見ゆ」と向き合いながらも、そことはまた異なる讃美の構造を有していたのである。たとえば人麻呂吉野讃歌は「国見をせせば」という部分にすでに天皇の国見を内在させ、それと対極にある非呪術者の視点から行幸地を捉えることで、「天皇」「行幸地」「行幸地と天皇の理想的関係」の三つを同時に讃美することに成功していた。

当歌の「そがひに見ゆる」もまた、「見る」行為を詠んだものである。当歌には、「見れば」に当たる部分がなく、「そがひに見ゆる」という条件つきの「見ゆ」が対応しているが、これは人麻呂吉野讃歌が「見れば」に当たる「国見をせせば」という表現を持ちながらもそれを「見ゆ」と受けず、「見れど飽かぬかも」「またかへり見む」と展開していくことに似ている。この「そがひ」という条件にも、見る主体の問題が絡んでいるのではないか。

こうした観点から、本章では「そがひに見ゆる」ということばに注目し、赤人の行幸歌を読みなおしていきたい。「そがひに見ゆる」に表れた詠み手と自然の関係を明らかにすることで、行幸という場で自然と向き合う詠み手の姿に少しでも迫ることができればと思う。

三　雑賀野と玉津島

さて、当歌の「そがひに見ゆる」に関する考察を始める前に、確認すべき点がいくつかある。まず一つには、「神代より然そ貴き玉津島山」という歌の終わり方から、当歌の讃美の中心が「玉津島（沖つ島）」であると、とりあえずは考えられる点である。このことは、歌から読み取ることのできる要素として確実に押さえておきたい。

次に、当歌の「常宮」をどのように捉えるか、その立場についてである。「常宮」が「離宮」の意であると考えれば、「常宮と仕へ奉れる雑賀野」という表現から、「雑賀野」に離宮があると考えるのが妥当である。しかし先に述べたように、当歌の文脈から讃美の中心が「玉津島」にあることは明確であるため、離宮のある「雑賀野」をさしおいて「玉津島」を讃美することには疑問が生じる。

そこで、行幸における「玉津島」「雑賀野」の扱われ方を探っていくと、左注に見られる「紀伊国行幸」に当たると思われる続日本紀の記事では「玉津島」の重要性が確認できる一方、「雑賀野」はその存在にすら触れられていないことが分かる。

> また詔して曰はく、「山に登り海を望むに、此間最も好し。遠行を労らずして、遊覧するに足れり。故に弱浜の名を改めて、明光浦とす。守戸を置きて荒穢せしむること勿かるべし。春秋二時に、官人を差し遣して、玉津嶋の神、明光浦の霊を奠祭せしめよ」とのたまふ。（神亀元年十月）

また、時代は下るが、天平神護元年の記事にも「玉津嶋」の字が見える。

> 丙子、天晴る。進みて玉津嶋に到りたまふ。丁丑、南の浜、海を望む楼に御しまして、雅楽と雑伎とを奏ら

しめたまふ（天平神護元年十月）

これらの記事からは、「玉津嶋の神」を祭ること、玉津嶋で海望楼に登り雅楽・雑伎を行うことが行幸の目的の一つだったように見え、当歌の「玉津島」讃美にも納得がゆく。このような記事から、坂本信幸氏は、「雑賀野」離宮というものは本来存在せず、当歌に見られる「常宮」も「玉津島」にあったのではないかという。(8) その場合、「雑賀野ゆそがひに見ゆる」は挿入句となり、「やすみしわご大君の常宮と仕へ奉れる」と「雑賀野ゆそがひに見ゆる」が、どちらも讃美の対象である「沖つ島（玉津島）」を修飾することになる。すると、歌全体で「常宮」である「玉津島」が讃美されていることになるため、離宮讃めを目的とする行幸従駕歌のあり方にも矛盾しない。

ただ、坂本氏の論は、「常宮」を「離宮」として捉えないところに特徴がある。氏はまず、集中の「やすみしわご大君の」の用例では、「わが大君の聞こしめす天の下に（①三六）」のように「の」が主格を表すことを示し、「わご大君の」は従来捉えられているような「常宮」に掛かる連体修飾部ではなく、主部として理解すべきとする。そして「常宮」については、常陸国風土記筑波郡条に筑波山神社二座の社を指して「神宮」といった例、香島郡条で香島の大神の社を「豊香島の宮」「日の香島の宮」と名付け、「神之宮」といった例、万葉集巻二の一九九番歌において、高市皇子の宮殿を仮の殯宮としたものを「神宮」といい、それが後半で「城上の宮を常宮と高くしたてて」と詠まれている例などを並べ、この「常宮」も玉津島の神を祭った「社」であったとする。すなわち氏は、「わご大君の常宮と仕へ奉れる」を、「大君が玉津島の神を祭った社に仕え、その神を祭っている」と解釈するのである。そしてこれは、先に挙げた続日本紀の記事にある「玉津嶋の神、明光浦の霊を奠祭せしめよ」といった部分にも合致するという。

だが、この捉え方にはいささか無理があるように思われる。「大君の」の「の」を主格として考えるという点では、坂本氏が唯一の例外としている巻二・一五五番歌の「やすみしわご大君の恐きや御陵仕ふる」と全く同じ構造として理解できることが村山出氏によって指摘されており[9]、また、梶川信行氏は集中の「仕へ奉れる」の用例から考えて、天皇が「仕へ奉る」と表現されることがかなり異例であることを確認している[10]。

「常宮」についても、風土記の用例で「神宮」のことを「宮」ではなく、まさしく「常宮」と表現する例が挙げられていない点で疑問が残る。万葉集の「常宮」の用例は先の高市皇子挽歌と巻二・一九六番歌の明日香皇女挽歌に「城上の宮を常宮と定めたまひて」とあり、日並皇子崩御に際して皇子の宮の舎人が詠んだ歌には少し表現は異なるもが、「常つ御門」という例が見られる。

　外に見し真弓の岡も君ませば常つ御門と待宿するかも（②一七四）

確かにいずれも挽歌であり、「常宮」の語に殯宮の印象が強く、「神宮」を表現していたということも頷ける。しかし、ここでは「殯宮」を「常宮」と言い換えている点が重要なのではないか。これらの挽歌には、「城上の宮」や「真弓の岡」など、本来なら「常宮」ではないところを「常宮」としてしまわれて、という悲しみが詠まれている。よって、このような表現は殯宮と「常宮」とが本来相容れないものであるという論理が根底にあってはじめて成り立つとも言えるのであり、「常宮」と「殯宮」が別のものである可能性も高いのである[11]。「常宮」ということばそのものに神宮や殯宮の意が無かったとなれば、挽歌ではない当歌ではさらにそのような意味合いは認めにくくなる。「常宮」という表現はむしろ、人麻呂吉野讃歌（①三七）における「常滑の絶ゆることなくまたかへり見む」の「常」のように、宮の永続性を称えることばとして理解するほうが正しいのではないか。

さて、先に挙げた梶川氏の論は、「常宮」を離宮として解釈し、「雑賀野」を離宮の所在地としている点、その雑賀野を「大君の常宮」として「仕へ奉る」主体を臣下の側に置く点で、坂本氏の論と異なるものの、当歌の中心が「玉津島」讃美であることを強調する点では両者共通している。

しかし、離宮のある雑賀野ではなく、「玉津島」が讃美の中心に置かれる理由について、梶川氏は明確に語っていない。坂本氏が「玉津島」=「神宮」という説を立てたのは、離宮でもない「玉津島」が歌の中心に置かれることへの違和感があったからだと思われるが、梶川氏の論ではそこに疑問が残るのである。

ここで考えるべきは、離宮のある「雑賀野」ではなく、「玉津島」が焦点化される歌が行幸従駕歌たり得たのはなぜかということである。あらためて確認すると、歌の冒頭部分に「やすみしわご大君常宮と仕へまつれる雑賀野」とあり、ここまでの流れではむしろ「雑賀野」を中心として歌が展開していくかのように見える。ところが、「雑賀野ゆそがひに見ゆる沖つ島」と、「そがひに見ゆる」を挟んで、中心が「玉津島（沖つ島）」へと移っていく。雑賀野は歌の冒頭において強調されているが、「そがひに見ゆる」を挟んだ後は歌の中心が「玉津島」に変わるのだ。すると、当歌では、「雑賀野」と、「玉津島（沖つ島）」の両方が讃美の中心になっているとも言える。そして、こうした歌の展開、つまり二つの場所を同時に讃美することを可能としているのが、それらをつなぐ「そがひに見ゆる」という句であると考えられるのである。

四　そがひに見ゆる

「そがひ」は『時代別国語大辞典　上代編』には「後方。背後。後ろ向き。」と説明されており、集中の他の用例は次の十一首になる。

縄の浦ゆそがひ(**背向**)に見ゆる沖つ島漕ぎ廻る船は釣りしすらしも　（赤人③三五七）
武庫の浦を漕ぎ廻る小船粟島をそがひ(**背**)に見つつともしき小船　（赤人③三五八）
……草枕　旅なる間に　佐保川を　朝川渡り　春日野を　そがひ(**背向**)に見つつ　あしひきの　山辺をさし

て　夕闇と　隠りましぬれ……（坂上郎女「尼理願の死去しことを悲嘆して作る歌」③四六〇）

……我妹子に　恋ひつつ居れば　明け闇の　朝霧ごもり　鳴く鶴の　音のみし泣かゆ……家のあたり　我が立ち見れば　青旗の　葛城山に　たなびける　白雲隠る　天ざかる　鄙の国辺に　直向かふ　淡路を過ぎ粟島を　そがひ（背）に見つつ　朝なぎに　水手の声呼び　夕なぎに　梶の音しつつ……なのりそが　などかも妹に　告らず来にけむ（丹比真人笠麻呂「筑紫国に下りし時に作る歌」④五〇九）

我が背子をいづち行かめとさき竹のそがひ（背向）に寝しく今し悔しも（挽歌　⑦一四一二）

筑波嶺にそがひ（曾我比）に見ゆる葦穂山悪しかるとがもさね見えなくに（⑭三三九一）

かなし妹をいづち行かめと山菅のそがひ（曾我比）に寝しく今し悔しも（挽歌　⑭三五七七）

朝日さし　そがひ（曾我比）に見ゆる　神ながら　み名に帯ばせる　白雲の　千重を押し別け　天そそり　高き立山　冬夏と　別くこともなく　白たへに　雪は降り置きて　古ゆ　あり来にければ　こごしかも　岩の神さび　たまきはる　幾世経にけむ　立ちて居て　見れども異し　峰高み　谷を深みと　落ち激つ　清き河内に　朝去らず　霧立ち渡り　夕されば　雲居たなびき　雲居なす　心もしのに　立つ霧の　思ひ過ぐさず行く水の　音もさやけく　万代に　言ひ継ぎ行かむ　川し絶えずは

（池主「敬みて立山の賦に和ふる」⑰四〇〇三）

……鷹はしも　あまたあれども　矢形尾の　我が大黒に〔大黒といふは蒼鷹の名なり〕白塗の　鈴取り付けて……これをおきて　またはありがたし　さ馴へる　鷹はなけむと……狂れたる　醜つ翁の　言だにも　我には告げず　との曇り　雨の降る日を　鳥狩りすと　名のみを告りて　三島野を　そがひ（曾我比）に見つつ二上の　山飛び越えて　雲隠り　翔り去にきと　帰り来て　しはぶれ告ぐれ……

（家持「放逸せる鷹を思ひ、夢に見て歓悦して作る歌」⑰四〇一一）

ここにして　そがひ（曾我比）に見ゆる　我が背子が　垣内の谷に　明けされば　榛のさ枝に　夕されば　藤
　の繁みに　はろはろに　鳴くほととぎす　我がやどの　植ゑ木橘　花に散る　時をまだしみ　来鳴かなく
　そこは恨みず　然れども　谷片付きて　家居せる　君が聞きつつ　告げなくも憂し
（家持「霍公鳥を怨恨むる歌」⑲四二〇七）

　大君の命恐み大の浦をそがひ（曾我比）に見つつ都へ上る（安宿奈杼麻呂「讃岐守安宿王等、出雲掾安宿奈杼
　麻呂が家に集ひて宴する歌」⑳四四七二）

『代匠記』は当歌の「そがひ」について、「そかひにみゆる、此巻にておほき詞なり。こゝには背上とかき、よそには背向とかけり。心は字のことし。」という。このように、その用字からも「後方。背後。後ろ向き。」という意味が読みとれることから、この語に「後方」の意を認める注釈が多く見られる。ただ、「後方」とする説も、「背後、後方」という正確な方向とするものと、そのような意味合いを抱えながらもっとゆるやかに捉えるものとの間で、解釈が分かれている。

たとえば、今問題としている紀伊国行幸歌の「そがひに見ゆる」について、『澤瀉注釋』には次のようにある。

　「背向」の語については前（三・三五七）にやゝくはしく述べたやうに、後方の意。常宮といふのが前（四・五四三題）に續紀を引いたやうに、玉津島頓宮とあるところであるが、それは今の玉津島神社のあるところでなく、「造離宮於岡東」とある岡は雑賀野の岡、卽ち今東照宮のある丘陵の東と見るべきだと私は考へる。従つてその離宮の方へ向つて仕へ奉る雑賀野からは東の方、後の方に見える奥つ島といふので正しいと思ふ。

『澤瀉注釋』は訳にも「雑賀野から後の方に見える奥の島」とあり、まさに「後方、背後」の方向にあるという意味で捉えている。

それに対し、次の『伊藤釋注』による解釈は、方向としての「後方、背後」という意味を含みつつも、そこを超えた要素を持たせたものであろう。

この長歌の冒頭五句は、雑賀野に新たに離宮を造ったことへの祝福を背景にしていよう。その雑賀野の離宮に面すると、沖つ島（玉津島）は背後になる。それで「雑賀野ゆそがひに見ゆる　沖つ島云々」の表現があるのであろう。離宮を背にすれば、沖つ島はま向かいに見えるのだが、あえてこういう表現をしたのは、あくまで、離宮を「常宮」として讃え、「常宮」を中心にして物を言っているからであろう。雑賀野が大君の常宮として仕える聖地であればこそ、そこから国見する土地は活況を呈し、神代以来の尊厳をもって輝くことになる。冒頭部分の「常宮」と結びの部分の「神代」とは、緊密に響き合っている。

ちなみに、訳には「雑賀野に向き合って見える沖の島」とある。「そがひ」が単に方向を表したとする説に比べ、この行幸の場に即した考察が加えられている点で説得力がある。後方・背後という方向性を表現することが重要だったのではなく、離宮の所在地である「雑賀野」を中心に置くために「そがひに見ゆる」という表現が用いられたということだろう。

ただ、こうした意味は「そがひに見ゆる」ではなく、すでに、「やすみししわご大君の常宮と仕へ奉れる」によって示されていると言える。また、家持が広縄へ送った巻十九・四二〇七番歌では「ここにしてそがひ（曾我比）に見ゆる　我が背子が垣内の谷に」とあるが、これを先程の『伊藤釋注』の説く意味で解釈すると、自らの家である「ここ」を相手の邸宅のある「垣内の谷」よりも重要視することとなってしまう。相手へ贈る歌の中で、自分の家を相手の家よりも尊重して描くことはあり得ないのではないか。現に、この歌に関しては、『伊藤釋注』も「うしろの方に見える」という訳をつけているのである。

こうした説に対し、「そがひに見ゆる」が「玉津島（沖つ島）」「雑賀野」のいずれをも重視した表現であることを指摘する論が出されている。小野寛氏は、当歌の「玉津島」のような賞賛の対象となっている場所を「後方に見る」というのは讃美の表現としてふさわしくないと指摘する。[12] 氏は、「そがひ」自体が奈良時代を最後に消えてしまうことから、「そがひ」が「そむかひ」の音韻変化で生じたことを認めながらもその音韻変化が比較的古い時代におこったのではないかと推測する山崎良幸氏の論を引く。[13] 山崎氏は、「そがひ」が使用されるうちに「そむかひ」という語源意識が薄れ、「そ・がひ」という新たな分析意識が生じた結果、「そがひ」の「そ」と動詞「そく」や名詞「そき」「そきへ」の「そ」との間に意義的類推が成立したとする。よって、「そがひ」には「後ろ向き」などではなく、むしろ「遥か彼方」という意味があるのではないかというのだ。

小野氏はこの説を受け、さらに、三五七・九一七番歌の赤人の歌表現の類似から「そがひに見ゆる」が赤人の創意である可能性を述べ、次のように言う。

（三五七・九一七番歌の「そがひに見ゆる」は〔注・古舘〕）海の向こうにある沖の島を、足元からずっと沖へ目をあげてゆくようにとらえたのにちがいない。「ゆ」はその視点の出発点を表わす。赤人は、二例ともその「そがひに見ゆる沖つ島」を一首の中心として歌っているのだ。「そがひに見ゆる沖つ島」は単なる点景ではなく、その一首の中心舞台となっている。赤人も、そしてわれわれ観客も、この舞台を縄の浦から（ゆ）見、雑賀野から（ゆ）眺めるのである。そこには「うしろ」のイメージはない。浦から海を隔ててその海の先へ目を向けるのである。そこには遠く離れゆくイメージがある。（中略）赤人はどこから「そがひに」見えるのか、その見る出発点を「〜ゆ」として示した。「縄の浦」と「雑賀野」は赤人が立った地であり、それぞれの「沖つ島」を特定する重要な地名であると同時に、一首の中でその地もまた主要な意味を持つ。その二つの地をそれぞれ「そがひに見ゆる」で結びつけたのであろう。（——線・古舘）

また、同じように「そがひに見ゆる」が「雑賀野」「玉津島」の両者を重要視したことばであることを指摘するものに、身﨑壽氏の論[14]がある。氏は、「そがひに見つつ」「そがひに寝しく」「そがひに見ゆる」のそれぞれについて分析し、「そがひに見ゆる」は「甲乙ふたつの場所がむかいあっている、対峙している、というところに力点をおいた表現なのだ。（中略）地名乙が主題化されるべき叙述にあって、なにゆえそれと対置して地名甲にあえて言及がなされるのか。それは、甲が乙に対置されるにふさわしい、ある卓越性・重要性をおびた土地だからなのではないか。（――線・古舘）」とする。

五　讃辞としての「そがひに見ゆる」

小野氏と身﨑氏の論は、「そがひ」に「後方。背後。後ろ向き。」という意味合いを持たせない点、そして何より、「玉津島」と「雑賀野」の両者が同時に讃美されていると読み、それを可能とすることばとして「そがひに見ゆる」を捉えている点で一致している。

ただし、小野氏の論にはもう一つ、卓越した点がある。それは「～に見ゆる」というかたちに注目し、「そがひに見ゆる」と「雲居に見ゆる」を比較検討していることだ。氏は、集中で「～に見ゆる」という条件付きの「見ゆ」は、他に「雲居に見ゆる」だけであることに注目し、次のような全用例を示す。

眉のごと雲居に見ゆる阿波の山かけて漕ぐ船泊まり知らずも　（⑥九九八）
遠くありて雲居に見ゆる妹が家に早く至らむ歩め黒駒　（⑦一二七一）
波の間ゆ雲居に見ゆる粟島の逢はぬものゆゑ我に寄そる児ら　（⑫三一六七）
見欲しきは　雲居に見ゆる　うるはしき　十羽の松原……　（⑬三三四六）
ま遠くの雲居に見ゆる妹が家にいつか至らむ歩め我が駒　（⑭三四四一）
外にのみ見てや渡らも難波潟雲居に見ゆる島ならなくに　（⑳四三五五）

そして、これらが物理的・心理的に遠くにあるものを指していることから、「雲居に見ゆる」は「雲居遙かに見える」という常に絶対的なあり方を示すのに対し、同じような構造を持つ「そがひに見ゆる」が、「うしろに見える」というような作者の向きによって様々に変化してしまう相対的意味を持つことを疑問視する。そして、「そがひに見ゆる」も、絶対的に存在する情景（具体的には先に挙げたように「遥か彼方に遠く離れゆくイメージ」）を表す表現として捉えるべきだと主張するのである。

氏はそれ以上言わないが、「雲居に見ゆる」との比較では他にも注目すべき点がある。一二七一・三一六七・三四四一番歌では、「雲居に見ゆる」という条件が、自分と対象との間の障害として機能し、それ故対象に心惹かれるという関係が成立している。また、三三四六番歌では「見欲しき」ものとして「十羽松原」が捉えられているが、第一章で考察したように、「見が欲し」が実際に対象を見ているか否かに関わらず、その対象の性質が完全に把握しきれず、何か自分の側につかみきれないものが残るときに用いられる語だとすると、「雲居に」という条件で「見ゆる」ときには、そこに物理的・心理的な距離、つまり障害があり、それゆえ詠み手の「見る」行為が不完全になるのだと考えることができる。

さて、「雲居に見ゆる」にこのような性質を見出せるとすれば、それと似た構造を持つ「そがひに見ゆる」にも同様のことが言えるのではないか。「見ゆ」という完全な状態に対し、何らかの障害を抱えた状態、すなわち、対象が完全には把握できない見え方が「そがひに見ゆる」だと考えられるのである。

では、その障害とは何か。おそらく、小野氏が示す、自分の側から対象が「遠く離れゆく」状況である。そして、そのときの「遠く離れゆく」状況とは「雲居に見ゆる」同様、物理的距離のみならず、心理的な距離をも含んでいるものと思われる。

たとえば、先に挙げた坂上郎女による尼理願挽歌（③四六〇）では、死者が死後の世界へ赴く様を「草枕旅なる間に佐保川を朝川渡り春日野をそがひ(背向)に見つつあしひきの山辺をさして夕闇と隠りましぬれ」と詠む。都の郊外である「春日野」は、異郷との境界である。[15] 死者が春日野を遠く「離れてゆく」ことは、死者の世界を自分とは距たりのある世界として認識することを示していよう。死者が、生者の世界を自分にとって「遠く離れゆく」べきものと捉え、死の世界へ旅立つことを表現しているのである。つまり、この歌における「そがひに見ゆる」は、生者の世界に対する、死者の心的状況を説明したことばと見ることができる。

そして、家持が久米朝臣広縄に贈った「霍公鳥を怨恨むる歌（⑲四二〇七）」の「そがひに見ゆる」も、「後方」というよりは、物理的距離とそれに伴う心理的距離を表したものと考えられる。この歌は、ほととぎすが鳴き始めたことを告げてこない広縄に対する恨みを述べた歌である。それはつまり、ほととぎすを共に楽しむ親しい相手だと思っている広縄が、訪れもせず、便りもよこさないことへの不満である。当歌の目的は、この心を広縄に伝えることにあった。

そのような歌において、自分と相手の館の関係を、「私の館から後方に見えるあなたの垣内の谷に」と、その方向で示すことにはやはり疑問を感じる。訪れや便りが途絶えたことを恨む歌は、当然恋の歌に多い。そのとき、自分と相手の位置関係について言及されることといえば、距離を隔てている、あるいは、山や川のような障害を挟んでいるという内容である。

また、「ここにしてそがひに見ゆる」の「ここにして」、あるいは「ここにありて」の用例（当歌を除いた万葉集の全用例）を見ると、

ここにして家やもいづち白雲のたなびく山を越えて来にけり（③二八七）
ここにありて築紫やいづち白雲のたなびく山の方にしあるらし（④五七四）
ここにありて春日やいづち雨つつみ出でて行かねば恋ひつつそ居る（⑧一五七〇）

の三首で、今自分が所属する「ここ」と、「家」「築紫」「春日」といった、心惹かれながらも今は離れている対象とが対となっていることに気づく。そしてその対象は、「白雲のたなびく山を越えて来」る、あるいは「白雲のたなびく山の方」にあるというように遠方の地なのだ。

三首目の春日の歌は、同じ題詞のもとにもう一首、次の短歌がおさめられている。

春日野にしぐれ降る見ゆ明日よりは黄葉かざさむ高円の山（⑧一五七一）

こちらの歌では春日野に雨が降る様子が見えるとあることからすれば、実際には今詠み手がいる場所と春日の間に、「いづち（どこにある）」か分からなくなるほどの距離があったわけではないのだろう。それをあえて「いづち」とするのは、雨に降り込められて赴くことのできない春日への、心理的距離を表すためだろう。

家持と広縄の館も谷を挟んでいるとはいえ同じ越中国府付近であり、さほどの距離はなかったものと思われる。にも拘わらず、「ここにしてそがひに見ゆる—私の館からは遠く離れているように見える（思われる）」と詠んだのだとすれば、程近いところに住みながら、便りも訪れもない相手の住まいをわざと「そがひに見ゆる」とおおげざに言って皮肉ったこととなり、歌の主旨ともよく合致すると言えるのである。

また、池主の「敬みて立山の賦に和ふる（⑰四〇〇三）」歌では、「朝日さしそがひ（曾我比）に見ゆる神ながらみ名に帯ばせる白雲の千重を押し別け天そそり高き立山」とあり、「そがひに見ゆる」のは立山の姿である。ここで注目すべきは、立山が「神ながらみ名に帯ばせる」と形容されていることである。このように表される霊妙高い立山は、それ故、詠み手の側から距たりのある存在と感じられる対象であり、「そがひに見ゆる」はその心理的距離を表したものと読める。こちら側を寄せ付けない聖性を立山に感じることを、「そがひに見ゆる」と表現したのである。つまり、ここでの「そがひに見ゆる」は立山に対する讃辞なのだ。

すると、赤人の用例として出した、

縄の浦ゆそがひ（背向）に見ゆる沖つ島漕ぎ廻る船は釣りしすらしも（③三五七）

武庫の浦を漕ぎ廻る小船粟島をそがひ（背）に見つつともしき小船（③三五八）

などの「そがひに見ゆる」「そがひに見つつ」も、旅中に通る土地への讃辞と考えることができそうだ。旅先の地やそこで触れた自然を讃めるのは羈旅歌の常であり、これがもし天皇の行幸に関わる羈旅歌であれば、そのような傾向はなおさら強くなるだろう。

このように、「そがひに見ゆる」は、小野氏の指摘する「遠く離れゆくイメージ」という物理的な距離感に加え、対象との心理的距離感をも含み持つ語であり、それゆえ讃歌にも用いられたのである。「そがひに見ゆる」は、単にある一定の見え方を表すことばではなく、詠み手と対象の間にある距離（心理的距離を含む）を示すことで、対象を讃美する働きを持つのだ。

「そがひに見ゆる」を「甲乙ふたつの場所がむかいあっている、対峙している、というところに力点をおいた表現」とする身﨑氏の論も、この語が詠み手と対象の関係性と関わる語であることを指摘したものと思われるが、氏の論では、そのような表現が旅の歌や讃歌に使われる必然性が明らかではない。やはりそこには「距離」の問題を一つ置いて考えてみることが必要なのではないか。

六　「見れど飽かぬ」と「そがひに見ゆる」

「そがひに見ゆる」が、対象と詠み手の間の物理的あるいは心理的距離を含めた「見る」表現であり、そのように「見る」ことで対象を讃める讃辞であったとすれば、そこにもやはり「非呪術者の視点」の論理を見ることができる。第一章で述べた、人麻呂吉野讃歌の「見れど飽かぬ」を導き出すあの視点である。それが歌の表現にどのように反映されるかは、人麻呂歌、赤人歌、また個々の歌によって異なるものと思われるが、そこにはこの

「非呪術者の視点」が共通して抱えられていると考えられるのだ。

先述した「そがひに見ゆる」の考察からすれば、赤人の伊勢国行幸歌も、人麻呂の吉野讃歌同様、天皇ではない臣下の視点から詠まれており、さらにそのことを歌に明示していることになる。前掲身﨑論文は、「雑賀野ゆそがひに見ゆる」が離宮からの視点によることを根拠として、当歌では天皇の視点と臣下の視点が重なっているとする。(16)離宮から玉津島を見る視点は天皇のものに他ならず、そこに「仕へ奉れる」臣下の視点が重なっていくとするのだ。だが、果たしてそう言えるだろうか。

「仕へ奉れる」という語が差し挟まれたのは、むしろ、ここで臣下の視点と天皇の視点を明確に分けようとしたためではないのか。それは、人麻呂吉野讃歌が天皇の国見行為を「国見をせせば」と敬語で示し、詠み手の視点と天皇の視点の区別を明らかにしていたことに等しい。この歌の目的が、天皇の立場で詠むこと、あるいは天皇と臣下の視点を重ねて詠むことにあったとすれば、これらの語はその目的の遂行を妨げる以外のなにものでもない。

赤人が活躍した聖武天皇即位前後には、多くの行幸従駕歌が作られている。また、一度の行幸で複数の歌人が歌を作った例も見られる。そうした状況は、当時、天皇というある完全な一個の主体ではなく、臣下、しかも複数の臣下によって行幸地が様々に描かれることが必要とされていたことを示している。よって、その中で作られた歌もその状況に見合う内容を持つものであるのは当然だ。

第一章で述べたように、天皇の「見る」行為とは、対象である土地の本質を完全に把握することに他ならなかった。そのような呪術的視点を持った者として天皇が存在していた、あるいは存在すべきと認識されていたことは、これも第一章で挙げた記紀の記事などからも読み取ることができる。天皇にとって重要なことは、行幸地を「見る」ことであり、「どう見るか」ではない。人麻呂吉野讃歌のような行幸地の自然を説明する歌が天皇自らの歌として残されていない事実は、そのことをよく物語っている。

逆に、「どう見るか」にこだわるのは、非呪術者の視点である。非呪術者の視点は、対象の本質を全て感受し得る呪術者の視点に対し、いつも遅れを持つ。持たなければならない。「見れど飽かぬ」「見が欲し」も、また本章で取りあげた「そがひに見ゆる」も、その見え方が完全でないことを示すことで、それに対峙する天皇の視点（＝呪術者の視点）を讃めたたえる機能を持っていた。これらの「見る」行為が讃歌の中に取り入れられたのも、そのためである。そして、非呪術者の視点によるこのような讃美は、天皇だけでなく、天皇が治める土地、そして国見によって天皇とその土地の間に結ばれているであろう理想的な関係までをも称える仕組みを持っており、まさに行幸という場にふさわしい表現であったと考えられる。

先に挙げたように、赤人紀伊国行幸歌が詠まれたとされる神亀元年十月の続日本紀の記事には、天皇が見た玉津島が「山に登り海を望むに。此間最も好し。遠行を労らずして、遊覧するに足れり。故に弱浜の名を改めて、明光浦とす。」と記されていた。

天皇が「遊覧」したことによって、「弱浜」と呼ばれていた場所は「明光浦」とあらためられる。「明光浦」の「明」とは、対象がはっきりと明確であることを示す。天皇にとって、土地の姿は「明」らかにはっきりと見出せるものだったことを表すこの記事は、天皇という呪術者が持つ、対象を十全に把握することのできる視点の存在を示している。「そがひに見ゆる」は、そうした視点との違いを際立たせるための表現であり、読み手と対象との物理的・心理的距離を抱える視点を示したものである。また、実際に地図を見る限り雑賀野とそれほど離れていない玉津島を「沖」つ島と表現するのは大仰だと言われるが[17]、この「沖」つ島という表現にも、「そがひに見ゆる」同様、心理的距離を作り出そうとする意図を認めることができるのではないか。

そして反歌の方に目をやれば、そこでもまた、「沖」つ島の玉藻が満潮により「い隠り行」く、つまり「見えなくなってしまう」ことが詠まれている。このように、様々な方法で、行幸地が「見えないこと」が表現されていくのである。この見え方は、行幸地を「明」と見た天皇のそれと対照的である。

そして、宮廷歌人による行幸従駕歌がこうした見え方を基準として詠まれているということには、案外に重要な問題が隠されていると言える。なぜなら、見え方の違いは、見えてくるものの描写をも大きく変えていくからである。

冬十月難波宮に幸せる時に、笠朝臣金村が作る歌一首 并せて短歌
おしてる　難波の国は　葦垣の　古りにし里と　人皆の　思ひやすみて　つれもなく　ありし間に　積麻なす　長柄の宮に　真木柱　太高敷きて　食す国を　治めたまへば　沖つ島　味経の原に　もののふの　八十伴の男は　廬りして　都なしたり　旅にはあれども（⑥九二八）

反歌二首
荒野らに里はあれども大君の敷きます時は都となりぬ（⑥九二九）
海人娘子棚なし小船漕ぎ出らし旅の宿りに梶の音聞こゆ（⑥九三〇）

神亀二年の十月、難波宮行幸の際に作られた笠金村歌である。この歌の詠み手は、今まさに行幸が行われている「難波の宮」を、「古りにし里」、「荒野」の「里」と捉える視点を持っている。これはもちろん、「古りにし里」として、「人皆」が見向きもしなかったような場所が、大君の行幸の際には「都」として顕れると言うのであり、そうした力を持つ天皇を讃め称えている。ただ、その「都」は、「廬」や「旅」と並べられており、また反歌二首目では、一首目で天皇の見る力で立ち顕れた「都」を、再び「旅」の場として捉え直してしまうのである。この歌の詠み手が行幸地に見出すのは、山や川のすばらしさや、今を盛りと咲く花、繁茂する植物ではなく「古りにし里」であり、自分を取り巻く「旅」という状況なのだ。これらの表現は一見すると、讃歌であるはず

の行幸従駕歌に抵触するようにも見える。だが、これまで明らかにしてきた非呪術者の視点による讃美という仕組みから言えば、当歌もまた確かに新しい讃歌なのである。

ただ、この新しい讃歌は讃歌でありながら讃歌を越えるものを歌の中に抱え込むこととなった。「古りにし里」「旅」といった表現は期せずして歌を抒情的な方向へと導いていったのである。行幸地を「旅」「廬」「古りにし里」として詠めるということは、そこに羈旅歌のような抒情が呼び込まれる可能性が生まれる。

そして、赤人の場合、行幸従駕歌によって培われた対象の捉え方―そがひに見る見方―こそが、赤人の「叙景歌」一般に指摘される傾向と深く結びついている。赤人特有と言われる遠近法的な叙景歌は、非呪術者の視点によってこそ作り上げられるものと考えられるからだ。単に、「見る」のではなく、それをどのように見るのか、そして、その結果どのように見えるのか、そして見えたものに対してどのような心を抱かされるのか。そういった関心が、赤人歌の空間的広がりや抒情の深みをもたらしたと思われるのである。

七　結

このように、「宮廷歌人」山部赤人が同時に「叙景歌人」でもある背景には、行幸従駕におけるものの見方が大きく関わっていた。本章冒頭に挙げた鈴木氏の論に限らず、赤人の自然詠には奥行きのある整った構図が見られると言われるが、その構図は赤人が自然そのものを見る中で学んだものではない。対象を、どこからどう見るのかということが常に問われる宮廷儀礼歌製作の中でこそ、こうした構図は獲得されたと見るべきだ。そして、そこで作られる対象と詠み手との距離は、対象に強く惹かれるあこがれの心を歌の中に導き出すことになるのである。

春の野にすみれ摘みにと来し我そ野をなつかしみ一夜寝にける（⑧一四二四）

という赤人の春の野を詠む歌があるが、「なつかし」は心惹かれて去りがたいことを表す。野に居ながらにしてその野にさらに心惹かれてしまい、どうにも帰ることができず、そこで一夜を過ごしてしまったという歌である。野を見て、そこに咲くすみれを摘むのでは飽きたらず、「なつかし」という心のままに野で一夜を過ごす。「見る」ことが不完全な詠み手は、もっと直接的な「寝る」という行為によって野とつながろうとする。そこには、「見れば～見ゆ」といった様式からは見えない、新しい自然と詠み手の関係を見ることができるのである。

（1）「赤人の叙景の構図」（『古代和歌史論』東京大学出版会　一九九〇）。
（2）「赤人の動」（『文学』一九四三・四）。
（3）倉持しのぶ「山部赤人論―「……見れば……見えず」と歌うこと―」（『叙説』十九　一九九二・十二）。
（4）「黒人に於ける自然―「見る」ことと自然―」（『万葉集の叙景と自然』新典社　一九九五）。
（5）前掲鈴木論文(1)に同じ。
（6）菊池威雄「黒人の叙景」（『高市黒人―注釈と研究―』新典社　一九九六）など。
（7）巻八所収の次のような歌々を指す。
春の野にすみれ摘みにと来し我そ野をなつかしみ一夜寝にける（一四二四）
あしひきの山桜花日並べてかく咲きたらばはだ恋ひめやも（一四二五）
我が背子に見せむと思ひし梅の花それとも見えず雪の降れれば（一四二六）
明日よりは春菜摘まむと標し野に昨日も今日も雪は降りつつ（一四二七）
（8）「赤人の玉津島従駕歌について」（『大谷女子大学紀要』十五　第二輯　一九八〇・十二）。
（9）「山部赤人の玉津島讃歌―基礎的考察―」（『北海道大学国語国文研究』七二　一九八四・八）。
（10）「神功皇后伝承と「玉津嶋」―玉津嶋讃歌の論―」（『万葉史の論　山部赤人』翰林書房　一九九七）。
（11）この点については、「大殿」が宮廷にも殯宮にも使われているという指摘が、前掲村山論文(9)に見られる。
（12）「「そがひに」考」（『論集上代文学』第九冊　一九七

九)。

(13)「「そがひに見ゆる」考」(『万葉歌人の研究』風間書房　一九七二)。

(14)「赤人の景・序説―玉津島行幸従駕歌の景観叙述をめぐって―」(『万葉集研究』第二五集　二〇〇一)。

(15) 古橋信孝「郊外論」(『古代都市の文芸生活』大修館書店　一九九四)。

(16) 前掲身﨑論文(14)に同じ。この指摘は当歌に「君臣和楽」の論理を見、清水克彦「赤人における叙景形式の変遷」(『万葉論集　第二』桜楓社　一九八〇)の、「本来国見歌は、国見者自身によって歌われるべきものであった。人麻呂が踏まえたと思われる舒明天皇の国見歌(巻一・二)でも、「登り立ち　国見をすれば」と述べられている。人麻呂の作で、天皇が国見者となり、その国見する天皇が、作者によって対象として描かれているのは、人麻呂が国見歌を踏まえつつも、それを天皇讃歌に変質させたからである。対して赤人は、人麻呂の天皇讃歌を踏まえ、「やすみしし　我ご大君」といった語句を用いつつも、それをふたたび作者自身を国見者とする本来の国見歌のかたちにかえしている。わたくしはここに赤人作の原国見歌との親近性を見出すのであり、従って同時に、ここに前人麻呂時代的表現の一例を見出しうるものと考えるのである。」という論に対して反論した部分である。本論は、当歌の視点を本来的な国見者のものとは異なる詠み手(臣下)のものと捉えるため、清水・身﨑両氏のいずれとも異なる立場を取る。

(17) 前掲梶川論文(10)に同じ。

第三章　隠れる吉野
――赤人吉野讃歌が描くもの

一　序

万葉集には山部赤人作の吉野讃歌が二組残されている。その第一群は、神亀元年三月に作られたと考えられる[1]巻六・九二三〜九二七番歌である。なかでも近代の写生派歌人、島木赤彦によって絶賛された[2]短歌二首を含む九二三〜九二五の長歌短歌の組み合わせはよく知られている。

山部宿禰赤人が作る歌二首　并せて短歌

やすみしし　わご大君の　高知らす　吉野の宮は　たたなづく　青垣隠り　川次の　清き河内そ　春へには
花咲きををり　秋へには　霧立ち渡る　その山の　いやますますに　この川の　絶ゆることなく　ももしき
の　大宮人は　常に通はむ（⑥九二三）

反歌二首

み吉野の象山の際の木末にはここだも騒く鳥の声かも（⑥九二四）

ぬばたまの夜のふけゆけば久木生ふる清き川原に千鳥しば鳴く（⑥九二五）

新しい叙景の境地を拓く秀歌と言われる短歌二首に対し、長歌への評価はあまり芳しくない。その表現の大半が人麻呂吉野讃歌の模倣であり、あたらしみに欠けるとされるためである。それ故、当歌群の長歌と短歌二首に緊密な関係を認めない読みも出されている。

たとえば、『武田全註釋』が九二五番歌について、

> これは夜の歌であるが、山中の夜氣のしみ透るような氣分の歌である。長歌に春と秋とを對したのは例の筆法であるが、ここに至つて氣分の集中が行われた。反歌として長歌と共に味わうよりも、この二首の反歌の如きは、むしろ長歌を去つて、獨立した短歌として味わつた方が、自然の深いところに入ることが出来よう。

というのも、その一例である。だがもちろん、こうした赤人の手法を伝統を汲む長歌の詠み方として評価する意見もある。『窪田評釋』は次のように言う。

> これを前の金村の歌と較べると、金村は時代の趨勢である新風に無自覺に乗つてゐるのに、赤人は人麿を傳統として、倣つて離れず、舊風を守つてゐるのである。赤人も一方には新風を拓いてゐるのであるが、歌の本質を解し、舊風を守るべき時には守つてゐたのである。

赤人は金村とは違って歌のなんたるかをよく理解していたからこそ、単に新しさだけを追うのではなく古き良き伝統を踏襲したのだという。

ただ、この両者の意見は、赤人吉野讃歌が人麻呂吉野讃歌の表現を引き継いでいる、つまりその表現を模倣・踏襲していると見る点では変わらない立場と言える。いずれにしても、当歌群長歌が人麻呂吉野讃歌の模倣的作品であるという認識は動かないようだ。

では、人麻呂吉野讃歌と赤人吉野讃歌の表現はどのくらい類似しているのだろうか。実際に比較検討していくために、人麻呂吉野讃歌の長歌二首を次に挙げる。

> やすみしし　我が大君の　聞こし食す　天の下に　国はしも　さはにあれども　山川の　清き河内と　御心を　吉野の国の　花散らふ　秋津の野辺に　宮柱　太敷きませば　ももしきの　大宮人は　船並めて　朝川

渡り　船競ひ　夕川渡る　この川の　絶ゆることなく　この山の　いや高知らす　みなそそく　滝のみやこは　見れど飽かぬかも（①三六）

やすみしし　我が大君　神ながら　神さびせすと　吉野川　激つ河内に　高殿を　高知りまして　登り立ち　国見をせせば　たたなはる　青垣山　やまつみの　奉る御調と　春へには　花かざし持ち　秋立てば　黄葉かざせり〔一に云ふ、「もみち葉かざし」〕　行き沿ふ　川の神も　大御食に　仕へ奉ると　上つ瀬に　鵜川を立ち　下つ瀬に　小網刺し渡す　山川も　依りて仕ふる　神の御代かも（①三八）

「やすみしし我が大君」という歌い出しや、「青垣」という語彙、春と秋、山と川の対応、大宮人の奉仕等、ことばや内容の重複は確かに目立つ(3)。そのようなレベルにおいては、人麻呂歌と赤人歌は類似しているとしか言いようがない。しかし、行幸地で詠まれる讃歌にとって重要なことは、その讃美の主たる対象である離宮がどのように描かれているかである。たとえ同じことばが用いられていたとしても、そのことばを構成する方法が変われば、そこに作り上げられる離宮の姿もまた異なってくるのではないか。

そもそも、人麻呂は持統朝の歌人、赤人は聖武朝の歌人である。そこで作られる離宮像に違いがあることは至極当然と言える。行幸従駕歌というものが繰り返し作られていくことから考えても、それぞれの歌の間にあらわれた差異にこそ、もっと目を向けるべきなのではないか。

もちろん、両歌の違いについての指摘がこれまでになかったわけではない。たとえば、人麻呂吉野讃歌の三八番歌では、春と秋の描写が山の姿だけで描かれているのに対し、赤人歌には春に対して山、秋に対して川と、整然とした構成があると言われる(4)。また、赤人歌では、赤人が「叙景歌人」として位置付けられることとも関わって、自然描写への傾倒が見られることも指摘されており、青木生子氏も次のように述べている。

人麻呂の歌（三六―九）が、吉野の地をさまざまに讃美し、それが終局において大君に仕え奉る至情に集中していいるのに対して、赤人の歌は、むしろ吉野の自然によせる感興そのものが、大きく表面に出てきているのをやはり見逃せない。対句仕立ての叙述でありながらも、「春へは　花咲きをり　秋されば　霧立ちわたる」には、景観を彷彿と浮ばせるような描写に、心が注がれている。(5)

また氏は、「吉野の純自然のこういう讃美が、従駕の折のもっともふさわしい宮廷讃歌たりえたことを知らねばならない。そこから赤人の叙景歌は成立し、独立していった。」と、従駕歌での自然への傾倒はそのまま行幸地讃美を意味するものであり、赤人歌特有の叙景表現の源も従駕歌にこそあるという。赤人のいわゆる「叙景歌」といわれるような歌々が、従駕歌をその源流としているという指摘は示唆的である。このことはつまり、従駕歌を作る機会が得られなければ、赤人歌の持つ構成力や奥行きある空間描写は生まれなかったことを意味する。また、自然へ傾倒した表現そのものが当時の宮廷に必要とされていたという時代性への言及も興味深い。

しかし、氏の論では、「純自然」を描くことが「ふさわしい宮廷讃歌」たりえたのはなぜか、また「純自然」とは何を指すのかといったことは明らかにされていない。我々に「純自然」と見えるものが、赤人にとっても同じように「純自然」と言い得るようなものだったのか。また、それは意図して詠まれたものなのか、といった点で疑問が残る。

この「純自然」「自然そのもの」といった評語は、特に反歌二首の評価に関わって用いられるものである。人麻呂が山の神、川の神が天皇に奉仕するという神話世界を投影した自然を詠み込むのに対し、赤人は意味付けのない「純粋」な自然そのものを詠んでいるという理解であろう。青木氏は、「近代の写生派歌人島木赤彦がこの歌によせた「人生の寂寥相、幽遠相に入っている」という有名な批評（『万葉集の鑑賞及び其の批評』）は、赤彦好みでつくりあげた赤人像の感を免れまい。赤人の心は、けっして自然への逃避や、沈潜ではない。」と、赤彦の読みを否定していて共感できるが、「純自然」「自然そのもの」というところの内実を赤人の側に沿って説明できない限り、赤彦的評価を本当の意味で乗り越えることにはならないのではないか。さらに、短歌二首のみにそのような特徴を見るのではなく、長歌を含めた歌群全体が離宮をどう捉えているかということについても分析がなされるべきである。

本章ではそのような問題意識のもと、赤人吉野讃歌の表現を読み解いていきたいと思う。まずは、人麻呂吉野讃歌と赤人吉野讃歌の表現を比較検討し、そこにあらわれる赤人歌の特徴を捉えることからはじめたい。

二　青垣隠り

人麻呂吉野讃歌と赤人吉野讃歌、どちらにも含まれる「青垣」という語がある。このことばは、万葉集に先立つ記紀や風土記の歌謡にも見られ、次に挙げる「国偲ひ歌」には、「たたなづく青垣」という赤人吉野讃歌と全く同じ形が見られる。なお、景行記では同じ歌を天皇が詠んだものとして載せているが、歌が詠まれる状況がかなり異なるため並べて挙げてみたい。

○景行記

其地より幸して、三重村に到りし時に、亦、詔ひしく、「吾が足は、三重に勾れるが如くして、甚だ疲れたり」とのりたまひき。故、其地を号けて三重と謂ふ。其より行幸して、能煩野に到りし時に、国を思ひて曰はく、

倭は　国の真秀ろば　たたなづく　青垣　山籠れる　倭し麗し（三〇）

又、歌ひて曰はく、

命の　全けむ人は　畳薦　平群の山の　熊白檮が葉を　髻華に挿せ　その子（三一）

此の歌は、思国歌ぞ。

又、歌ひて曰はく、

　愛しけやし　我家の方よ　雲居立ち来も（三二）

此は、片歌ぞ。

此の時に、御病、甚急かなり。爾くして、御歌に曰はく、

　嬢子の　床の辺に　我が置きし　剣の大刀　その大刀はや（三三）

歌ひ竟りて、即ち崩りましき。爾くして、駅使を貢上りき。

○景行紀（十七年三月）

子湯の県に幸し、丹裳小野に遊びたまふ。時に東を望して、左右に謂りて曰はく、「是の国は、直に日出づる方に向けり」とのたまふ。故、其の国を号けて日向と曰ふ。是の日に、野中の大石に陟りまして、京都を憶ひたまひて、歌して曰はく、

　愛しきよし　我家の方ゆ　雲居立ち来も（二一）

　倭は　国のまほらま　畳づく　青垣　山籠れる　倭し麗し（二二）

　命の　全けむ人は　畳薦　平群の山の　白檮が枝を　髻華に挿せ　此の子（二三）

とのたまふ。是を思邦歌と謂ふ。

景行記では、倭健命が東国平定を終え大和へ戻る途中、能煩野で命を落とす直前に大和を思って詠んだ歌とある。「たたなづく」は「畳なづく」で、幾重にも重なり合う様子を示す。ここでは、木が青々と垣根のように茂った山が、さらに幾重にも重なっている様を表していると考えられる。そして、その「青垣」の中に「籠れる」土地として「大和」が描かれている。「青垣」に「籠れる」様は、外部から守られた神聖な場所としての「大和」をイメージさせる。すなわち、「大和」は「青垣」によって「聖性を帯びた地としてたたえ[6]」られているのであ

る。

さて、ここで重要なことは、これらの歌を記紀両者ともが大和が大和の外部から詠まれた歌として置いていることである。景行記と景行紀ではそれぞれ歌の主体が異なるものの、どちらも大和以外の地で大和を「思（憶）」って作ったという説明が加えられている。それに応じるように、歌自体にも「見る」という表現が一つも入らないことに注目しておきたい。これらは大和を思う歌であり、見る歌ではないのである。

「青垣」は、大国主神の国作りの場面にもあらわれる。歌の表現ではないが、一人きりで国造りをすることを嘆く大国主のもとにやってきた神のことばの中に「倭の青垣」という表現が見える。

是に、大国主神の愁へて告らししく、「吾独りして何にか能く此の国を作ること得む。孰れの神か吾と能く此の国を相作らむ」とのらしき。是の時に、海を光して依り来る神有り。其の神の言ひしく、「能く我が前を治めば、吾、能く共与に相作り成さむ。若し然らずは、国、成ること難けむ」といひき。爾くして、大国主神の曰ひしく、「然らば、治め奉る状は、奈何に」といひしに、答へて言ひしく、「吾をば、倭の青垣の東の山の上にいつき奉れ」といひき。此は、御諸山の上に坐す神ぞ。（神代記）

神は、国造りを完成させたければ、自分を「倭の青垣の東の山の上」に祭れと伝えている。ここでの「青垣」もやはり山の描写であるが、そこに神が祭られるということに注目したい。神が鎮まる神聖な地を、出雲の地から指した場面に「倭の青垣」ということばが用いられているのである。

また、播磨国風土記美嚢郡の記事には、後に仁賢・顕宗天皇となる市辺天皇の皇子たちの話に付された歌謡に「青垣」とある。二人の皇子は、彼らの素性を知らない志深の首長の家で使われていた際、新室の宴で自らの出自に関わる歌を詠む。

淡海は　水渟む國　倭は　青垣　青垣の　山投に坐しし　市辺の天皇が　御足末　奴津らま。（播磨国風土

記　美嚢郡）

この歌によって、皇子たちの正体が明らかにされるのだが、ここでは淡海の特徴である「水渟む」に対し、倭の属性として「青垣」が示される。他の土地と比較をするとき、その大和の特徴として示されるのが「青垣」なのである。そしてその山に囲まれた地の中央には市辺の「天皇」が「坐」しているのだ。

また、神武天皇の即位前紀には、「青垣」ではないが「青山」という似た表現が見られる。

抑又、塩土老翁に聞きき。曰ししく、『東に美地有り。青山四周れり。其の中に、亦天磐船に乗りて飛び降る者有り』とまをしき。余謂ふに、彼の地は、必ず大業を恢め弘べ、天下に光宅るに足りぬべし。蓋し六合の中心か。厥の飛び降る者は、謂ふに是饒速日か。何ぞ就きて都つくらざらむや」とのたまふ。（神武即位前紀）

神武天皇が日向から東征をはじめるきっかけとなった塩土老翁のことばに、「青山四周れり」とある。饒速日命が飛び降ったとあるところから、「彼の地」も、また大和であることが分かる。ここでも、大和を日向という外部、しかも遠方から捉えた描写に「青山」があらわれる。そして青山の「其の中」には、饒速日命が飛び降るのである。ここには「垣」という語がないが、「四周れり」から「青山」が「垣」のように中心部をとりまいていたと読むことができる。また、出雲国風土記では次のような二例が見られる。

天の下造りましし大神大穴持の命、越の八口を平け賜ひて、還り坐す時に、長江山に来坐して詔りたまひしく、「我が造り坐して命く国は、皇御孫の命平世と知らせと依せ奉らむ。但、八雲立つ出雲の国は、我が静まり坐す国と、青垣山廻らし賜ひて、珍玉置き賜ひて守らむ」と詔りたまひき。故れ、文理と云ふ。（出雲国風土記　意宇郡）

天の下造らしし大神の命、詔りたまひしく、「八十神は、青垣山の裏に置かじ」と詔りたまひて、追ひ廃ち

たまふ時に、此処に迨次坐しき。故れ、来次と云ふ。（出雲国風土記　大原郡）

はじめの例は、大神大穴持の命が越を平定し、長江山（伯耆との境にある山）にたどり着いたとき、出雲の国に「青垣」を廻らし、我が国として守ることを宣言した件である。やはり、外部と内部の境界が顕在化する部分で「青垣」が用いられている。また、次の例は、大神の命が八十神を追い払う場面に「青垣山」が見え、こちらの例にも外部・内部の意識が強く見られる。

これらの用例から、「青山」や、「青垣」に囲まれた中心部分には、神や天皇、天孫という神聖な存在が置かれる場合が多いことがあらためて確認され、さらに、「青山」や「青垣」の語が用いられる部分には外部・内部の意識が強く働いていることも指摘できる。

こうした「青垣」「青山」の用例から、神聖なるものの「容れ物」である青垣の外部から、その青垣の中心部分を思いやって讃め称える歌のかたちがあったと考えることができるのではないか。それは、ある土地の中心的高台、つまり土地の内部の山などに立って見下ろす国見的な土地讃めの歌とは全く異なるかたちである[7]。後者は土地を把握する者（＝神・天皇）が神聖なる場所に立ち、呪術的な力（見る力）によって対象を見出していくものだが、前者では青垣の中心に存在する者（＝神・天皇）の聖性が神秘的なものとして外部から隠されており、その姿を思いやる詠み方になる[8]。

また、前者のような歌は歌の中に全く異なる二つの要素を呼び込む可能性を持っており、それが景行記・景行紀の違いによく表れている。

景行紀では、天皇が日向の国を平定した際に詠んだ歌とあり、新たな領土を手に入れると同時に大和を讃める歌を詠んだと理解できる。自らが治める国土全体の繁栄を予祝する歌として捉えられるということだ。しかし記では、瀕死の倭健命が故郷をなつかしく思い出す場面に「青垣」の歌が登場するのである。

一つの歌謡から、こうした二通りのストーリー展開が導かれるのは、「青垣」という語の持つ性質によるところが大きい。「青垣」の持つ外部から隠されたイメージは、その中心に隠されたものの神聖さを表すと同時に、隠されたものに対する思慕の思いをかきたてる。今目の前にいない恋人に対する思いが「恋」であるように、大和は「青垣」に隠されることで詠み手の前から失われ、思慕の対象としてもあらわれてしまうのである。大和が「青垣」に隠されているという表現は、大和讃美である一方、このような抒情性を歌に呼び込む性質を持つ。つまり、「青垣」に隠れる大和が死を目の前にして大和を思慕する倭健命の心を歌に呼び込んだ結果、景行記のような展開が生まれたと考えられるのだ。本来は讃歌として存在していた歌に、後に大和を思慕する心が読み取れるようになっていったのではないか。(9)

さて、この「青垣」は、人麻呂吉野讃歌では「たたなはる青垣山」、赤人吉野讃歌では「たたなづく青垣隠り」とあった。一見すると、赤人が人麻呂の表現を模倣したように見える。しかし、赤人歌にあって人麻呂歌にはない「隠り」という語は重要である。赤人の「たたなづく青垣隠り」は「国偲ひ歌」の「たたなづく青垣山籠れる」をほとんどそのまま用いたものと考えられる。赤人歌の表現は、人麻呂歌よりもむしろ「国偲ひ歌」に近いのである。

そして、「青垣」が一首の展開の中で果たす役割においても、人麻呂歌と赤人歌には大きな違いがあるように見える。人麻呂歌では、「登り立ち国見をせせばたたなはる青垣山」とあり、天皇が内部から吉野を見る「国見」行為が詠み込まれている。このことによって、「青垣」が本来持っていたであろう外部から中心を隠すという意味合いがやや後退している。人麻呂歌ではその後も吉野離宮内部で行われている鵜川狩りの様子が詳しく語られていき、歌全体を通して見れば歌謡の「青垣」が持っていた外部からの視点を読み取るのはかなり難しい。人麻呂歌は、本来外部から大和を捉える表現であった「青垣」を内部からの表現の中に周到に組み込んだのではないか。

それに対し、赤人歌には「国見」も青垣内部の詳しい描写も見られない。赤人吉野讃歌の表現は記紀や風土記的なのである。赤人歌は「外部からの視点で吉野を捉えた歌」として読める可能性を持っており、そこに人麻呂吉野讃歌との大きな違いが見えてくるのである。

三　川なみの清き河内

さて、吉野を外部・内部どちらからの視点で捉えるかという問題は、「青垣」ということばだけに関わるものではない。次に、「青垣隠り」に続く「川次《なみ》」について検討してみたいと思う。

当歌の「川次」は、「川の続き並びたるをいふ（『攷証』）」、「河波の意にて次と書けるは誤字とおぼゆ（『新考』）」、「川道の曲折状態をいふ（『金子評釈』）」、「川筋（『佐々木評釈』）」、「川の長く続いた意（『私注』）」、「川の流れていく道筋（『伊藤釋注』）」、「河のほとりを含めた長く続く流域の姿」（『全注』）等、様々に説明されているが、整理すれば「川の姿」「川波」いずれかの意味に割り振ることが出来よう。すると、「波」の意で取るのは『新考』のみで、他はすべて「川の姿」の意としていることが分かる。

では、当歌の読みとしては、どちらがふさわしいのだろうか。「川なみ」は集中十一例で、当歌以外の用例は次のようになっている。なお、「川なみ」の部分は原文のまま示した。

若鮎釣る松浦の川の**可波奈美**のなみにし思はば我恋ひめやも（⑤八五八）
……山並の　宜しき国と　**川次**の　立ちあふ里と……（⑥一〇五〇）
痛足川**河浪**立ちぬ巻向の弓月が岳に雲居立てるらし（⑦一〇八七）
ちはや人宇治**川波**を清みかも旅行く人の立ちかてにする（⑦一一三九）

天の川いと河**浪**は立たねどもさもらひ難し近きこの瀬を（⑧一五二四）
高島の阿渡川**波**は騒けども我は家思ふ宿りかなしみ（⑨一六九〇）
吉野川河**浪**高み滝の浦を見ずかなりなむ恋しけまくに（⑨一七二二）
秋風に河**浪**立ちぬしましくは八十の舟津にみ舟留めよ（⑩二〇四六）
風吹きて河**浪**立ちぬ引き舟に渡りも来ませ夜の更けぬ間に（⑩二〇五四）
佐保川の川**浪**立たず静けくも君にたぐひて明日さへもがも（⑫三〇一〇）

用字は、八五八が一字一音の他は「浪（波）」が八例、「次」が一例と、圧倒的に「浪（波）」が多い。また、川に「波が立つ」ことからの連想と思われる、「川なみ→立つ」のつながりが目立つことも特徴的である。

さて、すでに確認したように、九二三番歌の「川なみ」は「川の姿」の意に取られることがほとんどであるが、それらの論考が根拠とするのは、同じ用字を持つ一〇五〇番歌である。一〇五〇番歌の「川なみ」は、山が重なった姿を示す「山並」の対として出されており、その対応から考えれば「川なみ」も川が連なる様子や連なった川そのものを指すはずだという理屈である。

しかし、その一〇五〇番歌の「川なみ」が「川の姿」の意であるということも、実は疑わしい。一〇五〇番歌には、川に波が立つことからの連想である「川なみ→立つ」のつながりが見られるため、「川波」の意を持つ可能性も十分考えられるからである。「川なみ」を「川の姿」とする読みでは、「川次の立ち合ふ里」も、幾重にも並んで流れている川が合流する里と理解されている。しかし川を讃美するときに重要な要素は、それが幾重にも並んでいることではなく、その水量や勢いだったのではないか。行幸従駕歌の川も、「たぎつ河内」「落ちたぎつ」と詠まれることが多い。

山の場合は幾重にも重なっていること、高くそびえていることなどが讃美の対象となるため、「山の姿」の意で理解できるが、それを川に当てはめるのは苦しいのではないか。山川それぞれの特徴に合わせて、山の場合は「姿」の意で、川の場合は「波」の意で用いられていると考える方が讃美表現としてよく落ち着くように思われる。「川次の立ち合ふ里」も、川の水が豊かな急流で、波があちらこちらからおこり、ぶつかり合うような、勢いのある様子を詠んだと捉えればよいのではないか。

このように、一〇五〇番歌の「川なみ」が「川波」の意と考えられるなら、九二三番歌の「川次」を「川の姿」の意とする根拠も崩れる。もちろん、一〇五〇番歌に対し、九二三番歌には「川なみ→立つ」のつながりが見られないのだから、たとえ孤例であっても「川の姿」と取るべきだという向きもあるかもしれない。しかし、九二三番歌と同じ「川波→清み」のつながりは、「なみ」が明らかに「波」の意味である一一三九番歌にも見られる。やはり、九二三番歌の「川なみ」は「川波」として理解すべきなのではないか(10)。

では、「川なみ」を「川波」の意とすることで、赤人の吉野讃歌全体にどのような読みの転換がもたらされるのか。ここで、注目したいのは一七二二番歌である。この歌は九二三番歌同様、吉野の「川なみ」を詠んでいる点で参考になる。この歌が含まれる歌群全体を次にあげる。

元仁の歌三首

馬並めてうち群れ越え来今見つる吉野の川をいつかへり見む（⑨一七二〇）

苦しくも暮れ行く日かも吉野川清き川原を見れど飽かなくに（⑨一七二一）

吉野川川浪高み滝の浦を見ずかなりなむ恋しけまくに（⑨一七二二）

作者「元仁」の歌はこれ以外になく詳細は不明である。ただ、一首目に「馬うち群れ」とある点や、一首目に「かへり見む」二首目に「見れど飽かなくに」と、行幸従駕歌に用いられる常套句が用いられるところから、この歌の場として行幸を想定することができる。

さて、一首目と二首目は、眼前に吉野の川を見て詠んだものと思われるが、「いつかへり見む」「見れど飽かなくに」など、今見るだけでは十分でなく、さらに見ることを希求する表現が見られる。これは今述べたように、行幸従駕歌の讃美表現としてよく用いられたもので、詠み手の心が惹かれることを示して対象を讃めることばである。

「川浪」を含む三首目は、川そのものではなくその川の高い波に隠されて、あるいはその高波のせいで船が出せないため見られない「滝の浦」という地を詠んでおり、もし見ないまま帰京すれば「滝の浦」に「恋」を抱くことになるだろうという。しかし、先の二首が讃歌として存在した可能性を考慮すれば、当歌も単に「滝の浦」を見られないことを嘆いた歌とするのは誤りであろう。「滝の浦」を隠すほどの高い波とは、「たぎつ河内」「落ちたぎつ」などと同様、水量の多さや流れの激しさを表現したものと思われる。(11) そしてその川波に隠された「滝の浦」は、見えないが故にこちら側の心を惹きつける対象として描かれているのである。

つまり、「川浪高み～見ずかなりなむ恋しけまくに」の対応は、前二首の「かへり見む」「見れど飽かなくに」と同様、讃歌としての表現と考えられるのだ。この歌群は、吉野の川とその向こうに見えるはずの滝の浦に心惹かれると詠むことで、吉野を讃美しているのである。

同じ吉野について詠まれたこの歌をふまえれば、赤人九二三番歌の「川次の清き河内」も「川波」に隠された「清き河内」を外部の視点から捉えたものと読むことができるのではないか。そして、そのように読むならば、「川次」も、「青垣隠り」同様、吉野を隠された神聖な場所として描くための表現と見ることができるのである。

四　霧立ち渡る

さて、当歌群で隠された吉野のイメージを更に強く印象づけるのは「霧」である。この「霧」は「九二三歌で人麻呂詠との類似を指摘しがたい[12]」唯一の語でもある。集中には霧に隠されていることを表した、「霧隠り」の用例が七例見られる。

……さにつらふ　紐解き放けず　我妹子に　恋ひつつ居れば　明け闇の　朝霧ごもり　鳴く鶴の　音のみし泣かゆ……（④五〇九）

ぬばたまの夜霧に隠り遠くとも妹が伝へは早く告げこそ（⑩二〇〇八）

年にありて今かまくらむぬばたまの夜霧隠れる遠妻の手を（⑩二〇三五）

明け闇の朝霧隠り鳴きて行く雁は我が恋妹に告げこそ（⑩二一二九）

このころの秋の朝明に霧隠り妻呼ぶ鹿の声のさやけさ（⑩二一四一）

暁の朝霧隠りかへらばになにしか恋の色に出でにける（⑫三〇三五）

妹を思ひ眠の寝らえぬに暁の朝霧隠り雁がねそ鳴く（⑮三六六五）

二一四一以外は、妹・妻に対する思いを詠んだ歌となっている。五〇九番歌は、我妹子に恋心を抱いていると、まだほの暗い明け方の霧に隠れて鳴く鶴のように泣けてくるといい、この歌の「霧」からは、単に霧に隠れる鶴の姿だけでなく、恋の嘆きの息をも読み取ることができる。なぜなら、霧の用例には、恋の嘆きの息に見立てられた例が最も多いからである。

秋の田の穂の上に霧らふ朝霞いつへの方に我が恋ひ止まむ（②八八）

大野山霧立ち渡る我が嘆くおきその風に霧立ち渡る（⑤七九九）

あかねさす日並べなくに我が恋は吉野の川の霧に立ちつつ（⑥九一六）

我妹子に恋ひすべながり胸を熱み朝戸開くれば見ゆる霧かも（⑫三〇三四）

君が行く海辺の宿に霧立たば我が立ち嘆く息と知りませ（⑮三五八〇）

秋さらば相見むものをなにしかも霧に立つべく嘆きしまさむ（⑮三五八一）
我が故に妹嘆くらし風速の浦の沖辺に霧たなびけり（⑮三六一五）
沖つ風いたく吹きせば我妹子が嘆きの霧に飽かましものを（⑮三六一六）

また、二〇〇八番歌に「夜霧に隠り遠くとも」、二〇三五番歌に「夜霧隠れる遠妻の手を」とあり、妹のいる地の遠さと霧の発生が関連づけられていることも興味深い。離れた妹への恋が嘆きの霧となり、その霧が妹と自分を隔ててしまう。あるいは、逆に遠方に妹が離れていることによって、自らの嘆きの息が霧となるまで恋の心にとらわれるとも読める。隔てと恋心、相互の関係が密接であることが、論理的にではなくゆるやかに表現されている。

九二三番歌では「霧隠り」とは詠まれないが、「青垣」や「川次」によって作られた「隠された吉野」が、この霧に包まれることにより、「隠された吉野」の印象はさらに強まるだろう。赤人歌が作り上げる吉野は、「青垣」「川次」、そしてさらに「霧」により、「隠された」聖地として描かれているのではないか。さて、当歌の「霧」をこのように捉えることには、もう一つ根拠がある。いま、その点について少し説明を加えたい。

先述したように、霧は恋歌や挽歌における嘆きの心情と密接に結びついており、讃歌には適当でないようにも思われる。「霧立ち渡る」と対である「花咲きををり」が、横溢する生命力のイメージで離宮を讃めることが明白であるのに比べ、「霧立ち渡る」には讃歌にふさわしい意味を見出すことが難しい。

たとえば人麻呂歌では、霧は次のように詠まれている。

……霞立ち　春日の霧れる　ももしきの　大宮所　見れば悲しも（①二九　近江荒都歌）
……朝露に　玉裳はひづち　夕霧に　衣は濡れて　草枕　旅寝かもする　逢はぬ君故

……霧こそば　夕に立ちて　朝には　失すといへ……朝露のごと　夕霧のごと
（②一九四　泊瀬部皇女と忍坂部皇子とに献る歌）

（②二一七　吉備津の采女挽歌）

山の際ゆ出雲の児らは霧なれや吉野の山の嶺にたなびく（④四二九　出雲娘子の火葬の時の歌）

これらの例から、一見して荒都歌や挽歌に多く用いられていることが分かる。また、赤人自身、「神岳に登りて」作る歌の中で「明日香の古き都」、つまり旧都の景として霧を描いている。

……朝雲に　鶴は乱れ　夕霧に　かはづは騒く　見るごとに　音のみし泣かゆ　古思へば（③三二四）

明日香川川淀去らず立つ霧の思ひ過ぐべき恋にあらなくに（③三二五）

このように、霧は挽歌や荒都歌・旧都歌などに用いられることがほとんどで、このことばが讃歌に詠まれることにはやはり違和感を覚えるのである。

しかし、これまで述べてきたように、当歌の霧が「隠された吉野」のイメージを作り上げるために用いられたとすればどうか。霧に隠る吉野に対する心理的距離感や、その距離ゆえの執着心。こうした要素が隠された聖なる吉野をさらに補強することとなる。つまり、当歌における「霧」は、隠れる地である吉野を讃美することばとして、大切な働きを担っていると考えられるのである。

当歌に詠まれた秋の川の霧は、赤人が歌い出したものだと言われる。[13]もちろんそこには漢詩の影響で、霧そのものが秋の川の景として認識されるようになったことが関わっているだろう。霧はその「美しさ」によって吉野を讃えるのであり、それ故讃歌に組み込まれるのである。

こうした影響は当然認めるべきと思われる。しかし、それだけで全てを説明しようとすることも安易にすぎよう。当歌の霧は、霧そのものの美しさを示しながらも、それまでの歌に伝統的な「嘆きの霧」のイメージをも併せ持っていたはずである。恋歌や挽歌に用いられた嘆きの霧と、赤人吉野讃歌の霧を別のものとして扱うのではなく、嘆きの霧がなぜ讃歌に用いられるのかという問題を正面から考えてみる必要がある。

以上、「青垣」「川次」「霧」に注目しながら九二三番歌を読んできた。当歌における吉野離宮がこれら自然物象によって包み隠された神聖な場所として描かれていることが見えてきたのではないかと思う。人麻呂吉野讃歌が、青垣内部の高所から大宮人の船遊びや鵜川狩りを見下ろす視点で詠まれているのに対し、赤人の九二三番歌は、逆に外部から、中心部を思いやる方法で離宮が捉えられていると言えよう。

「青垣」の考察で触れた通り、赤人のこの視点は人麻呂よりもむしろ記紀や風土記の「青垣」の用いられ方に近いものであり、また、次のような歌謡にも通じるものと思われる。

やすみしし　我が大君の　隠ります　天の八十蔭　出で立たす　みそらを見れば　万代に　かくしもがも
千代にも　かくしもがも　畏みて　仕へまつらむ　拝みて　仕へ奉らむ　歌づきまつる（推古紀　一〇二）

正月の宴において蘇我馬子が酒杯を献じた歌とあり、その後には天皇の応える歌が続いている。今、当歌謡についてて詳細に検討する準備はないが、その冒頭部分と赤人吉野讃歌の接点について少し触れておきたい。

当歌前半部分、「隠ります天の八十蔭出で立たすみそらを見れば」は難解である。まず、「隠ります天の八十蔭」は天皇がその中心部分に坐す宮殿を表すと考えられる。「八十」は宮殿が広大であることを表現したとされるが(14)、その中心部分が外部から幾重にも厳重に隠されている意味として捉えればよいだろう。「みそら」は殿舎の天井を指すという説(15)と、宮殿から外へ出て見る朝廷の空とする説(16)があり、はっきりしない。また、これを受ける「見れば」の主体も、天皇ととるもの(17)と詠み手ととるもの(18)に分かれている。

このように解釈の難しい歌謡ではあるが、天皇の御座所を「隠りいます天の八十蔭」とするところには赤人吉野讃歌の外部からの視点に通じるものがあると思われる(19)。また、ここでの「みそら」は実体的な意味を持つものではなく、天皇のいる宮殿が詠み手の側から心理的に隔たっていることを比喩的に表したものとも考えられる。「隠ります天の八十蔭」「出で立たすみそら」は、詠み手の側からの超越を表すことで天皇を讃美しているのではないか。

「見れば」の主体を天皇ととる説には、国見のように「見る」主体は神や天皇であるべきという発想があるものと思う。だが、この歌謡は国見歌とは異なり、外部からの視点で中心を捉えていく讃め歌の系統に属するものとして理解することができる。

当歌謡や「青垣」の表現を持つ歌謡からは、国見歌的な讃め歌とは異なる土地讃め歌の表現を見ることができ、赤人吉野讃歌も、これらの歌の流れに属するものと考えられるのである。

五　鳴く千鳥――長歌からの展開

では、このような特徴を持つ長歌と、反歌二首はどのような関係にあるのだろうか。反歌では、一首目に「鳥」、二首目に「千鳥」と、長歌には見られない「鳥」の姿が現れる。この差異も含め、反歌二首を長歌から独立したものとする考え方があることについてはすでに触れた。

しかし一方で、長歌と短歌の関連を指摘する論も出されている。たとえば、この二つの反歌が、長歌で詠まれた山川・春秋に対応するように詠まれているという指摘[20]もその一つであった。また、「見えるもの」を詠む長歌と「聞こえるもの」を詠む反歌という対応も指摘されており、梶川信行氏が次のように述べている。

> 国土の理想的なありようを言挙げするのが国見歌である。とすれば、見えなければならないものをうたい、聞こえなければならないものをうたうのが国見歌であった、と言い換えた方がよいのかも知れない。当面の吉野讃歌も、長歌で見えなければならないものをうたい、反歌では聞こえなければならないものをうたって

いるのではないか。（中略）従来〈自然観照〉の歌と見られて来た二首の反歌も、国見歌の伝統に基づく儀礼的な長歌の反歌として、実にふさわしいものであったように思われる。吉野の霊的な自然を、長歌とは別の角度から、すなわち《聞こえる》理想的な世界として称えていたのだと考えられるからである。[21]

確かに反歌二首には「聞こえなければならないもの」を詠む歌と言い得る要素がある。ただ、長歌は「見えなければならないもの」を詠んでいると言えるだろうか。本章で見てきたような、隠れる離宮像を考えれば、長歌はむしろ「見えないもの」を詠む歌とでも言うべき様相を呈しているのではないか。[22] このことはまた、当歌が、高所から国を見下ろすような国見歌的な土地讃めとは異なる種類に属することを表しており、氏が前提としている「国見歌の伝統に基づく」という解釈そのものを疑う必要がある。

赤人吉野讃歌をはじめ、行幸従駕における土地讃めの儀礼歌の分析は、この「国見的」という言葉に寄り掛かりすぎてきた節がある。しかし、特に第三期の行幸従駕歌にはそれだけでは説明できない歌が多数残されている。当歌群の反歌二首がどちらも「鳴く鳥」を詠み込んでいることは注目すべきだが、そこから「見えるもの」を詠む長歌と「聞こえるもの」を詠む短歌という対応を取り出すのは性急に過ぎるのではないか。

そこで、次に反歌の「鳴く鳥」について考察し、その上で長歌との関係をあらためて考えていきたい。「鳴く鳥」の姿は一見、讃歌にふさわしいものであるように思われる。しかし、人麻呂の吉野讃歌二歌群に「鳴く鳥」は現れない。そもそも、人麻呂の「鳥」の例を見ても、

島の宮勾の池の放ち鳥人目に恋ひて池に潜かず（②一七〇）

飛ぶ鳥の　明日香の川の……ぬえ鳥の　片恋づま　朝鳥の　通はす君が……（②一九六）

かけまくも　ゆゆしきかも……行く鳥の　争ふはしに……春鳥の　さまよひぬれば……（②一九九）

天飛ぶや　軽の道は……玉だすき　畝傍の山に　鳴く鳥の　声も聞こえず……（②二〇七）

うつせみと　思ひし時に……鳥じもの　朝立ちいまして……（②二一〇）

と、挽歌と旧都歌に集中している。

舒明天皇の国見歌には「かまめ立ち立つ」とかもめが描かれていたが、これは、かもめが餌とする魚類が豊富にあることで国の繁栄を寿いだ表現[23]であり、今回の「鳴く鳥」とはやや異なる。

「鳴く鳥」、特に第二反歌の「鳴く千鳥」には、その用例からも晴れやかな讃歌にふさわしいイメージを読み取ることは難しい。むしろ、讃歌にそぐわない嘆きを誘うものとして詠まれている。

近江の海夕波千鳥汝が鳴けば心もしのに古思ほゆ（③二六六）

飫宇の海の河原の千鳥汝が鳴けば我が佐保川の思ほゆらくに（③三七一）

千鳥鳴く佐保の川瀬のさざれ波止む時もなし我が恋ふらくは（③五二六）

さ夜中に友呼ぶ千鳥物思ふとわび居る時に鳴きつつもとな（③六一八）

千鳥鳴くみ吉野川の川の音の止む時なしに思ほゆる君（⑥九一五）

佐保川にさをどる千鳥夜くたちて汝が声聞けば寝ねかてなくに（⑦一一二四）

ま菅よし宗我の川原に鳴く千鳥間なし我が背子我が恋ふらくは（⑫三〇八七）

夜くたちに寝覚めて居れば川瀬尋め心もしのに鳴く千鳥かも（⑲四一四六）

夜くたちて鳴く川千鳥うべしこそ昔の人もしのひ来にけれ（⑲四一四七）

人麻呂の「夕波千鳥」の歌をはじめ、千鳥の声を聞くことで物思いを抱えたり恋心が募る例が多く見られる。

このような千鳥の用例と赤人吉野讃歌の短歌との関係について、吉井巌氏は次のように指摘する。

反歌二首は長歌に詠われた「山」「河」を一首ずつで継承展開し、長歌の讃歌性と関連させて、生命力の顕現として、しきりに鳴く鳥のさえずりを歌っている。（中略）だが（中略）千鳥は各時代を通じて「懐旧」

「故郷思慕」「恋の歌」の素材として詠まれ（中略）千鳥の声を待ちかね、晴れやかにその声を楽しむという作はない。清らかな場所に住む鳥ではあるが、境遇の寂寥、恋の不安をかき立てるものが多い。供奉歌、讃歌に歌われているのは巻六の四首に限られている。[24]

氏が指摘する供奉歌、讃歌に歌われている巻六の四首のうち、一首は九二五番歌である。あと三首はすでに挙げた九一五番歌と次の二首を指す。

……落ち激つ　吉野の川の　川の瀬の　清きを見れば　上辺には　千鳥しば鳴く　下辺には　かはづつま呼ぶ……（⑥九二〇）

……浦渚には　千鳥妻呼び　葦辺には鶴が音とよむ……味経の宮は……（⑥一〇六二）

九一五番歌は車持千年の吉野讃歌、九二〇番歌は笠金村の吉野讃歌、そして一〇六二番歌は田辺福麻呂が難波の宮で作った歌である。第三期以降は讃歌にも鳴く千鳥が詠み込まれるようになっている。このようなことを受けて、吉井氏はさらに次のように続ける。

確かに「千鳥しば鳴く」は吉野讃歌の反歌として、生命力の顕現として意図的に、あるいは金村の長歌（九二〇）に倣って捉えられたものには相違ないが、実は赤人の意図とは異質な詩的衝迫が、千鳥の声へと向かわせていたのではないかと推定されてくるのである。（中略）夜を流れる時間のなかで千鳥のさえずりを聞く。場所は久しきを思わせる久木の立つ清き河原である。ここには時間と、時のさえずりとも思える世界の中に寂としてとけ合う歌人・赤人の姿が見えるではないか。

氏は、他の千鳥歌との関係から当歌の千鳥に「生命力の顕現[25]」などとは別種の意味を読み取るものの、それを「時のさえずりとも思える世界の中に寂としてとけ合う歌人・赤人」という個の問題へと展開させてしまう。吉井氏の言うところをまとめれば、つまり、生命力の顕現として詠み込んだはずの千鳥が赤人の個性によってその中に違ったものを抱え込んでしまったということにある。その「違ったもの」を赤人の個性に帰すのではなく、歌の歴史の中に見据えた場合どうなるのか。ここで氏は、千鳥が「生命力の顕現」を表さないという最初の卓見に、もっとこだわるべきだったのではないか。

一〇六二番歌の「千鳥妻よび」に明らかなように、讃歌に詠み込まれた千鳥は妻を求めて鳴く千鳥として描かれている。そこに「生命力の顕現」を読み取ることは難しい。「かはづつま呼ぶ」と対になっている九二〇番歌の「千鳥しば鳴く」にも、直接・間接の違いはありながら、同じことが言える。自分の対を求めて鳴く動物の声は、同じように何か心惹かれる対象を求める詠み手の心、すなわち「懐旧」「故郷思慕」「恋」といった思いをそこに呼び込むものである。

また、千鳥だけではなく「久木」の用例にも同種の傾向が見られる。「久木」は離宮と天皇の幾久しい繁栄を表すものと考えられ、讃歌に詠まれていてもそれほど違和感はないが、実際にその用例に当たってみると次のような歌々に用いられていることが分かる。

波の間ゆ見ゆる小島の浜久木久しくなりぬ君に逢はずして（⑪二七五三）
渡会の大川の辺の若久木我が久ならば妹恋ひむかも（⑫三一二七）

どちらも、恋人に長く逢えない状態を言うために「久木」が用いられている。「久木」も「千鳥」と同様、「懐旧」「故郷思慕」「恋」などを彷彿とさせる語として詠まれることばだったのである。

「懐旧」「故郷思慕」「恋の歌」の素材として用いられる千鳥や久木がなぜ吉野讃歌に詠まれたのだろうか。それは、そうした心が吉野を讃美するために必要だったからである。讃歌に詠まれる「千鳥」と恋歌に詠まれる「千鳥」を別のものと捉える必要はなく、恋歌に用いられる「千鳥」が讃歌に用いられているという事実をまずはそのまま受け止めるべきである。

では、なぜこのような表現を持つ歌が讃歌として機能するのだろうか。それは、長歌で作られた隠された吉野の姿に起因している。「青垣」「川次」「霧」によって隠された神秘的な吉野は、それ故、詠み手の心を強く惹きつけるものとなる。長歌で作り上げられたこうした吉野に対し、詠み手は「懐旧」「故郷思慕」「恋」に準ずる、思慕を抱くのであり、だからこそ、その素材となる「千鳥」が歌に呼び込まれたと考えられるのだ。

この長歌と短歌の関係は、「青垣」の用例で触れた記と紀で全く異なる文脈に置かれる「国偲ひ歌」を彷彿とさせる。あの歌謡に詠まれた大和は、本来的には讃美の対象としてあった。そしてその要素をそのまま捉えて取り入れたのが景行紀であり、その裏に抱えられてしまう大和への思慕を読み取ったのが景行記だったのである。こうした讃め歌の表現は、高所から国の全土を見渡すような国見歌的な土地讃めの表現とは異なり、「懐旧」「故郷思慕」「恋」といった思いを引き込み肥大化させる仕組みを持っている。島木赤彦が「人生の寂寥相、幽遠相」を見たのも、当歌の持つそのような性格故であろう。

このように、赤人の吉野讃歌は、讃歌でありながら、「懐旧」「故郷思慕」「恋」につながる心を孕むところに大きな特徴がある。そしてその点においては、人麻呂吉野讃歌とは全く異なる世界を作り上げていると言わねばならないのである。

六　結

赤人吉野讃歌が人麻呂吉野讃歌の模倣であるということへの疑問から両者を比較検討し、赤人吉野讃歌の特徴を捉えることが本章の目的であった。その結果、赤人歌には吉野を外側から思いやるという、人麻呂歌とは異なる方法が用いられていること、またその方法によって隠された神聖な離宮が作り上げられていたことが明らかになった。そのような歌の方向性は、天皇の「国見」を詠み、吉野内部の高所から見下ろすかたちで吉野を捉えようとしていた人麻呂歌と好対照をなす。

土地讃めの宮廷讃歌は、しばしば「見れば〜見ゆ」という国見歌の様式に沿って分析される[26]。しかし、安易にこの様式に頼りすぎることは危険である。また、国見歌の様式に沿っているからこれらの歌には「見る」力が生きている、などと簡単に結論づけることも控えるべきだろう。宮廷歌人たちの詠んだ土地讃めの歌が、全て国見歌的なものに連なっているとは限らない。むしろ、国見をする主体ではない宮廷歌人という立場にありながら、国見歌的展開を取り入れ、青垣内部から吉野を捉える讃歌を作りあげてしまった人麻呂の表現こそが特異なものだったとも考えられるのである。

さて、赤人吉野讃歌にこのような特徴を見出すことは、赤人の宮廷儀礼歌と自然詠との接点を明らかにすることにもつながっていく。

　山部宿禰赤人が歌四首

春の野にすみれ摘みにと来し我そ野をなつかしみ一夜寝にける（⑧一四二四）

あしひきの山桜花日並べてかく咲きたらばはだ恋ひめやも（⑧一四二五）

我が背子に見せむと思ひし梅の花それとも見えず雪の降れれば（⑧一四二六）

明日よりは春菜摘まむと標し野に昨日も今日も雪は降りつつ（⑧一四二七）

巻八雑歌に収められた、赤人の春の野の歌である。一首目二首目ではそれぞれ野に対する「なつかし」という思い、山桜に対する「恋」が描かれ、三首目と四首目では梅の花と野が雪に降りこめられる様が詠まれている。

当歌群には、春の野に心惹かれて去り難くなったり山桜を目の前にしながらそれがいつかは散ることを思って恋心を抱く詠み手がいる。これらは「自然に対する恋」としか言いようのない表現を抱えているわけだが、こうした表現を導き出すのは「見れば〜見ゆ」といった国見歌的な様式ではない。自然物象と自分の間に距離を置き、その距離ゆえに自然物象に惹かれていく心がこうした歌を生みだすのだ。まさに、赤人吉野讃歌が持つ離宮描写の方法に通じるものがこの歌群にも見られるのである。

また、三首目四首目では梅の花や野に雪が降る様が描かれるが、これはつまり、「梅の花」「野」という詠み手が見ようとする対象が、雪によって隠されることを表している。見たいものや見るべきものが確実に見えるという国見歌の発想から考えると、こうした「見えない」歌はすぐに見えないことの「嘆き」とのみ捉えられがちである。しかし、雪に降り込められる花や野は、雪に隠されることにより聖性を増すのであり、そこに当歌群の讃歌的側面が認められる。当歌群が雑歌の部に分類されているのもそのためであろう。

ただし、こうした構造を持つ讃歌は、歌中あるいは歌の説明に、対象に対する詠み手の思慕や恋を呼び込む力を持っている。讃歌であることを目指せば目指すほど、その抒情部分が肥大化していくのだ。そして、こうした仕組みが、自然詠における抒情部分の展開に大きく関わっていくことは言うまでもない。その後、後期万葉で詠まれた大伴家持歌には、自然への恋を詠み込むものが多く見られるが、それらの歌の源流もここにあると考えられるのである。

（1）清水克彦「赤人の吉野讃歌—作歌年月不審の作群について—」（『万葉論集　第二』桜楓社　一九八〇）の分析による。

（2）『万葉集の鑑賞及び其批評　前編』（岩波書店　一九二五）。

（3）高木市之助「万葉集の歴史的地盤」（『万葉集大成』一　平凡社　一九五三）によれば、人麻呂詠との語の共有率は七四パーセントにのぼるという。

（4）伊藤博「赤人の長歌と反歌」（『万葉集の表現と方法』下　塙書房　一九七六）。

(5)「万葉の抒情の流れ」（『萬葉の抒情』おうふう　一九九七）。

(6) 新編日本古典文学全集本『古事記』。

(7) 清水克彦「赤人における叙景形式の変遷」（『万葉論集第二』桜楓社　一九八〇）は、この二つを「見れば型」と「は型」に分け、この二つの型が本来別個の目的を持った歌謡だったことを指摘する。そして、「見れば型」は国土を見るという行為そのものに重要な意味があり、「は型」は、景やその場に対する讃美の情の叙述に主眼が置かれているため、後者は、歌い手の願いや理想の国土像を詠むことになり、「ここに、この型の歌謡において、讃美の情に支えられた叙景表現や、讃美の情の表現の成長する契機があった」とする。

(8) 西郷信綱『古事記注釈』は景行記の歌謡について、「大和のなかにあって作られたはずの「倭は、国のまほろば」の歌が場外れでないのみか、すんなり受納されるのも、主人公が大和の山並みを指呼の間に望みながらかく歌っているからにほかならぬ」としており、「青垣」が内部外部の転換を可能とすることに言及している。

(9) 西郷前掲(8)は「国偲ひ歌」について、「望郷の歌の意だが、国ほめの歌という意ともかさなる。シノフという語は遥かなものに思いを寄せるだけでなく、「黄葉をば、取りてぞシノフ」（万、一・一六）のように目前のものを賞美するにも用いる。これは紛れもなく大和のなかにあって大和を讃美した歌である。それが異郷にあって大和を偲ぶ歌に説話的に転化し、思国歌と呼ばれた」とする。「シノフ」の持つ二面性については頷けるが、これまで述べた「青垣」の特徴から、「紛れもなく大和のなかにあって大和を讃美した歌である」という指摘には全面的には従い難い。

(10) この点、『新考』にも指摘がある。

(11)『澤瀉注釋』に、一七二二番歌の「瀧の浦」を「たぎつ河内」（一・三六）と同じものと見てよい。」とある。

(12) 高松寿夫「赤人の吉野讃歌」（『セミナー万葉の歌人と作品』第七巻　和泉書院　二〇〇一）。

(13) 中西進「赤人の自然」（『成城万葉』十九　一九八三）。

(14) 土橋寛『古代歌謡全注釈』。

(15) 前掲土橋(14)に同じ。

(16) 新編日本古典文学全集本『日本書紀』

(17) 前掲(16)に同じ。

(18) 山路平四郎『記紀歌謡評釈』。

(19) 橋本達雄「柿本人麻呂の地盤」（『万葉宮廷歌人の研究』笠間書院　一九七五）は、国見歌のみならず、こうした臣下の奉る天皇讃歌の伝統が吉野讃歌に流れていることを指摘する。

(20) 前掲(4)に同じ。

(21)「《見えるもの》と《聞こえるもの》—吉野讃歌の論—」（『万葉史の論　山部赤人』翰林書房　一九九七）。

(22) 坂本信幸「山部赤人の吉野讃歌の性格」（『万葉集を学ぶ』第四集　有斐閣　一九七八）は、当歌がそのほとんどを人麻呂の表現に依りながら「見れど飽かぬ」という「最も重要な語」を切り捨てていること、九二六番歌に「見吉野乃飽津」という表記が見られることなどから、赤人吉野讃歌は隠微に見ることを拒否しているとする。

(23) 土橋寛『古代歌謡と儀礼の研究』第五章（岩波書店一九六五）。

(24) 『全注』巻第六。

(25) 当歌における千鳥の鳴き声を「生命力の顕現」として論じたものに、青木生子「赤人における自然の意味」（『日本叙情詩論』おうふう　一九九七）、伊藤前掲論文（4）などがある。

(26) 井上さやか「山部赤人と風土讃歌の伝統―新しい讃歌の誕生―」（『高市黒人・山部赤人　人と作品』おうふう二〇〇五）は、赤人歌の性格を「風土讃歌の伝統」という視点から捉えなおす新しい読みを提案しており、興味深い。

※巻六・九二三番歌の「川次」は、使用テキスト（新全集）には「川並」とあるが、「なみ」を本文のまま示すため、私にあらためたものである。

第四章　黒人〈叙景歌〉の内実

一　序

「叙景歌」とは「自然の景を客観的に捉えた歌」であり、それは同時に「景そのものを描くことを目的とした歌」とも捉えられる。(1)一方に「叙情歌」を置く概念であり、「景」と「情」とはそれぞれ別のものであるという認識に支えられた歌の分類である。

だが、「景」と「情」の分化にそれほど意識的ではなかったと思われる古代の歌にも「叙景歌」としか呼べないような歌が存在する。もちろん、古代の歌に（あるいは「歌」という表現そのものに）純粋な叙景歌などあり得ない。ではなぜあえて「叙景歌」というタームを用いるのか。それは、古代と現代をつなぐ歌の歴史をそこに見ようとするからである。我々の目に「叙景歌」としか見えない歌があるということは動かぬ事実であり、また我々はそこから出発するしかないのだ。

戦後の万葉集研究は、万葉集を近代的な読みから解放することに全力を傾けてきた。つまり、そこにどれだけ古代性を見出せるかが最重要課題とされてきたのである。その結果、我々が繰り返し突きつけられたのは、いかに万葉歌が「読めないか」という事実であった。そうした絶望を抱えた手探りの中で、しかし、様々な研究成果が生みだされてきたのである。

万葉集が「読めない」ということは一つの事実であるし、そこに自覚的であるべきだ。ただ、こうした研究の流れの中で、逆に「古代幻想」とでも言うべきものが膨らみすぎてしまった嫌いがある。我々が日常生活を送る現代社会とは遠く離れた、呪的な古代の姿。それは一面の真実ではあるだろう。だが、我々はそこで立ち止まるわけにはいかない。和歌が現代まで生き延びているということ、そして、ある意味では我々にも万葉集が「読めて」しまうということをどう理解すればよいのか。この呪的な古代を、そして万葉集を、和歌史の中にどう位置付けていくことができるのだろうか。それはまさにこれからの課題である。

そして、歌からいかに古代性を抽出するか、という読みの中で取り残されてしまった歌々もある。その一つが高市黒人の歌である。黒人歌は近代において高い評価を受け、現代の我々にも「分かりすぎてしまう」問題を抱えている。古代の歌として位置付けにくい性質を有しているのだ。

「古代の歌を古代の論理で読む」という試みに上手く馴染まない黒人歌のような歌をどう読めるのか。これからの万葉集研究の鍵はそこに握られていると言えよう。

二　黒人歌の評価

高市の黒人という歌人について、詳しい記録はほとんど残されていない。分かっていることは、人麻呂と同じ万葉第二期に宮廷に関わる歌を作ったということである。

ところで、彼が叙景歌人と称される理由の一つは、次に挙げるように、自然物象（いわゆる景）の提示に終始した歌が多いことにある。

四極山うち越え見れば笠縫の島漕ぎ隠る棚なし小船（③二七二）

磯の崎漕ぎ廻み行けば近江の海八十の湊に鶴さはに鳴く（③二七三）

「多い」と言っても、そもそも黒人歌として残された歌は、これらを含めて短歌十八首というささやかなものである。それにもかかわらず、黒人が人麻呂と同時代の宮廷歌人としてもてはやされてきたことには、近代における黒人歌の評価が深く関わっている。

たとえば、折口信夫は、「主観を沒した様な表現で、而も底に湛へた抒情力が見られる。此が今の「寫生」の本髄である。[2]」と述べ、黒人という歌人についても「靜かに自身の悲しみや憧れる姿を見て居た人である。抒情詩人としてはうつてつけの素質である。數少い作物の内、叙景詩には、優れた寫生力を見せ、抒情詩にはしめやかな感動を十分に表してゐる。」と高く評価している。黒人歌には、対象に向かうだけでなく、対象を捉えることで自己を見つめる態度が見られるということであろう。黒人歌では、叙景と抒情の理想的融合が果たされているという見解である。

このような黒人歌への評価は、大筋のところでは今でも変更がないようだ。野田浩子氏の「黒人の捉えた外界は常にその裡なる世界に呼応して存在したものだった。[3]」という評や、「一般に景叙に徹してゆきながら、かえってそこで心情がほどよく調和的に定着される性質[4]」が見られると述べる森朝男氏の理解にも、折口の評価に通じるものを見ることができる。

しかし、たとえば先に挙げた二首を、抒情と叙景の理想的融合が果たされたものとして読もうとするとき、そこには研究論文の数だけ新たな解釈が生みだされることとなる。つまり、そのような読みは、景の叙述だけが見えている歌の裡に、それぞれの研究者がそれぞれに思い描く「古代的喩」をはりつけていくことにしかならないのである。こうした読みの方法では、これ以上、黒人歌に近づくことはできないのではないか。

そこで一度、こう考えてみたい。黒人の叙景歌と呼ばれるような歌々は、心情叙述を「しなかった」のではなく、「できなかった」のだ、と。見えない「喩」を無理に構築し、それが意味する心情部分を云々するのではなく、そこに「喩」が見えないということを愚直に受け止め、そこには「喩」が無かったのだと考えてみるということだ。ただしこれは、歌は常に何らかの喩を含んで存在しているという論[5]に異議を唱えるものではない。歌はいつもそこを目指しているのだろう。ただ、全ての歌が、いつもそれを達成し得たと考える必要も、またないのではないか。うまく喩を結ばない歌が万葉集に含まれていてもおかしくはない。

　このような考えを抱くようになったきっかけは、次に挙げる黒人歌の表現にある。

三　旅にしてもの恋しきに

　旅にしてもの恋しきに山下の赤のそほ船沖を漕ぐ見ゆ（③二七〇）

　この歌は、「高市連黒人が羈旅の歌八首」の題を持つ歌群の第一首目である。黒人は「旅愁」を詠んだ歌人とされる[6]が、そう位置付ける際の拠り所となる歌でもある。いわゆる羈旅歌が、家への思いや旅先の地への讃美を詠むのに比べ、黒人歌は旅そのものに抱かされる愁いを詠んだと言われるのである。

　当歌がそのように読めるのは、「旅にしてもの恋しきに」という漠とした上二句と、それを受ける下三句の関係によるところが大きい。上二句が、方向が定まらない漠とした心情であるため、下の句「山下の赤のそほ船沖を漕ぐ見ゆ」が意味づけされないまま投げ出されている印象を受けるのだ。

　それでも下の句に来る物象がもっと喩の読み取りやすいものであれば話は別である。たとえば、鳥が自分の妻を呼んでいるとあれば、それはおそらく家郷や恋人への思いであろうと考えることができる。しかし、当歌の「赤のそほ船」は集中孤例である。これが何か特別な船を指すのか、そもそもこの景表現全体に何か呪術的・古代的な喩が存在しているのか、すべては謎なのだ。つまり、上二句、下三句の相乗効果によって、この歌は古代の歌として読まれることをますます難しくしているのである。

そこで、「旅にしてもの恋しきに」の句が、どのような自然物象を伴うかを調べてみると、かなり近い例として次の歌が見出される。

旅にして物恋之鳴毛聞こえざりせば恋ひて死なまし（①六七）

高安大島が詠んだ歌である。難訓歌だが、「物恋之鳴毛」は「物恋之（伎爾鶴之）鳴毛」などとあったものが脱落したと考えられるため、「もの恋しきに鶴の音も」といった訓みが推定される。(7) 当歌は題詞によれば、持統天皇の難波行幸において詠まれたものであり、黒人の二七〇番歌とほぼ同時代の歌と考えられる。

さて、六七番歌の構造を見てみると、「旅にしてもの恋し」という詠み手の心的状況が詠まれ、それに景の叙述が続くことは二七〇番歌に等しい。しかし、そのあとの展開が両者異なっている。六七番歌は歌の最後が「恋ひて死なまし」と結ばれているのだ。「恋ひ死に」は恋歌の常套句であり、恋人に逢えない時間の苦しみを表現するものである。

我が君はわけをば死ねと思へかも逢ふ夜逢はぬ夜二走るらむ（④五五二）

恋にもそ人は死にする水無瀬川下ゆ我痩す月に日に異に（④五九八）

高山の岩本激ち行く水の音には立てじ恋ひて死ぬとも（⑪二七一八）

六七番歌では、歌の最後に「恋ひて死なまし」という恋の常套句が置かれていることで、初二句「旅にしてもの恋しきに」が、家に残してきた妹に対する恋として落ち着くのである。つまり、六七番歌には「旅にしてもの恋し」の「恋」が、「恋ひて死なまし」によって説明されているのだ。

ところが、黒人の二七〇番歌では、その説明部分が欠けているのである。六七番歌を基準にすると、二七〇番歌は途中で歌が終わっていると見ることもできるのだ。

今、二七〇番歌と六七番歌、そして「旅にして物思ふ時に」という類似した表現を持つ三七八一番歌の構造を比べてみると、次の表のようになる。

	①詠み手の心的状況	②景と詠み手の接触	③②の結果
二七〇	旅にしてもの恋しきに	山下の赤のそほ船沖を漕ぐ見ゆ	
六七	旅にしてもの恋しきに	鶴の音も聞こえざりせば	恋ひて死なまし
三七八一	旅にして物思ふ時に	ほととぎすもとな鳴きそ	我が恋増さる

このように示すと、黒人歌の特徴がかなり分かりやすくなる。森朝男氏は、二七〇番歌と同じ黒人の、

四極山うち越え見れば笠縫の島漕ぎ隠る棚なし小船　（③二七二）

住吉の得名津に立ちて見渡せば武庫の泊まりゆ出づる船人　（③二八三）

といった歌に、「見れば〜見ゆ」という、国見歌からの表現を見ている。氏は、「こうした形式が黒人の叙景表現の基本なのである。すなわち、広水面を主とするパノラマを前に、「……見れば」と歌い出して、その下に景叙を配するもので、これは古い、きわめて単純な表現形式を採用すること、言いかえれば、素朴を様式とすることで、黒人の叙景表現はなりたっている。[8]」と論じる。

このことをふまえて、もう一度二七〇番歌の構造を眺めてみたい。「山下の赤のそほ船沖を漕ぐ」といった、他に用例の見られない特殊な景が詠まれているにもかかわらず、たしかに「見ゆ」という国見歌の表現によって歌が収められている。ところが当歌では、国見歌で「見れば……」と詠み出されるべき部分に、「旅にしてもの恋しきに」という詠み手の心的状況が詠み込まれているのである。これは案外に重要なことなのではないか。

この歌は、詠み手の心的状況から始まることによって、抒情への傾斜を見せつつ、景の提示で歌が終わるという、不思議な構造を持つのである。先に比較した六七・三七八一番歌に顕著なように、心的状況から詠み出される歌は、①詠み手の心的状況が置かれ、②①の状況にある詠み手が接触する自然物象があらわれ、③①のような状況に置かれた詠み手が②のような外界物に触れることによって生じた結果が詠まれるといった構造を持っている。しかし、二七〇番歌は、森氏が言う「古い表現形式」にも当てはまらず、かといって、旅の「物恋し」さが何に向けられたものであるかを説明するでもない。そのちょうど狭間に二七〇番歌があるのである。

森氏が「きわめて単純な表現形式を採用する」「素朴を様式とする」と言うように、黒人の活躍した第二期は、もはやある自然物象が「見ゆ」というだけで事足りる時代を過ぎていたはずだ。人麻呂歌がそうであったように、自然物象が内在させる喩を説明することが求められていたのである。そうした状況で二七〇番歌のような黒人歌が現れたのは、そこに「喩」が見出せず、見えたものを説明することができなかったからではないか。

たとえば六七番歌では、「旅」によって「もの恋し」という状況で、「鶴の音が聞こえない」という。その「鶴の音」に、離れた地で自分を待つ妹との間を取り次ぐメッセンジャーとしての喩を見出した詠み手は、その声に対して「恋」を抱くのである。冒頭の「恋」が「妹」に向かうものであったことを、鶴の喩を見出すことで理解したのだ。三七八一の詠み手も、ほととぎすの声を聞くことで自分の心が妹へ向かっていることを確認することができたのである。

「もの恋し」は「なんとなく恋しい」と訳されることが多いが、この言葉には、もう少し深い意味があるではないか、「旅」という家を離れた不安定な状況では心がよりどころを求めてさまようことになる。その結果あらゆる「もの」に惹かれてしまうことを表したのが「もの恋し」なのではないか。よって、六七番歌や二七〇番歌のように「旅にして物恋し」と詠み出される歌は、そのような不安定な心を結句で「恋」と説明付けることで、家郷の方向に結びなおさねばならなかったはずである。

しかし、黒人の二七〇番歌はそうは終われなかった。それはすなわち、「山下の赤のそほ船沖を漕ぐ」という自然物象が立ち顕すはずの「喩」をつかむことができなかったことを意味する。

しかし、そこでそのまま歌が詠み出されることは、旅においては危険な状況を招きかねない。あらゆる「もの」に誘い出される自らの心を一つところに安定させる必要がある。そうした問題を解消するために、当歌は「見ゆ」と結ばれたのではないか。「見れば～見ゆ」という国見歌のかたちに、半ば強引にはめ込むことで、詠み手の心が自然物象の中に見出せたかのように歌い収めたのである。

もし、このように捉えることができるならば、叙景と抒情の理想的融合とされる二七〇番歌に、我々はまた全く異なる一面を見出すことができる。それは、何らかの興味、必然によってある物象を捉えながらも、そこに喩を見出せず意味づけることもできない詠み手の姿である。あるいはそれは、喩を結ばぬ、意味づけられぬ物象を歌に詠んでしまう詠み手の姿かもしれない。

四　古の人に我あれや

黒人歌にはもう一つ、「喩」の問題にかかわる興味深い歌がある。それは次に挙げる近江旧都歌である。巻一に二首、巻三に一首が収められているが、まず巻一のものから順に見ていきたい。

古の人に我あれや楽浪の古き京を見れば悲しき（①三二）

楽浪の国つ御神のうらさびて荒れたる京見れば悲しも（①三三）

この二首は、題詞に「高市古人、近江の旧き都を感傷して作る歌　或書に云はく、高市連黒人なりといふ」とあり、黒人歌といえるかどうか疑問の残るものではある。しかし、ここでは冒頭の「古人」が誤解され紛れたという説[9]に従い、黒人歌として考えていく。

当歌群で特徴的なのは、「古の人に我あれや」という表現である。この部分は、疑問ととる説と反語ととる説があるが、最近の注釈書では反語説が優勢である。意味は、反語では「その昔の人で自分があるといふのか、―でもないに―ささなみの旧都を見ると悲しい[10]」となり、疑問では「古の人で我はあるのだろうか、楽浪の故い京の荒れはてた様を見ると、悲しいことであるよ[11]」となる。

　これらの訳にあらわれているように、前者（反語）は、対象としての「旧都」と、そこから受ける「悲し」という心情に中心が置かれている。それに対して後者では、「悲し」という心情を抱いてしまう「我」の存在が中心となる。反語の場合は、自分が「古の人」ではないこと、つまり詠み手の立ち位置が詠み手自身によって明確に認識されている。一方疑問の場合は、詠み手は自分の存在そのものに不安を感じ、自分の立ち位置を見出せないでいることになる。

　後者、つまり疑問として捉える解釈によるならば、当歌も先の二七〇番歌の不安定さと同じものを抱えているといえる。「旧都」を目の前にして、そこに「喩」を見出せない詠み手は、その「喩」を切なく求める心に取り憑かれてしまう。それが「悲しき」「悲しも」であろう。だが、そこには何の喩も見えないのだから、自分の心は投げ出されたままになってしまう。旧都に心惹かれても、自分の心の方向性、自分がいるべき位置がつかめない詠み手は「古の人に我あれや」と疑問を抱かずにはいられない。自分の抱えている心が何物であるかは、詠み手にも分からないのである。

　折口信夫がこの歌について「自分は、今の世の人間である。それに、昔の漣の縣の古い都の跡を見ると、悲しくなつて來る。ひよつとすれば、自分が、昔近江の朝廷に仕へてをつた人なのであらうか。なんだか、昔の人の様な氣がする。[12]」といった、なんとも複雑な訳をつけているが、まさにこの読みが当歌に最も適っているものと思われる。

五　見じといふものを

最後にもう一首、今度は巻三の黒人の旧都歌を挙げて、この章を閉じたい。

かく故に見じといふものを楽浪の旧き都を見せつつもとな（③三〇五）

たとえ、旧都であるとはいえ、それを「見じ」というのは並大抵なことではない。都や離宮は常に見ることを望まれる対象である。たとえそれが荒都であっても「見る」、あるいは「見たい」という羨望の対象とされなければならなかったことは、先の黒人歌や、人麻呂の近江荒都からも理解できよう。

玉だすき　畝傍の山の　橿原の　聖の御代ゆ　生れましし　神のことごと　つがの木の　いや継ぎ継ぎに
天の下　知らしめししを　天にみつ　大和を置きて　あをによし　奈良山を越え　いかさまに　思ほしめせ
か　天離る　鄙にはあれど　石走る　近江の国の　楽浪の　大津の宮に　天の下　知らしめしけむ　天皇の
神の尊の　大宮は　ここと聞けども　大殿は　ここと言へども　春草の　繁く生ひたる　霞立ち　春日の霧
れる　ももしきの　大宮所　見れば悲しも（①二九）

それに対し、三〇五番歌の詠み手は「見じ」と、見ることを拒絶するのである。旧都に何の喩も見出せないとき、旧都はまさに荒都としてしか存在しない。当歌の「かく故に」は、「眼前の址もないまでに荒廢してゐる悲しい有様をさして云つたもの[13]」という説と、「荒れた旧都に立てば悲しい思いでいっぱいになるだろうということ[14]」とする説があるが、旧都に「喩」を見出すことができず、その失われた「喩」に切なく心惹かれてしまうという意味では、後者の読みがふさわしいだろう。つまり、「荒れた旧都に立ってもかつての都の繁栄は見えず、それを求める思いでいっぱいになるから見たくないというのに」ということである。

ただ、「旧都に喩が見いだせない」ということは黒人歌だけに特徴的なことではない。人麻呂歌でも事情は変わらないのである。なぜなら、旧都は、そこに見えるはずのかつての都の姿が見えないからこそ旧都であり、荒都だからだ。だが、人麻呂歌の場合はその荒都をいかに見るかということに挑むのに対し、黒人歌では「悲し」という心の部分が肥大化し、「見じ」と言わせるまでになっている。旧都に「悲し」という心を抱くこと、つまり、かつての都の繁栄を見ることを切望することによって旧都を讃えるという出発点は同じでも、歌がそれぞれに別の方向に向かっているのである。

こうしたずれが生じるのは、そもそも「悲し」ということばが二つの展開を内在させているからにほかならない。「悲し」は、そうした心をこちらに抱かせる対象を讃める表現でありつつ、明らかにこちら側の心を表すことばでもある。そして、そのどちらに比重が置かれるかによって、歌の方向は大きく変わってきてしまう。

先に挙げた旅の歌における「恋し」も、「悲し」同様対象に心惹かれる状態を指す。これらのことばが恋人に対して用いられることを思えば、「恋し」も「悲し」も、切なく心惹かれることを示すことで対象を讃める讃辞であることは明らかだ。しかしこれらは一方で、詠み手に対象との距離感を抱かせ、そこに負の心情を萌芽させることばでもある。こうした正と負に大きく振れる表現が、歌に複雑な心を抱え込ませるのである。

いずれにしても、「叙景と抒情の理想的融合」として評価される黒人の「叙景歌」は、物象の喩、すなわち自らの心を見失った詠み手による試行錯誤から生まれたものであり、心が見えないことを詠んだ歌であったと言うことができる。すなわち、「叙景と抒情の理想的融合」を目指し、それが叶わなかった歌が黒人の「叙景歌」であるということだ。むろん、本章が示した黒人像もまた、著者の恣意的な読みによって作り出されたものに過ぎない。ただ、こうした黒人歌の可能性を考えてみることは万葉歌全体を見直すことにもつながることであり、また、第四期の大伴家持歌を睨んだとき、こうした解釈はあながち荒唐無稽とも言えないものを抱えていると考えるのである。

（1）坂本信幸は『上代文学研究事典』（おうふう　一九九六）の「叙景歌」の項で、「自然を自然として捉える見方が生まれてくるようになった時点から現われた、主観的な感情表現を排した客観的な自然観照の歌を、狭義の叙景歌と称して考察することには意義があると思われる」と述べる。
（2）「叙景詩の発生」（『折口信夫全集』第一巻　中央公論社　一九七五）。
（3）「黒人に於ける自然―「見る」ことと自然―」（『万葉集の叙景と自然』新典社　一九九五）。
（4）「高市黒人羈旅歌」（『万葉集を学ぶ』第二集　有斐閣　一九七八）。
（5）鈴木日出男「和歌の表現における心物対応構造」（『古代和歌史論』東京大学出版会　一九九〇）は、歌における心・物の対応形式を指摘する中で、歌に読まれた自然が外在的自然ではなく、心象的自然にほかならないことを述べている。
（6）菊池威雄「黒人の叙景」（『高市黒人―注釈と研究―』新典社　一九九六）など。
（7）『武田全註釋』。
（8）前掲森論文（4）に同じ。
（9）前掲（7）に同じ。
（10）『澤瀉注釋』。
（11）『窪田評釋』。
（12）『口譯萬葉集』上（『折口信夫全集』第四巻　中央公論社　一九七五）。
（13）前掲（11）に同じ。
（14）西宮一民『全注』巻第三。

II 後期万葉と自然

第一章　「見明らめ」られる自然

一　「遊覧布勢水海」歌（賦）二首

大伴家持には、越中の景勝たる「布勢の水海」での「遊覧」を詠んだ歌群が二組ある。一つは「遊覧布勢水海賦一首并短歌」（⑰三九九一～三九九二）、もう一つは「六日遊覧布勢水海作歌一首并短歌」（⑲四一八七～四一八八）である。そして実際に横に並べて比べてみると、この二歌群が非常に似た表現や構造を持つことは明らかである。

① 布勢の水海に遊覧する賦一首 并せて短歌　この海は射水郡の旧江村にあり

もののふの　八十伴の緒の　思ふどち　心遣らむと　馬並めて　うちくちぶりの　白波の　荒磯に寄する　渋谿の　崎たもとほり　松田江の　長浜過ぎて　宇奈比川　清き瀬ごとに　鵜川立ち　か行きかく行き　見つれども　そこも飽かにと　布勢の海に　舟浮け据ゑて　沖辺漕ぎ　辺に漕ぎ見れば　渚には　あぢ群騒き　島廻には　木末花咲き　ここばくも　見のさやけきか　玉櫛笥　二上山に　延ふつたの　行きは別れず　あり通ひ　いや年のはに　思ふどち　かくし遊ばむ　今も見るごと（⑰三九九一）

布勢の海の沖つ白波あり通ひいや年のはに見つつしのはむ（⑰三九九二）

② 六日に、布勢の水海に遊覧して作る歌一首 并せて短歌

思ふどち　ますらをのこの　木の暗　繁き思ひを　見明らめ　心遣らむと　布勢の海に　小舟つら並め　ま櫂掛け　い漕ぎ巡れば　乎布の浦に　霞たなびき　垂姫に　藤波咲きて　浜清く　白波騒き　しくしくに　恋は増されど　今日のみに　飽き足らめやも　かくしこそ　いや年のはに　春花の　繁き盛りに　秋の葉の　もみたむ時に　あり通ひ　見つつしのはめ　この布勢の海を（⑲四一八七）

藤波の花の盛りにかくしこそ浦漕ぎ廻つつ年にしのはめ（⑲四一八八）

前者は天平十九（七四八）年四月、後者は天平勝宝二（七五〇）年の四月の作であることから、家持は三年を経た同じ季節に、ほとんど同じ題材で歌作したことになる。したがって、この二組の歌群の構造や表現の類似は必然ともいえ、諸注釈でも指摘されている。(1)

だが、この二歌群は単に似ているというだけではなく、そこに見られる共通点には、家持歌全体の解釈に関わる重要な特徴が潜んでいるように思われる。それを明らかにしていくため、まずこの二歌群の表現や構造を具体的に検討していくところからはじめたい。

まず、冒頭に「もののふの八十伴の緒の思ふどち」「思ふどちますらをのこ」と、詠み手を含む集団が示され、その集団が「心遣らむ」「木の暗繁き思ひを見明らめ心遣らむ」という目的を持ち、布勢の水海へと出かけてゆく。続く中間部分では、その集団が「見つれどもそこも飽かにと」「しくしくに恋は増されど今日のみに飽き足らめやも」という状態にあることが示され、最後「あり通ひいや年のはに思ふどちかくし遊ばむ今も見るごと」「かくしこそいや年のはに～あり通ひ見つつしのはめこの布勢の海を」と、毎年布勢の水海に通い続ける意志を明らかにして長歌は終わる。長歌の冒頭・中間・最後の三つの部分を便宜上A・B・Cとすると、短歌はCを繰り返した内容になっている。

さて、長歌のA・B・Cにおいて、注目すべきはBの部分である。Bの「見つれどもそこも飽かにと」「飽き足らめやも」という表現が、人麻呂の宮廷儀礼歌などに用いられる讃辞、「見れど飽かぬ」を源にしていると推測されるためである。人麻呂の吉野讃歌（①三六）がそうであるように、「見れど飽かぬ」は長歌の末尾部分に位置し、対象のすばらしさを言い放つことで歌を締めくくる働きを持たされることばである。しかし、当歌ではむしろ「見つれどもそこも飽かにと」と詠まれた後の展開が重視されており、「見つれどもそこも飽かにと」「今日のみに飽き足らめやも」は、歌を次の展開に導く挿入句のようにも見える。特に①の場合は、「布勢の海」に辿り着く前にこの句が置かれており、まるで他の景では「満足できない」ために布勢の水海へ移動したようにも読める。(2)

①②における「見つれどもそこも飽かにと」「今日のみに飽き足らめやも」について考察を進める前に、今一度「見れど飽かぬ」について確認しておきたい。「見れど飽かぬ」は、「見る」けれども対象の性質の全てを捉えられないと言うことで対象のすばらしさを讃えた表現だった。(3) ここで大切なのは、「見れど見えず」ではなく「見れど飽かぬ」と詠む点である。対象を完全に捉えられないことを「見えず」と言わず、「飽かぬ」という心情で表現することで、対象のすばらしさだけでなく詠み手の心までをも表しているのである。換言すれば、こちら側の心の状態によって対象を讃めているとも言える。「見れど飽かぬ」がこうした性格を持つことから、「見つれどもそこも飽かにと」「今日のみに飽き足らめやも」にも、讃辞でありながら詠み手の心をも表す性質が認められるのではないか。(4)

さて、先に挙げた歌で波線を施した部分は詠み手を含めた集団の心を表しているが、あらためて歌を眺めると、①②の歌には詠み手の心に関する叙述が非常に多いことに気づく。①②が「遊覧」をテーマとしていることを考えれば、この多さは異常にも見える。なぜこれだけ心に関する描写が多く見られるのか。そのことを明らかにするために、まずは波線部分の意味について確認していきたいと思う。

まず、冒頭部分の心情描写がやや詳しくなっている②の歌から見ていきたい。②の歌が、①の歌よりも詳細な心情描写を持つのは、①が作られた後、三年間における歌に纏わる様々な経験の蓄積によるところが大きいだろう。しかし、それ以上に影響を与えたのは、①に和すために池主が詠んだ次の作だったのではないか。

③　敬みて布勢の水海に遊覧する賦に和ふる一首　并せて一絶

藤波は　咲きて散りにき　卯の花は　今そ盛りと　あしひきの　山にも野にも　ほととぎす　鳴きしとよめば　うちなびく　心もしのに　そこをしも　うら恋しみと　思ふどち　馬打ち群れて　携はり　出で立ち見れば　射水川　湊の渚鳥　朝なぎに　潟にあさりし　潮満てば　妻呼び交す　ともしきに　見つつ過ぎ行き　渋谿の　荒磯の崎に　沖つ波　寄せ来る玉藻　片搓りに　縵に作り　妹がため　手に巻き持ちて　うらぐはし　布勢の水海に　海人舟に　ま梶櫂貫き　白たへの　袖振り返し　率ひて　我が漕ぎ行けば　乎布の崎　花散りまがひ　渚には　葦鴨騒き　さざれ波　立ちても居ても　漕ぎ巡り　見れども飽かず　秋さらば　黄葉の時に　春さらば　花の盛りに　かもかくも　君がまにまと　かくしこそ　見も明らめめ　絶ゆる日あらめや（⑰三九九三）

白波の寄せ来る玉藻世の間も継ぎて見に来む清き浜辺を（⑰三九九四）

「心もしのにそこをしもうら恋しみ」という「心」を共有した「思ふどち」が登場し、「ともしきに見つつ過ぎ行き」と、対象に心惹かれながらも移動して「うらぐはし」い布勢の水海を見る。しかし、その布勢の水海もまた「見れども飽か」ない眺めであるため、「かくしこそ見も明らめめ絶ゆる日あらめや」―水海に通い続けよう―と言挙げをするところで長歌は終わる。この池主歌もまた、前掲の家持歌二首に似た構造を持っている。

さて、③の池主歌で注目すべきは、「思ふどち」が遊覧にいたるまでの経緯が①②③の中で最も詳しく描かれていることである。[5]藤波が咲いて散り過ぎ、卯の花が今を盛りと咲いている中ほととぎすが鳴きとよみ、それらに触れることによって「心もしのに」「うら恋し」くなったとある。藤が咲いて散り卯の花が盛りとなるというのは、季節の推移による自然の変化である。つまり、当歌は詠み手を含む集団が自然の変化に触れることで「心もしのに」「うら恋し」という心情を抱かされたと詠んでいるのであり、そうした心によって彼らは遊覧へ導かれるのである。

この池主歌は、「家持の心を汲みつつ、それに対応させながらも、その足りないところを補」うことで詠まれたとされている。そのことを思えば、家持歌①で「心遣らむと」と詠まれる心も、池主歌に描かれたような経緯で生じたものである可能性は高い。そして、このやりとりを経た②の家持歌は①の心の内実をさらに語るため、池主歌に倣ってその表現を取り込んでいるようにも見える。具体的には、②の「見明む」は③の「見も明らめ」を、「恋は増されど」は「うら恋しみ」を、それぞれ「心」の説明として移植している。つまり、①の家持歌に詠まれた心を、③の池主歌が「恋」と説明し、さらにそれを受けて②の家持歌が作られたと考えられるのだ。

二　「失われる予感」

すると、次の家持歌の「恋」も同じように捉えることができるのではないか。

④　山吹の花を詠む歌一首　并せて短歌

うつせみは　恋を繁みと　春まけて　思ひ繁けば　引き攀ぢて　折りも折らずも　見むごとに　心和ぎむと　繁山の　谷辺に生ふる　山吹を　やどに引き植ゑて　朝露に　にほへる花を　見るごとに　思ひは止まず　恋し繁しも　(⑲四一八五)

山吹をやどに植ゑては見るごとに思ひは止まず恋こそ増され　(⑲四一八六)

「うつせみは恋を繁みと春まけて思ひ繁けば」と詠みおこし、見ることで「心和」ぐのではないかと期待して庭に山吹を植える。しかし、逆にその山吹を「見るごとに思ひは止まず恋し繁しも」と、山吹に対する「恋」は募るばかりであるという。この思いは反歌においても「思ひは止まず恋こそ増され」と、ほぼそのまま繰り返されている。

遊覧でもなく、「思ふどち」という集団が現れるわけでもないが、この歌の構成にも先の①②③との共通性が見られる。先に漠然とした「恋」「思ひ」という詠み手の内面が提示され、心が「和」ぐように「山吹」を見るが見るたびに「思ひは止まず恋こそ増さ」るという。思いを抱えた者がある対象を見るが、見ることではその思いは解決しないという展開は、まさに先の①②③と重なってくる。それゆえ、この歌は題詞の割に「山吹その物について直接に云ふことの少ない」(7)歌となっている。詠み手の心に関する描写（波線部分）の割合は①②③よりもさらに高い。

このような類似点を考えれば、山吹の歌の冒頭で抱かれる「恋」や「思ひ」も①②③と同様自然の変化に触れることでもたらされたと考えられるのではないか。しかし、この歌は、「春まけて」と春の到来を詠むものの、とりたてて自然の変化が描かれているようには見えない。

そもそも、「春まけて思ひ繁けば」とはいったいどのような状況なのか。本来、春の到来はめでたさの象徴であり、春は喜びとともに迎えられるものであったはずだ。(8)それがここでは「思ひ繁けば」と、喜びとは相容れぬ心情を導き出してくるのである。

そこで、先に挙げた③の池主歌の冒頭をもう一度振り返ってみたい。ここには「藤」「卯の花」「ほととぎす」と三つの対象が詠み込まれている。「藤」は春から夏にかけての景物、「卯の花」と「ほととぎす」は夏の景物であるから、大まかに言えば春から夏への季節の推移が描かれていることになる。藤は夏の景物としても詠まれるが、単に春・夏それぞれの季節の花としてではなく、春から夏への季節の推移を意識させる花として捉えられていたようだ。

　藤波の散らまく惜しみほととぎす今城の岡を鳴きて越ゆなり（⑩一九四四）
　明日の日の布勢の浦廻の藤波にけだし来鳴かず散らしてむかも（⑱四〇四三）
　藤波の茂りは過ぎぬあしひきの山ほととぎすなどか来鳴かぬ（⑲四二一〇）
　夏にこそ咲きかかりけれ藤の花松にとのみも思ひけるかな（拾遺集　夏　八三）

万葉歌では、夏の鳥であるほととぎすと藤の花が、出逢えるか出逢えないかの瀬戸際で交代していく様が詠まれる。また、時代はだいぶ下るものの、拾遺和歌集の「夏にこそ咲きかかりけれ」という表現は、まさに藤が表す季節の推移そのものに注目している。

③の池主歌が、夏の到来（卯の花・ほととぎす）を去りゆく春（藤）に導かれるものとして詠んでいることを見落とすべきではない。この歌が詠まれたのは四月二六日であり、すでに夏を迎えてから一月近く経っている。三月から四月にかけての夏のはじめならまだしも、もう盛夏を迎えようという時期に春の終わり（藤の花が散ること）から詠みおこす必然性はないはずだ。実際、ここでの藤は「散りにき」、つまり散ってしまった後であり、藤そのものは存在しないのである。

では、なぜこのような表現が選ばれたのか。それはおそらく、次に挙げるような中古の歌世界につながるものがこの歌にすでに孕まれていたからに違いない。

　今年より春知りそむる桜花散るといふことはならはざらなむ（古今集　春上　四九）
　世の中に絶えて桜のなかりせば春の心はのどけからまし（古今集　春上　五三）

いずれも花の開花、すなわち春の到来を目の当たりにしながら、その咲いたばかりの花に散る花（季節が去りゆくこと）を重ねるまなざしを持つ。春の到来・花の盛りが、その実際の姿とは裏腹に去りゆく春や散り過ぎる花をも予感させてしまう。そして、この今目の前にある自然の姿が失われる予感によってこそ、その自然は価値化され詠み手の心を捕えるのだ。夏の描写のために過ぎ去った春を持ち出すのは、今盛りを迎えている夏もいずれは過ぎ去り自分から失われることを意識した結果である。

　すると、④の山吹を詠む家持歌が「春まけて思ひ繁けば」と詠むことにも納得がゆく。春がやって来たということは季節が推移していることのまぎれもない証であり、その推移の中で捉えられる春の「到来」は、同時に「過ぎ去る」春を予感させる。家持や池主の①②③の冒頭に掲げられた「心・思ひ・恋」を捉えるには、こうした、季節や季節が見せる自然の姿が「失われる予感」を考えることが必要なのではないか。これらの歌における「心・思ひ・恋」とは、ある季節の到来によりその季節が「失われる予感」に苛まれるという複雑な胸のうちを[9]表したものと考えられるのである。

　このように考えてみると、③の短歌における「世の間も継ぎて見に来む」という表現の持つ意味の重さにも、あらためて気づかされる。「世」は人の一生であるから、自分が生きている間は続けて見に来よう、という意志を表したものであるが、このような言い方は継続を示す表現としては大変めずらしい。なぜなら、「世の間」通い続けようというのは、その自らの人生がいつか終わりを迎えることを見据えた表現だからである。「繰り返し」通うことをこのように表したのも、うつろいゆく自然と向き合っていたからなのではないか。

　そして、こうした時間意識は家持と池主の間ではすでに共有されていたものと思われる。

　　移り行く時見るごとに心痛く昔の人し思ほゆるかも　(⑳四四八三)

　天平勝宝九(七五七)年、家持が大監物三形王の邸宅における宴で詠んだ歌である。「時見る」は「時の流れを見る」と訳され、「昨年五月聖武太上天皇が崩じ、年が明ける早々橘諸兄が薨ずると、世は仲麻呂のままとなり(中略)家持は不安を覚えつつ、自らの無力を慨嘆してこう言ったのであろう[10]」と当時の政情にからめて説明されることが多い。しかし、万葉集の「見る」に、そこまで抽象的な意味を認めるべきかという点で疑問が残る。それに対し、粂川光樹氏は、

宴席歌の常として、庭前の「時の花」などをよむのは最も自然なことである。六月二十三日、夏の花々が衰え、ようやく秋の気の迫るころ、宴席の人々が共感をもって「見」たであろう「移り行く時」は、何よりもまず庭の草木の無常さのさまにあったのではないだろうか。そしてその想念や情緒の上に、時世への嘆きが重ねられたということはもちろんあることである。[11]

と、「時見る」がまずは「草木の無常の様」を見ることであったとする。さらに古屋彰氏はこの粂川氏の論を受け、「「移り行く時」は春夏秋冬と移り行く時節の意と解してよいのではないか。[12]」と結論づける。確かに、同じ家持の歌に、

時の花いやめづらしもかくしこそ見し明め秋立つごとに（⑳四四八五）

があり、ここでの「時の花」は「四季折々の花」としか捉えられないのである。従って、「時見る」とは、うつろいゆく季節を見ること、すなわち季節の到来によってもたらされ再び失われていくあらゆる自然を見ることであり、そのうつろいによって「昔の人」―死者か昔の恋人か、今は自分の側から失われてしまった人―が連想されるのである。家持周辺歌、少なくとも家持と池主の歌には、「失われる予感」を抱かせるものとして人と自然を重ねる発想があったと言える。

④の家持歌における「うつせみ」もこうした発想に基づく表現である。「うつせみ」は「この世」あるいは「この世に生きてある身」と捉えられ、

うつせみの世は常なしと知るものを秋風寒み偲びつるかも（③四六五）

という家持歌にも見られるように、「常なき」「跡もなき」「借れる身」など無常・うつろいを表すことばに続く

ことが多い。すると「うつせみは恋を繁みと」の「恋」も、常にうつろいゆく世の中に生まれた身が失わざるを得ない様々なものに対する思いと考えることができる。

自然や人と向き合うたびによぎる「失われる予感」が家持に「恋を繁み」と詠ませるのだ。「恋」とは本来直接逢うことが叶わぬ人、つまり自分の側から今失われている者に対して抱く心である。それにもかかわらず今触れている自然に恋の心を抱くのは、すでに心がその自然が失われてしまう時間へと向かっているからにほかならない。

三　うつろう自然と遷都

自然を見ることで抱かされる「失われる予感」は、第四期の儀礼歌のあり方にも影響を与えている。巻六巻末には家持と同じ第四期の歌人である田辺福麻呂が「奈良の故郷を悲しびて」作ったとある次のような歌がある。

やすみしし　我が大君の　高敷かす　大和の国は　天皇の　神の御代より　敷きませる　国にしあれば　生れまさむ　御子の継ぎ継ぎ　天の下　知らしまさむと　八百万　千年をかねて　定めけむ　奈良の都は　かぎろひの　春にしなれば　春日山　三笠の野辺に　桜花　木の暗隠り　かほ鳥は　間なくしば鳴く　露霜の　秋さり来れば　生駒山　飛火が岡に　萩の枝を　しがらみ散らし　さ雄鹿は　妻呼びとよむ　山見れば　山も見が欲し　里みれば　里も住み良し　もののふの　八十伴の男の　うちはへて　思へりしくは　天地の　寄り合ひの極み　万代に　栄え行かむと　思へりし　大宮すらを　頼めりし　奈良の都を　新た代の　事にしあれば　大君の　引きのまにまに　春花の　うつろひ変はり　群鳥の　朝立ち行けば　さす竹の　大宮人の　踏み平し　通ひし道は　馬も行かず　人も行かねば　荒れにけるかも（⑥一〇四七）

当歌では、すでに「故郷」となってしまった奈良の描写にかなりの比重が置かれている。「かぎろひの春にしなれば」から「妻鳴きとよむ」まで、春と秋の様子が実に十六句に渡って詠み込まれている。阿蘇瑞枝氏はこの描写について「あまりにも多くの景物を詠み込み」「豪華絢爛としている」と評する。[13]前代の宮廷歌人たちの歌に比べて批判的に語られることの多い福麻呂歌だが、この部分については評価が高い。しかし、前掲阿蘇論文が「華麗さと同時に、さわがしさに近い賑やかさがある」というように、この高潮した叙述は「故郷」を詠む歌にそぐわない印象を与える[14]ことも確かである。

さて、題詞に見える「故郷」は荒都・旧都とほぼ同じ意味と思われ、この歌に人麻呂の近江荒都歌（①二九〜三一）からの影響があることは間違いない。ところが、近江荒都歌の自然（春草の繁く生ひたる霞立ち春日の霧れる〔或は云ふ、霞立ち春日か霧れる夏草か繁くなりぬる〕）は、今現前する荒都のものであり、福麻呂歌に見られるような都が栄えていたころの自然ではない。したがって、旧都の自然描写を連ねる詠み方は福麻呂歌の特徴といえるのだが、それは福麻呂個人のものではなく先に挙げた①②③④の家持・池主歌にも共通する「失われる予感」に導かれたものと思われる。

あらためて福麻呂の故郷歌を眺めてみると、歌の前半に詠まれた「花」「鳥」が後半に再び登場することに気づく。しかし前半と後半には、決定的な違いが見られ、前半では都の繁栄の象徴として詠まれていた花と鳥が、後半では「春花のうつろひ変わり群鳥の朝立ち行けば」と都移りを比喩的に表している。

花と鳥が一方では都の繁栄を、また一方では都移りを象徴しているのである。しかも「春花のうつろひ変わり群鳥の朝立ち行けば」は、人麻呂の近江荒都歌のように現前する荒都の自然を描いたものでもない。春の花が散って鳥が飛び立つというのは都から自然が去っていくことを表しており、「春花」と「鳥」は都移りという人々の移動、つまり遷都そのものの象徴として詠まれているのである。

これは、遷都という天皇の行為が自然の変化に即したものとして捉え直されていることを意味する。[15] 都が移るという出来事は、あるべき宮廷のイメージ―盤石で永久に栄えゆく場所―とは相容れない。よって近江荒都歌も遷都にいたる天皇の心中を「いかさまに思ほしめせか」と訝り、明言することを避けていたのである。

それに対し福麻呂歌は、遷都を自然の変化と等しく捉え、避けられぬ出来事だと説明する。季節の運行にのせて解釈することで、そこに付される負のイメージを払拭しようとしたのではないか。

このように考えると、自然をうつろうものとして捉える発想は荒都・旧都歌には適していたともいえる。しかしそれは一方で、現在の都や離宮を詠むことを困難にしただろう。なぜなら、現前するすばらしい自然を並べることがすでに単純な予祝にならず、「失われる予感」をも連想させてしまうからだ。

たとえば、同じ福麻呂歌集歌の中にある「久迩の新京を讃むる歌」がそのことをよく示している。

……川近み 瀬の音ぞ清き 山近み 鳥が音とよむ 秋されば 山もとどろに さ雄鹿は 妻呼びとよめ
春されば 岡辺もしじに 巌には 花咲きををり あなおもしろ 布当の原 いと貴 大宮所 うべしこそ
我が大君は 君ながら 聞かしたまひて さす竹の 大宮ここと 定めけらしも (⑥一〇五〇)

鳥が鳴きとよみ、秋には鹿が鳴き、春になれば花が咲くという自然のありかたは、先に挙げた福麻呂の故郷歌の「花」「鳥」となんら変わりはない。とすれば、このような自然描写をする詠み手、また、歌を享受する者たちは、そこに「失われる予感」を抱かざるを得なかったはずである。[16] 当歌では花が咲く場所が「巌」とあることで盤石で永久に栄える都をかろうじて表現しているとも考えられるが[17]「失われる予感」が自然描写からなる宮廷讃歌を破綻させる可能性を持っていたことは間違いない。[18]

後半部分の「あなおもしろ」「いと貴」によって、ここに詠まれた「鳥」「鹿」「花」が新都の繁栄を寿ぐような属性を持つことがしきりに強調されるのも、それらの物象に「失われる予感」を匂わせないための一つの手段である。さらに「うべしこそ（なるほど）」と自らを納得させることばを畳みかけることで、詠み手の、あるいは聞き手の「失われる予感」を打ち消そうとするのである。

そして、当歌で最も示唆的な部分は、「我が大君は君ながら聞かしたまひてさす竹の大宮ここと定めけらしも」という歌の結びである。先に描かれた「鳥」「鹿」「花」といった自然があるからこそ、天皇がこの地を都と定めたという文脈だ。つまり、そこに描かれた自然が都にふさわしい繁栄やめでたさを象徴するものであることが、天皇が都を置いたという事実によって保証されているのである。

これは、天皇が「見る」ことで繁栄を象徴する自然が立ち顕れる、いわゆる国見的な歌のあり方[19]とは大きく異なっている。舒明天皇の国見歌や記紀の国見的歌謡は、土地や自然が立ち顕れる（見える）ということで天皇の呪術的な見る力（統治力）を保証し、またその土地を讃めるものであった。それに比べ福麻呂歌では、詠み込まれた自然物象が都にふさわしい意味を持つことが、天皇に選ばれることで保証されている。つまり全く逆の仕組みが見られるのである。自然がうつろいを抱えることで、自然そのものを詠むだけでは讃歌が成り立たなくなっているのだ。

あれほど自然を詠んだ家持が次のような吉野讃歌を詠んだのも、こうした事情によるところが大きいのではないか。

高御座　天の日継と　天の下　知らしめしける　皇祖の　神の命の　恐くも　始めたまひて　貴くも　定めたまへる　み吉野の　この大宮に　あり通ひ　見したまふらし　もののふの　八十伴の緒も　己が負へる　己が名負ひて　大君の　任けのまにまに　この川の　絶ゆることなく　この山の　いや継ぎ継ぎに　かくしこそ　仕へ奉らめ　いや遠長に（⑱四〇九八）

題詞に、「吉野の離宮に行幸さむ時のために儲けて作る歌」とある。当歌は、「あり通ひ見したまふらし」と詠みながら、その対象となる自然をほとんど描かない。[20] あれほど花鳥を詠んだ家持が、吉野讃歌においては「山」と「川」しか詠むことができなかったのである。[21] 家持のみならず、その父である旅人の吉野讃歌においてもすでに同じような状況が見える。

み吉野の　吉野の宮は　山からし　貴くあるらし　川からし　さやけくあらし　天地と　長く久しく　万代に　変はらずあらむ　行幸の宮（③三一五）

昔見し象の小川を今見ればいよよさやけくなりにけるかも（③三一六）

やはり自然は「山」と「川」のみである。そして、この歌群では特にその反歌が重要だ。なぜなら、吉野にある「象の小川」が、「昔」と「今」でその姿を異にしていると詠まれるからである。散りゆく花や自由に飛び立つ鳥だけではなく、「小川」さえも変わるものとして捉えられていることは興味深い。

もっとも、「いよよさやけくなりにけるかも」とは、今の状態が昔よりも勝っていることを表すため、讃美としては問題はない。自然の変化はうつろいとして捉えればマイナスとなるが、常に新しいものがやってくるという点ではプラスに転じるからである。しかし、新しいものが次々に訪れるということは、やはり一方でそれらが「失われる予感」を抱き続けることにつながる。長歌の末尾で「万代に変はらずあらむ」と詠んだ永久不変であるべき吉野を「いよよさやけくなりにける」と捉え直さずにはいられなかったところに、詠み手の内面のせめぎ合いを見るべきなのではないか。

四　「喩」の変化

こちら側に「失われる予感」を抱かせるような変化する自然。そうした自然の捉え方によって、歌の喩は揺らぎはじめる。もともと、古代における自然とは神意の現れであり、それゆえ喩的なものであったという考え方がある。

たとえば、野田浩子氏は「狭井河よ雲立ち渡り畝傍山木の葉さやぎぬ風吹かむとす（古事記　二〇）」という歌謡が、景によって心（風吹かむ）が明らかになる構造を持つことに注目し「〈景〉が〈こころ〉のあらわれ」であったと指摘する。[22]また、「木の葉さやぎぬ」が見えるものであるのに対し、「風」は不可視なもので、それを明らかにする行為は祟りという事象から祟りを引き起こした神の心を明らかにすることと同様であるとし、「〈景〉が〈こころ〉＝神意のあらわれであることが示されている」という。氏も触れているが、万葉集の〈こころ〉の表記に「神」「景迹」などの漢字が用いられていることも、自然と心のこのような関係を裏付けている。よって、歌における「心」とは、発生的には自然の事象に触れて明らかになった神意であり、「心」は人の内側にはじめから抱えられているものではなく、むしろ外側からもたらされるものだったということになる。

ここから、国見歌の様式としてあらわれる「見れば〜見ゆ」といったかたちも、見ることによって得られた対象が神意でありつつ自らの心でもある、という関係によって支えられていると言われる。たとえば、次のような歌が参考になるだろう。

大和には　群山あれど　とりよろふ　天の香具山　登り立ち　国見をすれば　国原は　煙立ち立つ　海原は　かまめ立ち立つ　うまし国そ　あきづ島　大和の国は（①二）

舒明天皇の国見歌である。この歌には、天皇が国見をすることで、その後に続く自然の状態が導かれるという文脈が見られる。天皇の「見る」力によって「煙」や「かまめ」が見えるのであるが、それは天皇に対して神が示した「神意」でもある。天皇の正しく治める心に対し、神の側が示したものがこれらの自然物象なのである。つまり、大君の心と神の心が合致しているときに、そこにすばらしい自然が顕れるのだ。

よって、舒明国見歌では、大君の心が神意でありつつ自然物象そのものでもあるという「喩」の関係が生きている。ここで言う「喩」とは、何かに何かを喩えるという技巧としての「比喩」ではなく、「自然」がそのまま自らの「心」のかたちでもあるという関係を指す。そこから発想すると、自然物象に触れることは、おそらく自然を見ることで、ある心がもたらされる体験であり、そこで顕れる自然の姿は、吉野なら吉野に出向くたびに変わらぬ姿を見せるものであったはずだ。行幸歌が離宮の永続性を語る際、自然の不変を強調するのもそのためである。

ところが、自然が絶えず変化するものとして捉えられるようになると、特に花や鳥といった盛衰や移動を特徴とする自然は、無常で儚い「うつせみの世」の時間に回収されがちになる。

推移する時間に目が向けられ、新しい自然が次から次へとやってくることに価値が置かれるようになる反面、それらが次々に衰退へ向かう一方向的な無常の時間に連れ去られるようになると、自然を詠み込むだけでは讃歌が作れなくなる。その自然が、繁栄やめでたさを表すために用いられたことを、説明しなくてはならなくなるのだ。

そして、こうした傾向は後期万葉に限らず、すでに柿本人麻呂の歌にも見られる。人麻呂吉野讃歌が舒明国見歌に対して説明的であるのも、このことに由来するのだろう。

やすみしし　我が大君　神ながら　神さびせすと　吉野川　激つ河内に　高殿を　高知りまして　登り立ち　国見をせせば　たたなはる　青垣山　やまつみの　奉る御調と　春へには　花かざし持ち　秋立てば　黄葉かざせり〔一に云ふ、「もみち葉かざし」〕　行き沿ふ　川の神も　大御食に　仕へ奉ると　上つ瀬に　鵜川を立ち　下つ瀬に　小網刺し渡す　山川も　依りて仕ふる　神の御代かも（①三八）

ここにあげた人麻呂吉野讃歌第二歌群は、吉野の自然を天皇に仕える山川の神として擬人化するに至っている。「神の御代」が持ち出されたのは、吉野の自然が神代の回帰する時間の中にあることを、ことさらに強調しなければならなかったためでもあろう。舒明国見歌、あるいは記紀歌謡のように自然物象を詠み込むだけでは讃歌の体裁が保てない状況が、すでに第二期の人麻呂歌において見られるのである。

五　見失われる「心」

さて、ここで再び①〜④の家持・池主歌を振り返ってみたい。これらの冒頭に置かれた「心・思ひ・恋」が、人や自然に抱かされる「失われる予感」に関わることはすでに述べた。このような心が歌に詠み込まれるのは、かつて回帰する時間の中で迎えられていた自然が、盛から衰への一方向に進むうつろう時間の中に取り込まれはじめたからである。そしてこの傾向は盛衰の明らかな植物や、移動可能な動物に特に強くあらわれる。咲き誇る花を見ることは同時に散りゆく花を予感させ、渡ってきたばかりの鳥の鳴き声を聞きながら、その鳥が自分のもとを飛び去ることを思う。こうした失われる予感が、自然に対する「恋」や「思ひ」として歌に表現されていくのである。したがって、自然への「恋」と、いわゆる恋歌における「恋」は、異なりつつも通じる部分を持っているといえる。

さて、うつろいの論理に組み込まれた自然は、詠み手にどのように捉えられていくのだろうか。回帰する時間の中では、「花」は常に今を盛りと咲き誇る状態で捉えられ、「生命の横溢」の喩として機能していた。しかし、盛から衰へと一方向に流れる時間の中では、「花」が常に一定の喩を喚起することは難しくなる。今咲き出した花がその瞬間、衰退へ向かう時間をも抱え込んでしまう。つまり、「花」と「生命の横溢」という喩の関係が、常に脅かされることになり、その結果、「花」を見るそれぞれの者が「花」の喩を見出し、それを説明しなければならなくなるのである。

こうした展開によって、「花」はその「喩」の幅を広げ、多様に表現されることが可能になる一方、その喩が喩として機能する範囲―喩を理解することのできる集団―の規模を徐々に小さくしていくという現象を引き起こす。家持と池主が、その書簡のやり取りに見られるような密度の濃い関係を結び、「思ふどち」という独特の集団を形成していくことも、こうしたこととかかわっていよう。[23]

家持と池主による①〜④の歌群には、自然の中に安定した喩を見出せなくなった詠み手の姿があらわれている。つまり、自然をいくら見ても、そこに一つの安定した喩を見出すことができないのである。だからこそ、遊覧をしても山吹の花を見ても心は充たされず、さらに見ることを希求していくのだ。

六　「見明らめ」られる「心」

さて、①や③には「見明らむ」ということばが用いられているが、これも、見る対象に安定した喩を見出せないことに関わる表現と考えられる。

「明らむ」は、「心」や「御心」と共に用いられることが多く、「心を晴らす」意とされる。よって、「明らむ」を用いるにはその前提として、何か晴らすべき心がなくてはならない。しかし、「明らむ」の基本的語義は、宣命や記紀での使用例から、「明らかにする」「はっきり示す」ことにあるのは明白で、[24]「晴らす」という意の有無については、あらためて考えてみる必要がある。

たとえば、②における「木の暗繁き思ひを見明らめ心遣らむと」も、自らが抱える「思ひ」を「はっきりと見出して」心を晴らしたい意として、まずは捉えるべきなのではないか。「思ひ」を導く「木の暗繁き」という叙述は、暗がりができるほど茂った木の形容で思いの深さを表すと同時に、その思いが隠されてしまってはっきりと見出せないことをも暗示していると思われるからだ。自然の中に安定した喩を得られない詠み手が自らの心の方向性を見出せず、「しくしくに恋はまされど今日のみに飽き足らめやも」という思いにとらわれ、さらに見ることを重ねることを表しているのではないか。

「見明らむ」の用例は、万葉第四期に限られており、池主歌が一首ある他は全て家持歌である。最も早い例は天平十六年春二月に作られた安積皇子挽歌である。

かけまくも　あやに恐し　我が大君　皇子の尊　もののふの　八十伴の男を　召し集へ　率ひたまひ　朝狩に　鹿猪踏み起し　夕狩に　鶉雉踏み立て　大御馬の　口抑へ止め　御心を　見し明らめし　活道山　木立の茂に　咲く花も　うつろひにけり……（③四七八）

生前に皇子が「御心を見し明らめ」た活道山の木立の花も、かつての姿をとどめ得ず散ってしまったと詠むことで、皇子の死を悼む部分である。ここでは見る主体が皇子であるため「見し明らめし」と敬意を含む表現になっているが、先の家持歌②・池主歌③同様、「見明らむ」ことと自然物象とが深く関わっている。

実は、「明らむ」の用例はその主体が天皇や皇子であるものがほとんどで、全九例のうち実に七例を数える。つまり、家持歌②・池主歌③以外は、全て天皇や皇子が「明らむ」ことを詠んだ歌なのだ。たとえば「見し明らむ」の用例は次のようになっている。

○京に向かふ路の上にして、興に依りて予め作る侍宴応詔の歌

……神ながら　我が大君の　天の下　治めたまへば……やすみしし　我が大君　秋の花　しが色々に　見したまひ　明らめたまひ　酒みづき　栄ゆる今日の　あやに貴さ（⑲四二五四）

反歌

秋の花種々にあれど色ごとに見し明らむる今日の貴さ（⑲四二五五）

○詔に応へむために儲けて作る歌（反歌のみ）

天皇の御代万代にかくしこそ見し明らめめ立つ年のはに（⑲四二六七）

○私の拙懐を陳ぶる歌

……神ながら　わご大君の　うちなびく　春の初めは　八千種に　花咲きにほひ　山見れば　見のともしく　川見れば　見のさやけく　物ごとに　栄ゆる時と　見したまひ　明らめたまひ　敷きませる　難波の宮は

……（⑳四三六〇）

○題詞無し（左注―右、大伴宿禰家持作る）

時の花いやめづらしもかくしこそ見し明らめめ秋立つごとに（⑳四四八五）

こうした用例の分布から考えて、「見明らむ」という発想そのものが、もともとは天皇讃美に関わるものであったことがうかがえる。当時の歌表現では、花や鳥といった自然物象が推移する自然へと組み込まれていくことにより、皇統の繁栄や永続性といった安定した喩が得られなくなっていたことはすでに述べた。それはつまり、自然物象を詠む讃歌が、讃歌として成立しにくくなっていたということである。そのような状況の中、この不安定な喩の問題を解消するために用いられたことばが、「見明らむ」だったのではないか。

天皇の御心が「見明らむ」状態になると詠むことが、そこにある物象が天皇の御心にかなうすばらしい喩を持つことを保証する。花は花そのものの属性によって天皇や宮の繁栄を予祝するのではなく、逆に天皇の御心によって花のめでたさが保証されるのである。「見明らむ」と半ば強引に言い放つことにより、そこに描かれる自然が天皇の自然としてふさわしい喩を持つことを示そうとしたのである。「見れば～見ゆ」でも「見れど飽かぬ」でもない、新しい讃歌における「見る」表現がここにあらわれている。

皇子や天皇に関する「明らむ」の用例はもう一首ある。天平二十一年に出された聖武天皇の一三詔に対して詠んだとされる家持の出金詔書歌である。ここでは「御心を明らめたまひ」と「見る」が抜けているものの、これまでの例以上にこのことばの特質がよく表れている。

葦原の　瑞穂の国を　天降り　知らしめしける　皇祖の　神の命の　御代重ね　天の日継と　知らし来る　君の御代御代　敷きませる　四方の国には　山川を　広み厚みと　奉る御調宝は　数へ得ず　尽くしもかねつ　然れども　我が大君の　諸人を　誘ひたまひ　良き事を　始めたまひて　金かも　たしけくあらむと　思ほして　下悩ますに　鶏が鳴く　東の国の　陸奥の　小田なる山に　金ありと　申したまへれ　御心を　明らめたまひ　天地の　神相うづなひ　皇祖の　御霊助けて　遠き代に　かかりしことを　朕が御代に　顕はしてあれば　食す国は　栄えむものと　神ながら　思ほしめして……（⑱四〇九四）

天皇が、東大寺盧舎那仏の鍍金に用いる黄金の不足に悩んでいたところ、陸奥国から黄金が産出したとの報告があった。それによって天皇が「御心を明らめ」たというのである。この「御心を明らめ」は、単に金が出たことに天皇が安心したという意味ではないだろう。「天地の神相うづなひ皇祖の御霊助けて遠き代にかかりしことを朕が御代に顕はしてあれば食す国は栄えむものと」とあることから考えて、ここでは金の出現そのものが「天地の神」の心、つまり神意の顕れと考えられるからだ。その神意により良き政治を執り行おうとする、統治者としてふさわしい天皇の心が証「明」されたのである。よって、そのような神意としての「金」を見ることで、天皇自身も自らの心（ここでは金という瑞祥を出現させるにふさわしい天皇としての資質）をあらためて明らかにすることができたのだ。

さて、こうした天皇や皇子の「明らむ」は、歌の中で御心が「明らめ」られているという共通点を持つ。天皇の御心が「明らむ」状態にならなければ自然の喩は保証されないため、これは当然のことと言える。天皇と統治する国土との望ましい関係を示すことがこれらの歌の目的であり、国土の自然物象と天皇がそこに見出す喩は安定した関係を保つように詠まれなくてはならないのだ。

しかし、家持歌②ではその部分が曖昧なのである。池主歌③には「かくしこそ―このように―見も明らめめ」

とあるため、遊覧によって自分の心がはっきりと見出されたようにも見え、天皇や皇子に関する用例とさほど変わりはない。だが、家持歌②では、「見明らめ心遣らむと」と、遊覧の目的として詠まれるだけで、「見明らむ」ことができたのかどうかという点には触れられないのである。それどころか、「しくしくに恋は増されど今日のみに飽き足らめやも」という表現からは、むしろ今日だけでは「見明らむ」ことができず、その結果、はっきりとした像を結ばない自分の心を抱え続ける詠み手が描かれているようにさえ見える。

天皇や皇子に関わる歌では保証されていた「喩としての自然」が、家持歌には見られない。しかしそれはそもそも、天皇や皇子に関する歌でもかろうじて保たれていたものだったのではないか。先に挙げた出金詔書歌で天皇の「御心」の喩として顕れるのは、自然そのものではなく「金の産出」、つまり「出来事」であった。この対応は、山川の神々が天皇に奉仕する姿を詠み込む人麻呂吉野讃歌以上に説明的である。そして何より、天皇の「御心」さえもが「見明らめ」られなくてはならないという前提そのものが、危うさを孕んでいる。天皇の「御心」も、喩のゆらぎによる浸食を免れられなかったのである。

七 結

万葉第三期のころから、「花」「鳥」といった自然は一方向に向かう盛衰の時間軸で捉えられるようになった。その兆しはすでに第二期の人麻呂歌にも見られたが、第三・四期の歌において、よりはっきりと表れるようになる。回帰する時間の中では「花」は常にその最盛期の状態で捉えられ、そこに立ち顕れる喩も安定していた。しかし、ただ一方向に流れ続ける時間においては、咲き出すそばからすでに散ることを予感させるものとなり、そこに孕まれる喩も複雑なものとならざるを得なくなった。結果、「花」はその喩の幅を広げ、より多彩な表現を可能にする一方、共通の喩を喚起することを難しくしていく。共通の喩を読ませるためには、享受する層をごくせまい範囲内に限ったり、過剰な説明をほどこすことが必要となったのである。

ところが、不思議なことに①～④の歌の詠み手は、その不安定な喩を抱える自然を「見る」ことをやめようとはしない。特に④の山吹の歌では、比較的短い部類に入る長歌とそれに付随する反歌の中に、実に三度も「見るごと」が繰り返されている。まるで「見る」ことに取り憑かれているようだ。

「見るごと」も家持が多用した表現であるが、他には次のような例が見られる。

鞆の浦の磯のむろの木見るごとに相見し妹は忘らえめやも（③四四七）

我がやどにもみつかへるて見るごとに妹をかけつつ恋ひぬ日はなし（⑧一六二三）

「むろの木」や「もみつかへるて」といった自然を見るたびに、ある人が思われるという。「見るごと」は、ある対象を見るたびにそこに何か別のものを見出すことを導いている。もちろん、相手が実際にそこに現れるわけではない。しかし、相手の喩として自然を見ようとするという意図はうかがえる。そしてその結果、「妹」という具体的な内容―自らの「心」が向かう対象―がはっきりと導き出されているのだ。

ところが、家持歌の「見るごと」では、何か明らかな対象が見出されることはない。ただ漠然とした恋や思いが募るだけである。それにもかかわらず、家持の歌がこれほどまでに自然を「見る」ことを繰り返すのはなぜなのか。

それは、何度も「見る」ことが必要だったからだと、まずは考えるほかはない。不安定な喩を抱えた自然を、それでも幾度でも見ることが家持歌の方法だったのだ。自然が、盛から衰へという一方向の流れの中で捉えられ次々と推移していくとき、その喩も時々刻々と変わっていく。よって、それを捉えるには何度も「見る」ことでその喩を更新するほかなかったのかもしれない。

しかし、その方法は出来上がった歌を見る限り、成功しているとは言い難い。何度も「見る」ことで見出されたのは、次々と変化する自然に対応できず、「恋」や「思ひ」を募らせる詠み手の姿でしかなかったからである。

家持は、自然に対する自らの「心」を詠む歌を多く残しているが、それらの歌が初めから心を焦点化する意図で作られたかどうかは疑わしい。布勢の水海遊覧の歌でも山吹の歌でも、推移する時間に属する自然に喩を見出すことこそが目的とされていたのではないか。はじめから自然に対する「恋」や「思ひ」を詠もうとしたのではなく、新しい自然の喩と向き合おうとした結果、「恋」や「思ひ」としか詠めないものに直面してしまった、それが家持の自然詠だと考えられるのである。

(1)　青木生子『全注』巻第十九など。

(2)　島田修三「布勢水海遊覧の賦」(『セミナー万葉の歌人と作品』第八巻　和泉書院　二〇〇二)はこの問題について、「そこに心をのこしながらも、さらに布勢水海へと赴いた、という文脈の展開をねらっていた」にも関わらず「「見つれども、そこも飽かにと」が前後の文脈との接続・照応関係において不用意に置かれ、ために意味上の整合性を欠いた」ことが解釈の上で混乱を招いたとする。

(3)　島田修三「〈見れど飽かず〉の考察―その意味と用法をめぐって―」(『美夫君志』三一　一九八五・十)、大浦誠士「見れど飽かぬ」考―人麻呂の創造―(『万葉史を問う』新典社　一九九九)。

(4)　菊池威雄「遊覧布勢水海賦―家持の方法―」(『美夫君志』五二　一九九六・三)に、①の家持歌に景と心との主客の転倒を見、これが「長歌の儀礼性―呪性を克服して、揺れ動く主情の流れを叙する」家持の方法であったという指摘がある。本章は、こうした家持の方法がもたらされた和歌史的な流れを明らかにし、「揺れ動く主情」の内実を明らかにしようとするものである。

(5)　橋本達雄「家持と池主」(『美夫君志』二六　一九八二)は、池主の敬和について、「第一部分は起首から「ほととぎす　鳴きし響めば」までで、遊覧の気持ちを誘う好季節の到来していることを、藤波、卯の花、ほととぎすの鳴き声などを盛りこみながら、まず述べている。家持の歌にはこれに当るところも季節もなく、それを補う意味をもった適切かつ合理的な導入である」とする。
(6) 橋本達雄『全注』巻第十七。
(7)『窪田評釋』。
(8) 森朝男「宴の時空」(『古代和歌と祝祭』有精堂　一九八八)。
(9) 青木生子『全注』巻第十九は、漠としてとらえられないものが「思ひ」であり、それに対し一つの対象に執したのが「恋」であるとしつつも、その二つが「微妙な関連を結びつつ家持の歌境を醸成していった」とする。
(10) 木下正俊『全注』巻第二十。
(11)「「移り行く時見るごとに」考―試論・家持の時間(二)―」(『論集上代文学』第十冊　笠間書院　一九八〇)。
(12)「物色の変化」(『セミナー万葉の歌人と作品』第九巻　和泉書院　二〇〇三)。
(13) 阿蘇瑞枝「後期万葉長歌の対句表現(二)―高橋虫麻呂・田辺福麻呂の対句―」(『万葉集研究』第十三集　塙書房　一九八五)。
(14)「新た代の事にしあれば」による転換について、前半の高潮した詠みぶりに対しあまりにも淡々としていて味気ないという批判が多く見られる。
(15) 青木生子「万葉集における『うつろひ』―家持への道程」(『文芸研究』二集　一九四九・十)にも、当歌について、「皇都の荒廃が「うつろひ」の相においい《ヽヽ》て眺められている」という指摘がある。
(16) 清水克彦①「不変への願い―赤人の叙景表現に就いて―」(『萬葉論集』桜楓社　一九七〇)、清水克彦②「福麻呂の宮廷儀礼歌」(『萬葉論集　第二』桜楓社　一九八〇)は、福麻呂の表現は、神代を過去として仰ぎ見た赤人や金村が創作した永続性や不変性の表現を基盤にしながらもそれらへの不安や不信の情を孕んでいることを指摘する。
(17) 太田善之「恭仁京讃歌―福麻呂歌集歌と懐風藻詩との交流―」(『上代文学』八一　一九九八・十一)は、「巌」が懐風藻詩において神仙世界を意味する景物であることに注目し、この福麻呂歌でも恭仁京が神仙世界として表現されている可能性が高いと述べる。ここでは、自然のうつろいの論理を乗り越えるために神仙世界が持ち出されているとも考えられる。
(18) 前掲清水論文(16)の②は、福麻呂の儀礼歌に見られる叙景に「瞬時に消滅し、或いはたえず変化するもので、不変とはおよそうらはらの、きわめて流動的な、不安定な印象を与える」といった特徴が見られると言う。
(19) 土橋寛『古代歌謡と儀礼の研究』(岩波書店　一九六五)。
(20) 清原和義「家持「吉野儲作歌」考―風土とその周辺」(『上代文学の諸相』塙書房　一九九三)は、この歌の実景描写が概念的なのは、吉野行幸供奉の経験を特に持たぬ家持にとって、吉野が知識―詩文の世界のもの―としてあったからだとする。重要な指摘と思われるが、家持の歌作全体を見渡す際にはそれだけでは解けない問題があるように思われる。

(21) 辰巳正明「人麻呂の吉野讃歌と中国遊覧詩」(『万葉集と中国文学』笠間書院 一九八七)は、吉野讃歌に山川が詠まれるのは、智者と仁者の姿を山水に喩える儒教的思想や、天子を仙境に遊ぶ神仙として表現する老荘思想による山水詩に基づくものであるとする。そのような意味での「山・川」の重要性を認めた上で、人麻呂歌と家持歌における叙景方法の差異に注目すべきと思われる。

(22) 野田浩子「〈景〉あるいは〈物〉と〈こころ〉」(『古代文学』二九 一九九〇・三)。

(23) 「思ふどち」については、本書第Ⅲ部・第二章において詳しく述べる。

(24) 長尾俊太郎「家持の預作侍宴応詔歌考―「見したまひ明らめたまひ」の表現を中心に―」(『古代研究』二三 一九九一・一)や、菊池威雄「天平の寿歌「預作侍宴応詔歌」」(『国文学研究』一一〇 一九九三・六)などに詳しい。

第二章　家持の「興」と『文心雕龍』
――「喩としての自然」をめぐって

一　序

大伴家持の自然詠には、花や鳥などの自然物象への過剰な執着が見られる。次の歌群もその一例と言えよう。

霍公鳥と時の花とを詠む歌一首　并せて短歌（詠霍公鳥并時花歌一首并短歌）
時ごとに　いやめづらしく　八千種に　草木花咲き　鳴く鳥の　声も変はらふ　耳に聞き　目に見るごとに　うち嘆き　萎えうらぶれ　しのひつつ　争ふはしに　木の暗の　四月し立てば　夜隠りに　鳴くほととぎす　古ゆ　語り継ぎつる　うぐひすの　現し真子かも　あやめぐさ　花橘を　娘子らが　玉貫くまでに　あかねさす　昼はしめらに　あしひきの　八つ峰飛び越え　ぬばたまの　夜はすがらに　暁の　月に向かひて　行き帰り　鳴きとよむれど　なにか飽き足らむ（⑲四一六六）
反歌二首
時ごとにいやめづらしく咲く花を折りも折らずも見らくし良しも（⑲四一六七）
年のはに来鳴くものゆゑほととぎす聞けばしのはく逢はぬ日を多み（毎年、これをとしのはといふ）（⑲四一六八）
右、二十日に、未だ時に及らねども、興に依り予め作る。

長歌は、花や鳥の声が季節ごとに様々に変化する様を描く。こうした四季折々にうつろう自然が「めづらし」と評されていることから、推移する自然の姿に価値が置かれていることが分かる。

ところが、それを受けて詠まれるのは、「耳に聞き目に見るごとにうち嘆き萎えうらぶれ」という心であり、また長歌末尾の「なにか飽き足らむ」にも、ほととぎすの声をさらに求める切実な思いが表れている。「めづらし」という讃美の対象となる自然の推移が、同時に嘆きの心をもたらしているのである。家持歌のこうした特徴について、青木生子氏に次のような指摘がある。

この長歌は讃歌の方法を自然詠の中に取り入れてほととぎすへの愛を詠んでいることになるが、純粋な自然の景物として花鳥を「詠む」、詠物の面からみると詠物的な題は付いているものの、物の表現は十分でない。ほととぎすの情態と、これを愛惜する自己の心の状態とが合せ述べられていて、物が主か、思いが主か、そのいずれかが断じがたい。（中略）家持の場合、詠物と述懐との区別はつきがたく、むしろ両面を含みもつものとも思われる。むしろ詠物の長歌としては、主材の物の描写以上に物への情の表出に傾いているといってよいだろう。（中略）「山吹の花を詠む」歌（四一八五〜四一八六）なども題によれば詠物であるが、実は山吹に寄せる恋情ともいえる性格内容である。さらにいうなれば、家持の花鳥諷詠歌は、実質上、花鳥愛好のきわまった花鳥への相聞、恋歌に他ならない。(1)

青木氏も述べるように、家持歌のこのようなあり方は「詠〜」という題を持つ中国詩とも全く異なるものとなっている。中国における「詠物の詩」は、対象物を擬人化して「物の気持ちは述べるが、作者の気持ちを託したりすることはいたって稀(2)」であるという。

さて、先ほどの引用部分で青木氏が当歌の引き合いに出す「山吹の花を詠む歌」には、こうした特徴が特にはっきりと表れているように思われる。

山吹の花を詠む歌一首 并せて短歌（詠山振花歌一首并短歌）

うつせみは　恋を繁みと　春まけて　思ひ繁けば　引き攀ぢて　折りも折らずも　見むごとに　心和ぎむと　繁山の　谷辺に生ふる　山吹を　やどに引き植ゑて　朝露に　にほへる花を　見るごとに　思ひは止まず恋し繁しも（⑲四一八五）

山吹をやどに植ゑては見るごとに思ひは止まず恋こそ増され（⑲四一八六）

この歌には「恋」ということばが用いられており、まさに「山吹」に対する「恋」を読むことも可能である。しかも、「うつせみは恋を繁みと春まけて思ひ繁けば」「思ひは止まず恋し繁しも」「思ひは止まず恋こそ増され」と、その長歌の短さにもかかわらず、繰り返し三度も「恋」が詠まれるのである。

中国詩の世界に通じていた家持が、「詠～」という題詞のもとで詠物詩とは全く異なる歌表現を作り上げていることは興味深い。そこには、「詩」ではない「歌」独自の問題がありそうだ。これらの家持歌における詠み手は、なぜ自然物象を見ることで嘆きや恋の思いを募らせるのだろうか。その問題について、本章では中国文学との関係を視野に入れながら考察していきたいと思う。

二　山吹讃歌

「山吹の花を詠む歌」では、すでにその冒頭において「恋」が抱えられている。この「恋」は、本書第II部・第一章ですでに述べたように、うつろいゆく自然に抱かされる「恋」だと考えられる。推移する時間の中で、自然がうつろうものとして捉えられるようになると、目の前にある自然もいつか自分の側から失われていくものと認識されるようになる。だからこそ、詠み手はその自然物象に「恋」の思いを抱くのだ。「うつせみは恋を繁みと」は、この世の中に存在する限り「失われる予感」から逃れられないことを言ったものと思われる。

これを受け、三・四句目には「春まけて思ひ繁けば」とある。すべてのものが動き始める生命力溢れる春は、四季の中でも最も待たれるはずの季節である。しかし、春の到来は季節の順調な運行を示す一方、今迎えた好ましい季節が確実に自分のもとを去ることを暗示する。季節の変化の中でも、特にあらゆるものが劇的な変化を見せる冬から春への移行は、一層その思いを強くさせたことだろう。「春」の到来によって「思ひ」が募るのはそのためである。

また、この冒頭四句で注目すべきは、「恋」と「思ひ」の描かれ方である。「恋を繁み」「思ひ繁けば」と、どちらにも「繁き」という形容が用いられている。これは、第II部・第一章で分析した「布勢水海を遊覧する歌」の表現、「木の暗繁き思ひ」とも通じている。あの歌における「木の暗繁き思ひ」は、自分の思いが繁茂した木陰の暗がりに隠れるようにはっきりと見出せないことを表していたが、自分の「思ひ」を木陰、つまり自然物象によって形容するのは、そもそも自然物象を見ることが自らの心を見出すことにつながる行為だったからである。

冒頭に挙げた「霍公鳥と時の花とを詠む歌」の長歌では「木の暗の四月し立てば夜隠りに鳴くほととぎす」とあり、ここでは「木の暗」が詠み手の心を形容するものとはなっていない。しかし、木陰ができるほど木が繁る四月の夜、その闇に隠れて鳴くほととぎすを詠むところには、自分が心待ちにしていたほととぎすがその姿をはっきりとは見せないことへの嘆きが表されているとも考えられる。

すると、「木の暗」「夜隠り」といった表現も、単に木が茂る様や夜の暗さを表すのではなく、見たいと思うものが見えないことで生じる「恋」や「思ひ」を導くはたらきを担っているとも読めるのである。このことは、長歌の末尾が「なにか飽き足らぬ」と、さらに見ることを希求する表現になっていることからも裏付けられよう。

さて、このように考えると、「山吹の花を詠む歌」における「繁き」も、見たいと思う対象の姿をはっきり見出すことができない詠み手の状況を表していると考えることができる。

しかし、当歌の場合は「恋」「思ひ」が「繁き」とあり、木や草の繁りで山吹が隠されているわけではないため、そう簡単に結論づけられないところもある。

そこで、「恋」「思ひ」が「繁き」状態にあるとはいかなる意味なのか、まずそこから考えてみたい。「恋」や「思ひ」の強さを表すことは間違いないが、果たしてそれだけなのだろうか。対象に抱かされる「恋」や「思ひ」があまりに強く、それらに隠されて自らの本当の心が見極められない、ということをも表しているとは考えられないか。春の到来により、何か心が「恋」「思ひ」としか言いようのない状態になるのだが、それが一体何に由来するもので、どの方向を向いているのか、自分でもうまく捉えることができない。そうした状態を指して、「恋を繁み」「思ひ繁けば」と詠んだということだ。よって、この歌では、山吹を見ていても、そこからもたらされる心、すなわち山吹の喩がはっきり見えないということになる。

これは言い換えれば、自然物象から得られるはずの安定した喩、つまり、その物象が持つ意味を感受できないということになる。なぜそのようなことがおこるのか。それは、絶えず一方向へ流れるうつろう時間の中ではあらゆる自然物象は季節の推移とともに姿を変えるものとなり、その変化こそが注目されるようになるからである。「花」は繁栄からその衰退まで、様々な位相で捉えられ、その喩も安定したものではなくなっていく。むしろ、自然物象はうつろいという喩を持つようになったとも言えるのである。

「うつせみは恋を繁みと」という表現は、このうつろいの時間意識による「失われる予感」を一般化したものである。常に時間の推移に触れながら生きねばならぬ「うつせみ」の世界の者は、あらゆるものが「失われる予感」に苛まれる。そして、今目にしている自然物象に対しても、常に「恋」を抱かねばならなくなるのだ。しかもその恋は恋でありながら、花を恋人に見立て、鳥にメッセンジャー的な役割を担わせるような、人への恋とは異なる。むしろ、自然物象にそうした意味を見出すことが出来ないがために、自然物象そのものに抱く「恋」なのである。

「山吹の花を詠む歌」では、「うつせみ」や「春」だけでなく「山吹」に対しても「見るごとに思ひは止まず恋し繁しも」と「繁し」が用いられる。「山吹」の花を何度見てもそこに安定した喩が見出せず、その見えない「山吹の喩」に「恋」の心を抱くのである。「恋」は本来、眼前にないものを求める心を言うものである。眼前の山吹に恋の思いを抱くのは、物象そのものとしての山吹の存在の中に、喩としての山吹を見出すことができないからであろう。

「喩としての自然」の喪失を、もっと分かりやすいかたちで見せているのが、次のような歌である。

移り行く時見るごとに心痛く昔の人し思ほゆるかも（⑳四四八三）

すでに前章でも触れた歌だが、天平勝宝九（七五七）年、家持が大監物三形王の邸宅における宴で詠んだものである。この宴が開かれたのは、前年の聖武上皇崩御に引き続き橘諸兄が他界し、その直後、仲麻呂が政権を掌握した年に当たる。よって、「時見る」には時世の流れが寓されているとされ、「時の流れを見る」と訳されることもあるが、万葉集の「見る」にそこまで抽象的な意味合いを読むべきかという点で疑問が残る。同じ宴におけるこれも家持の歌に、

時の花いやめづらしもかくしこそ見し明めめ秋立つごとに（⑳四四八五）

があり、ここでの「時の花」は「四季折々の花」と考えられるので、四四八三の「時」も季節をいったものと捉えるべきであろう。したがって、「時見る」とは、季節の移り変わりを見ること、すなわち季節の到来によってもたらされ、再び失われていくあらゆる物象を見ることであり、その変遷によって「昔の人」―死者か昔の恋人か、今は自分の側から失われてしまった人―が思われるということであった。次の防人歌も四季折々の花々と人事が重ねられたものであるが、その重なり方が先の家持歌と異なることは明らかである。

時々の花は咲けども何すれそ母とふ花の咲き出来ずけむ（⑳四三二三）

四季折々の花々は咲くけれども死んだ母親は戻ってこないという。ここでは、「時々の花」は「うつろう」自然ではない。回帰する自然として捉えられているからこそ母親の蘇りと重ねることができるのである。この歌にあるのは、同じ季節が何度も巡り来る中、なぜ母だけが蘇らないのかという嘆きである。それに対し、推移し失われていく自然と重ねることで、故人が永遠に失われてしまったことを痛感するのが家持の歌なのだ。「時―季節」が、回帰する時間の中で捉えられるからこそ、花は詠み手の心が向かう先、つまり「母」という対象をそこに見せてくれる。もちろん、この防人歌は母が蘇らないことを嘆いているのであり、花が母そのものとして見えているわけではない。しかし、花に母を見出そうとしている点で、家持歌の発想とは根本的に異なるのである。

もう一首、「喩としての自然」の喪失を詠んだのではないかと思われる家持歌を挙げたい。

世間の無常を悲しぶる歌一首　并せて短歌

天地の　遠き初めよ　世の中は　常なきものと　語り継ぎ　流らへ来れ　天の原　振り放け見れば　照る月も　満ち欠けしけり　あしひきの　山の木末も　春されば　花咲きにほひ　秋づけば　露霜負ひて　風交じり　黄葉散りけり　うつせみも　かくのみならし　紅の　色もうつろひ　ぬばたまの　黒髪変はり　朝の笑み　夕変はらひ　吹く風の　見えぬがごとく　行く水の　止まらぬごとく　常もなく　うつろふ見れば　にはたづみ　流るる涙　留めかねつも（⑲四一六〇）

言問はぬ木すら花咲き秋づけば黄葉散らくは常をなみこそ（一に云ふ、「常なけむとそ」）（⑲四一六一）

うつせみの常なき見れば世の中に心付けずて思ふ日そ多き（一に云ふ、「嘆く日そ多き」）（⑲四一六二）

前半では、月の満ち欠け、山の木々の春秋のうつろいと、自然の変化が描かれ、人の生もそれと同じであるという。この歌が詠まれるにあたっては、山上憶良の「世間の住み難きことを哀しぶる歌」の影響があったと考えられている。

世の中の　すべなきものは　年月は　流るるごとし　取り続き　追ひ来るものは　百種に　迫め寄り来る　娘子らが　娘子さびすと　韓玉を　手本に巻かし〔或はこの句あり、云はく、「白たへの　袖振り交し　紅の　赤裳裾引き」〕　よち子らと　手携はりて　遊びけむ　時の盛りを　留みかね　過ぐし遣りつれ　蜷の腸　か黒き髪に　いつの間か　霜の降りけむ　紅の〔一に云ふ、「丹のほなす」〕　面の上に　いづくゆか　皺が来りし〔一に云ふ、「常なりし、笑まひ眉引き　咲く花の　うつろひにけり　世の中は　かくのみならし」〕　ますらをの　壮士さびすと　剣大刀　腰に取り佩き　さつ弓を　手握り持ちて　赤駒に　倭文鞍うち置き　這ひ乗りて　遊びあるきし　世の中や　常にありける　娘子らが　さ寝す板戸を　押し開き　い辿り寄りて　ま玉手の　玉手さし交へ　さ寝し夜の　いくだもあらねば　手束杖　腰にたがねて　か行けば　人に厭はえ　かく行けば　人に憎まえ　老よし男は　かくのみならし　たまきはる　命惜しけど　せむすべもなし（⑤八〇四）

反歌

常磐なすかくしもがもと思へども世の事なれば留みかねつも（⑤八〇五）

家持歌・憶良歌いずれも、この世のはかなさを詠んだものである。しかし、この二歌群は、「憶良がもっぱら人間側にのみ目を向けている」のに対し、家持歌は「自然界の変移相に重ねて、人生のはかなさを嘆く、一篇の思念的悲傷歌」であると比較される。[3] 憶良歌でも「咲く花のうつろひにけり」と、自然の物象と人とを比喩的に結びつけるところはあるが、家持歌では前半・後半でその二つが対等にならべられている。そこでは、花や黄葉それぞれが何かの喩として機能するのではなく、自然物象が総じて抱えているうつろいによって人間の生が説明されていくのである。

この、「喩としての自然」が描かれないという特徴に注目すれば、反歌に見られる「世の中に心付けずて思ふ日そ多き」が表す意味も明らかになってくる。この部分、「心付けずて」と「思ふ日そ多き」の関係が分かりにくく、「世の中に執着をせずに思ふ日の多いことである」(4)「こんな無常の世に心をかかずらわせないでいたい、が、物思いに耽る日ばかりが続く」(5)などと現代語訳されている。

これを「喩としての自然」との関係で考えてみると、まず、喩が見えないということは自らの心を自然物象の中に見出せない、つまり心と自然物象とが合致しないということである。すると、「世の中に心付けずて」は、季節の推移によって次々と姿を変える自然物象に、自分の心にかなうような喩を見出すことができないことを言ったものとも考えられる。その結果自分の心の方向を見失い、常に「喩としての自然」を求め続けることを、「思ふ日そ多き」と表現したのではないか。

さて、ここで「山吹の花を詠む歌」に話を戻したい。この歌を考察する上で基本的かつ最も重要なことは、これらの歌の嘆きが近代的な意味での個の嘆きとは異質であるということだ。恋歌で相手への思いを詠むのは、その相手との逢瀬を実現させるためだが、その表現はそのまま相手を讃美することにもつながる。相手に抱かされる嘆きが大きければ大きい程、その心を抱かせる相手のすばらしさを示すことになる。大切なのは「嘆き」そのものを示すことではなく、その嘆きの強さを訴えることで相手を讃め、相手との逢瀬を実現させることである。

家持の山吹詠にも、これと同じことが言えるのではないか。この歌は、自然物象を見たことで生じた「嘆き」そのものを中心に描こうとしたわけではない。うつろいゆく自然をどうにかこちら側のものにしたいと「恋」の心を抱くことが、その自然を讃美することにもつながっているのである。

自然の物象がうつろいそのものとして捉えられることで「喩としての自然」が失われる、あるいは揺らぐことについては繰り返し述べてきた。花が必ず繁栄や生命の横溢の象徴として機能する保証はなく、むしろ、それとは真逆の衰退の喩ともなり得てしまう。物象そのものを詠むことで讃歌としての性質を維持できなくなれば、物象そのものの属性に頼らぬ詠み方が必要となる。物象を求めるこちら側の心を描いて讃美するという新しい方法は、そうした中で見出されたのだろう。その仕組みは第Ⅰ部・第一章で述べた、人麻呂の「見れど飽かぬ」が持つものと同様である。

つまり、家持の山吹歌に見られる嘆きは、近代的個の嘆きと異なるのはもちろんのこと、家持にいたって突然にあらわれた彼の個性を拠り所とするようなものでもないのである。我々に私的な嘆きとしか見えない当歌の嘆きが、宮廷儀礼歌が選んだ手法を踏襲し、かつ自然讃美の新しい形としてあらわれたということを押さえておくべきである。

しかし、こうした新しい方法は、その歌に讃歌的要素にとどまらぬものを抱えさせる可能性を含み持っていた。対象の本質（＝喩）を捉えきれず心惹かれることを詠むこの方法は、山吹を讃美する一方で山吹を求める心を詠み手自身の意識に上らせてしまう。そして歌は、讃歌という当初の目的とは異なる方向へと導かれていくのである。

もし、「山吹讃歌」としての目的を全うするのであれば、「山吹を見て心惹かれる」と詠むだけでこと足りるのであり、歌はもっと短くても良かったはずだ。ところが、当歌は「思ひ」「恋」「見るごと」といった表現を繰り返しながら、結果として長歌のかたちを残している。このことの意味は重く受け止めるべきであろう。

山吹の本質、つまり「喩としての山吹」が見えないということは、歌の中で山吹が何かの喩として機能しないことを意味する。(6) 当歌の山吹は、繁栄や女性性を象徴するものとはなり得ず、言うなれば山吹そのものとして存在してしまっているのである。その結果、この歌は皮肉にも、まさに「詠山吹花」としか言いようのないものとなっている。つまりこの歌の背景には、山吹が山吹そのものとしてしか見えないという事情があったということだ。山吹の喩を見失い新たな喩を与えることもできず、ただひたすら山吹を見続ける詠み手は、そのたびにまた「恋」や「思ひ」を抱くほかないのである。「詠〜」という題詞を持つ家持自然詠に、詠み手の「恋」や「思ひ」が目立って表れるのはそのためである。

しかし、山吹が山吹そのものとして見えるというのは、あくまで結果としてそうなったということであり、家持が初めから山吹を山吹そのものとして見ようとしていたわけではない。また、そこで見えているものを山吹そのものとして認識していたかも定かではない。

家持が山吹を見続けるのは、そこに新たな喩を見出そうとしたからであり、山吹が山吹として立ち現れてしまうことは望まぬ事態だったと思われる。だからこそ、見る行為が繰り返し歌に詠まれるのだ。

家持が長歌を詠むのは、長歌という形式が彼の心を言い尽くす方法であったからだと指摘するのは橋本達雄氏であるが、(7)こうした歌においては、喩を見出すために繰り返し見ようとすることが長歌という形態を取らせたとも考えられる。また、「恋」や「思ひ」もはじめから歌の主題として据えられていたわけではなく、対象である山吹という自然物象を見尽くし、そこに「喩」を見出そうとする試みの結果、「恋」「思ひ」としか表現できないものが表れてしまったのではないだろうか。

三　「歌の心」と「詩の志」

家持の歌に「喩としての自然」を見出す実践の場としての一面があったことは、中国詩学との関わりからもうかがうことができる。

「喩としての自然が見える」ということは、自然物象を見ることでこちら側の心の方向性が明らかになるということである。あらかじめあるものが見たいという心があるのではなく、自然物象を見ることで自分の心が事後的に確認されるのだ。よって、「喩としての自然」にこだわることは、詠み手の心のあり方にこだわることと同義である。

そうしたこだわりを根本に抱えて存在するのが、家持も多大な影響を受けたと思われる中国詩学の世界である。歌が心を見出していく過程に大きく関わるものとして中国詩学の介在を指摘したのは中西進氏であるが[8]、そこには歌における「喩としての自然」の喪失と探求が深く関わっていたものと思われる。中国詩学では、詩を作ることと「心」の、あるいは「志」の関係が重く扱われている。

詩は志を言ひ、歌は永言し、聲は永きに依り、律は聲を和すし……。（『書経』舜典）

詩は其の志を言ふなり、歌は其の聲を詠ずるなり、舞は其の容を動かすなり。三者心に本づき、然る後に楽器之に従ふ。（『礼記』楽記）

詩なる者は志の之く所なり。心に在るを、志と為し、言に發するを詩と為す。（『毛詩』大序）

ここに見られるのは、あらかじめ人の側に抱えられている「志」が詩作にとって欠かせない要素、つまりその根幹をなすという認識である。また『文心雕龍』物色篇には、

物色の動くや、心も亦揺く。……春を発すれば、悦豫の情暢び、滔滔たる孟夏には、鬱陶の心凝り、天高く気清めば、隠沈の志遠く、霰雪限無ければ、矜粛の慮深し。……情は物を以て遷り、辭は情を以て発す。

とあり、物色、すなわち季節ごとの物象が、人が抱える「心・情・志・慮」に影響を与え、その結果、発せられたものが「辭」となるとある。詩作という行為において、物象と心の関係が心（志）を中心に展開されていることに特徴があるといえよう。

呉哲男氏はこの論理を「和歌の方法として最も愚直に受け止めた」者が大伴家持であったとする[9]。氏は、たとえば霍公鳥の歌（⑰三九一一～三九一三）の「橙橘初めて咲き、霍公鳥翻り嚶く。この時候に対ひて拒志を暢べ

ざらめや。因りて三首の短歌を作り、鬱結の情を散らさまくのみ」といった題詞をはじめ、家持の歌の中に多く見出される「心の運動への過剰ともいうべきこだわり」に注目し、次のように言う。

家持は題詞や左注の中で、しきりに「暢志」「述心緒」「述所心」「述懐」「陳所心」「陳心緒」などといった「心」（志・懐・緒）の語を多用しているが、これは中国詩に依拠しつつ和歌を感性の運動の総体としてとらえようとしたためである。

漢詩・漢文書簡を為し、同族池主に「藩江陸海」と六朝の文人に並べられ[10]、自らの長歌を「賦」と名付けた[11]家持の歌を考える際、こうした中国詩学の影響は軽視できない。しかし、その際には呉氏が次のように指摘する、歌と詩における心の問題の基本的な違いを確認しておく必要がある。

一般に古代和歌は、歌い手個人の心の動きをモチーフとして詠まれるものではなく、むしろ対象賛美といった外在的な要因から詠まれることを本質としている。これは単に古代和歌に限定されるばかりではなく、日本の和歌そのものの本質的な一面であるが、そこへ中国詩学の側から新たな変換が迫られたのである。それは一言でいえば、詩（うた）を詠むことによって感性を解放させるということである。これは詩歌にとってあたりまえのようであるが、実はこれが中国詩の伝統的な詩観なのだ。

ここで、呉氏が言う、「古代和歌」のあり方とは、言い換えれば、近藤信義氏が次のようにまとめているものである。

従来、和歌における景と心の関係は、一般的に、景の表出によって心が導き出されてくるのだというふうに理解されてきている。（中略）つまり、その場合の景は外側に実体的に存在するものから、景が内側の心を誘い出すもの、つまり心を表出する契機は景自体に存しているのだと捉えてきている[12]。

これはまさに、自然物象が回帰する時間の中で「喩としての自然」を抱え、詠み手の前に現れる状況である。

その「喩としての自然」によって、詠み手は自らの心のあり方を見出すのだ。ここでは自然物象と心は一つのものである。詠み手は回帰する時間の中で再び巡ってくる自然物象を迎え、それを歌に詠み込めば、自らの心を表すことにもなったのである。

しかし、自然物象が一方向にだけ流れる推移する時間の中で捉えられ、うつろいの要素を抱え込むようになるにつれ、それらは迎えるだけでなく見送らねばならぬものにもなっていく。うつろう自然は「喩としての自然」を不安定にし、自然物象と「喩としての自然」（＝詠み手の心）が分離する体験を詠み手にもたらした。そこではじめて、心というものが自然物象から独立したものとして自覚され、その二者の関係について思考せざるを得なくなったのである。家持歌に心にこだわった自然詠が多いことも、こうした喩の問題によるところが大きいのではないか。

家持歌が中国詩学に受けた影響については、すでに様々に論じられてきた。しかし、家持が中国詩学の何を必要とし、それを歌の表現においてどう実践したのか、またそのような試みによって歌には何がもたらされたのか。その答えとなるような論考は、未だ充実しているとは言い難い。漢詩興隆のこの時代、家持がなぜ歌を詠んだのかという後期万葉全体に関わる重要な問題に近づくためには、「喩」という問題からの考察が必要である。

四　家持歌の「興」

家持歌と中国詩学との接点にはいろいろな要素が考えられるが、ここでは「喩としての自然」の喪失とその探求という観点から「興」ということばに注目していきたいと思う。「興」は、万葉集では家持のみが用いた語で、用例の詳細は次のようになっている。

天平十九年三月三十日　題詞　二上山賦（⑰三九八五～三九八七）
　左注　右三月卅日依興作之　大伴宿禰家持
感宝元年五月十四日　題詞　為幸行芳野離宮之時儲作歌（⑱四〇九八～四一〇〇）
　題詞　為贈京家願真珠歌（⑱四一〇一～四一〇五）
　左注　右五月十四日大伴宿禰家持依興作
勝宝二年三月九日　題詞　季春三月九日擬出挙之政行於旧江村道上属目物花之詠并興中所作之歌（⑲四一五九～四一六五）
　・悲世間無常歌（⑲四一六〇～四一六二）
　・予作七夕歌（⑲四一六三）
　・慕振勇士之名歌（⑲四一六四・四一六五）
　左注　右二首追和山上憶良臣作歌
勝宝二年三月二十日　題詞　詠霍公鳥并時花歌（⑲四一六六～四一六八）
　左注　右廿日雖未及時依興預作之
勝宝二年三月二十七日　題詞　追和筑紫大宰之時春苑梅歌（⑲四一七四）
　左注　右一首廿七日依興作之
勝宝二年五月六日　題詞　追同処女墓歌一首并短歌（⑲四二一一・四二一二）
　左注　右五月六日依興大伴宿禰家持作之
勝宝三年八月　題詞　向京路上依興預作侍宴応詔歌（⑲四二五四・四二五五）

勝宝五年二月二十三日　題詞 廿三日依興作歌（⑲四二九〇・四二九一）
勝宝八歳三月二十日　題詞 無し（⑳四四六三・四四六四）
　　　　　　　　　　　左注 右二首廿日大伴宿禰家持依興作之
宝字二年二月　題詞 依興各思高円離宮処作歌（⑳四五〇六〜四五一〇）

これらの用例を検討し、家持が「興」に与えた意味について考察した代表的な論では、次のような見解が出されている。

①感興によって作られたもの[13]
②歌を作ることに興がわき、想像の世界を描いたもの[14]
③非時性を表す[15]
④中国詩の表現に和歌を位置づけるためのもの[16]
⑤歌の本道からはみだした余興・即興に近い独詠の歌[17]
⑥既成の作品と接することで為される[18]

これらの論のほとんどは、「興」とある歌全てに同じ内容や同じ歌の場を想定したものであるが、家持が「興」と定めた歌は、その内容も場も多岐に渡っており、そのような分析には自ずと無理が生じてくる。仮に今、同じ視点で「興」に注目をしてみたところで、屋上屋を架すこととなりかねない。「興」の内実を考えるには、「興」と付された歌のみでなく、家持の歌作全体を視野に入れた検討が有効なのではないか。

先に挙げた論のうち、そのような立場から「興」を捉えたのは、④の辰巳正明氏の論である。氏は、中国詩学にあらわれる「興」を家持の「興」に通じるものと捉え、「中国詩の表現に和歌を位置づけるため」に「興」という語彙が用いられたとする。家持の歌作全体に関わる問題から興に触れる立場や、家持の興が中国詩学の興に関わって存在すると捉える点で深く賛同できるものである。しかし、「中国詩の表現に和歌を位置づけるため」に「興」を用いたと言うためには、もう少し、歌そのものに即した分析が必要なのではないか。

辰巳氏が言うように、家持の興が中国詩学の興に影響を受けたものであることはほぼ間違いない。中国詩学における興は、「詩に六義あり。一に曰く風、二に曰く賦、三に曰く比、四に曰く興、五に曰く雅、六に曰く頌と。」という『毛詩』大序の六義にはじまるものであり、また、『詩経』の注である毛傳や鄭箋、そしてさらにそれらの全てに対する注である『毛詩正義』などが、『詩経』の詩に、「興也」「興者」などといった注をつけている。

たとえば、次に挙げる邶風に収められた「柏舟」という詩にも、「興」の注が見られる。

汎彼柏船　亦汎其流　　汎たる彼の柏船　亦汎として其れ流る
耿耿不寐　如有隠憂　　耿耿として寐ねられず　如して隠憂有り
微我無酒　以敖以遊　　我に酒無きに微ず　以て敖び以て遊ぶ
我心匪鑒　不可以茹　　我が心鑒に匪ざれば　以て茹む可からず
亦有兄弟　不可以據　　亦兄弟有るも　以て據る可からず
薄言往愬　逢彼之怒　　薄言に往きて愬ぐれば　彼の怒りに逢ふ

この詩の「汎彼柏船」に対し、「毛伝は興として、汎々として流れる水に浮かぶ柏舟が、ただ流れるだけで人を渡してくれぬことに譬えたものとし、鄭箋は、舟は人や物を載せて川を渡すものであるのに、今その用をなさず、衆物と共に汎々然として水中に浮かぶだけであるとして、仁人が用いられず、群小人と並び列なっているだけであることを興したものであると解」しているという(19)。

こうした注から、「興」が物象によって何かを譬える方法だということは分かるが、同じ概念を表すように見える「比」との違いもはっきりせず、その内実は中国でも古くから見失われていたようだ。

そこでまず中国詩学における「興」の理解を確認していきたい。その際、当時すでに日本に渡っており、家持も目にしたと思われる『文心雕龍』『詩品』といった文学論が参考になる。

『文心雕龍』比興篇には、毛傳が「興也」とだけ標示して「賦也」「比也」という注を施さないことに対し、「比は顕にして興は隠なるを以てならずや」、つまり比は直喩とでも言うべきはっきりしたものであるのに対し、興は隠喩のようにはっきりしないものだったからではないかとある。享受者にとって理解の難しい興だけを示し、その他は見て理解できるものと判断したということだろう。また、孔疏にも「比は顕にして興は隠」とあり、直喩である「比」が景と心の関係を明らかに示すのに対し、隠喩である「興」は表向き景だけが描かれているように見えて、その中に心が隠れているという解釈が加えられている。

こうした比興の関係について、辰巳氏は次のように述べる。

> 比の表現に対し、興の表現は詠作者の心情が余意として言外にあり、それをどのように解釈するかによって作品の意味が大きく変ることとなる。（中略）およそ家持の「依興歌」は、その背後に、あるいは歌の言外に作者の何等かの余意が含まれている歌であると見ることができよう。[20]

「どのように解釈するかによって作品の意味が大きく変る」とは、「思ひ」「恋」「心」といった抽象的な心情表現を重ね、その内実を示さない家持歌全般において言えることである。このような歌の特徴が、家持にとっての「興」と関係しているという指摘は頷ける。しかし家持歌が、自然物象を詠みながらそこに「喩としての自然」を見出せない詠み手によって作られていたことを思い合わせれば、この言外に表された「余意」は、詠み手自身にも把握できないものであったと考えるべきなのではないか。あらかじめ含み込むべき余意があって歌が作られているのではなく、あるはずの余意が見出されないまま歌が作られているのである。このことは、家持歌の大きな特徴と言えるのではないか。

家持が、喩えるものと喩えられるものがはっきりとしている「比」ではなく、その関係が分かりにくい「興」を選んだのは、こうした中国詩学の興の概念が自らが抱える歌の問題に通じるものに見えたからではないか。それは繰り返し述べているように、自然物象に顕れるはずの「喩としての自然」、すなわち自然から見出せるはずの自分の心の方向性が見失われているという問題である。

『詩品』序には「故に詩に三義あり、一に興と曰い、二に比と曰い、三に賦と曰う。文已に尽きて而して意余り有るは、興なり。物に因りて志を喩うるは、比なり。其の事を直書し、言に寓せて物を写すは、賦なり。」と、興は「ことばが終っても、情緒の余韻が残っている」[21]修辞法として定義されている。この部分、『毛詩』大序以来の「六義」に対し「三義」とあるところに象徴的なように、鍾嶸の「独創的な解釈」が含まれているとされる。特に「興」についての内容は「従来のそれが技法上の性質からなされたのに対して、彼は、これを感興の側から言」っている点で非常に特徴的であるという。[22]

このように、中国においても「興」に対して統一した見解があったわけではないようだ。だが、『文心雕龍』の「興」も、『詩品』の「興」も、その主要な部分においては、家持自然詠と通じるものがある。表向きは物象の叙述だけだが、その物象と「心」が喩の関係を結んでいるため、物象の後ろには必ず「心」が隠されているという『文心雕龍』の「興」。そして、言葉が尽くされた後も「心」が残されてしまう『詩品』の「興」。これらは、「恋」「思ひ」「心」が繰り返し述べられる家持歌の状況を彷彿とさせるのである。

五　「歌の喩」と「詩の興」

家持の「興」と中国詩学の「興」の関連性をさらに確認するために、いま一度『文心雕龍』比興篇を見ていきたい。

楚襄讒を信じて、三閭忠烈に、詩に依りて騒を製し、諷は比興を兼ぬ。炎漢盛なりと雖も、辞人夸毗して、詩刺の道喪ぶ。故に興の義銷亡す。（中略）斯くの若きの類は、辭賦の先とする所にして、日に比を用ひ、月に興を忘れ、小に習ひて大を棄つ。文の周人に謝る所以なり。

（訳：楚の襄王が讒言を信じた結果、屈原は忠烈の心を発揮し、『詩経』の精神によって〈離騒〉を作ったが、その風刺は「比」と「興」とを兼ねていた。漢代は文学が盛んであったけれども、作家は卑屈になり、詩を以て上を諷刺するという詩経詩人の道が亡んだ。そのため、「興」の文学的意義も消え失せてしまった。（中略）この種の技法は辞賦が特に大事にしたもので、その結果、日ごとに「比」を愛用し、月ごとに「興」を忘却し、小枝（比）に慣れて大本（興）を棄ててしまった。漢代の辞賦が周人の詩よりも劣るのは、このためである。）

ここで強調されるのは、漢代にはすでに「興」が失われていたということである。「比」が用いられ「興」が忘れられたことが、つまらない部分を受け継ぎ重要な部分を棄てたと譬えられている。詩作にとって重要な要素でありながら、すでに失われてしまったものが「興」なのである。

この興を巡る問題は、家持が抱えていた「喩としての自然」の喪失と重なる。歌の「喩」の問題を抱えていた家持は、『文心雕龍』の言う「興」を、「喩としての自然」を立ち顕わすものとして受け取めたのではないか。『文心雕龍』の嘆きについては、白川静氏に次のような指摘がある。(23)

興は古代的な観念に本づく諸表象、また習俗を背景とする特に古代的な發想法として、詩に特有のものである。文心雕龍が興を託興諷喩、義を象るものとして、その衰落を以て文學の堕落と考えたのは、興が詩篇のみに現われえた時代様式であることについての理解の不十分を示すとともに、興を諷喩の道にして義を象るもの、すなわち道徳的な比喩を含むものとするのであるが、こういう考えは毛鄭以來詩の學を強く支配している基本的な立場であった。

白川氏の論は、『詩経』が経典の一つに取り込まれて道徳的教訓歌として解釈されてきたことに対し、古代歌謡として正当に読み直すべきだとの立場で述べられたものである。古代歌謡である「詩」の「興」が、「自然に託して思いを述べる技法」ではなく言霊信仰に基づいた発想そのものであったことを指摘するのもそのためであろう。

そして氏は、この「興的発想」が「原始的な心性のうちに呪的發想として成立し、そういう宗教的心意の衰落するとともに、情緒的に詩想を導く發想へと變質していった」[24]という。つまり、「興」に関する様々な解説が付されたころにはすでに興的発想は失われており、それは「比」となんら変わらない、比喩表現の一部に組み込まれていたということである。

また、田中和夫氏は『毛詩正義』について言及する中で、正義が書かれた前漢代と実際に「詩」が作られた時期との、興の意味や興を取り巻く状況の違いを見るべきだと指摘する。

「興」というのは、ある事物を言い出して、それと何等かの点で関連のある主題（毛傳の場合、その多くは礼教的主題）を言い起こすのであるから、それにはその興を含んだ詩を詠んだ人とその詩を聞く人との間に、ある事物とそれに対応した主題との関連がすぐに見当のつくものであるという条件が充たされていなければならないであろう。興というのは、詩の作者（或いは既に在る詩を、ある目的で諷詠する者）とそれを聞く者（読者）との間にある事物が歌われたら、直ちにある主題が連想できるという、約束事が成り立たなければ、その表現効果は著しく減殺される表現法であるといわざるを得ない。（中略）「詩」が作られたその時より遙かに距たった前漢代。詩のどの表現が興であるか、また何を言い起こそうとしているのかを具体的個別的に定めるのには、ある解釈・説明がなければ、見当がつきにくくなっていたはずである。（中略）「事を物に託する」という託物の共有性は保証され難いものであればこそ、そこに「詩」を説く（しかも何等かの目的に於いて説こうとする）人々の解釈が入り込むことになる。「興」ということを考えるには、「詩」が作られた時の情況と、毛傳によって「興」が強調された漢代と、時代を分けて考える必要があるであろう。[25]

古代的発想方法としてあった「興」は、すでに失われていたからこそ後世に価値化されたのである。この仕組みは、田中氏の言う、表現を支える共同体の変質ということでも考えることができる。今、ある物象が即時的にある意味に転換していくような共同性が存在する集団を想定すれば、そこで機能していた「興」という発想法が共同体の変質によって成り立たなくなるということである。それにしても、今ではもう失われ、その概念すら不明な「興」を追究しようとする中国詩学のあり方は、まさに「興」に魅入られているとしか言いようがない。

しかし、このような中国詩学の担い手達に通じる姿が家持歌にも見出せるのである。うつろう自然に直面し、「喩としての自然」の喪失を見ていたであろう家持歌の詠み手は、中国詩学が失った興という概念に、「喩としての自然」と同じものを見たのではないか。白川氏が、「興はわが国の枕詞や序詞と似た起源をもつ発想法であり、古い信仰や民俗を背景にもつ表現である」「興的発想は、わが国の序詞や枕詞のような定着のしかたを示さなかったけれども、本質的にはそれと同様に、神霊との交渉をもつための発想法であり、表現であった。暗示的な発想といわれる「興」の本質は、歌謡が古く呪歌として機能していたころのなごりをとどめているものなのである」[26]と述べ、「興的発想」と古代歌謡の近さを指摘することは興味深い。白川氏がこの二つに共通点を見出したように、家持歌は、歌と詩の「喩」の問題を結ぶ概念として「興」を見出したのではないか。

だが、興が失われたことを嘆き、興がいかなるものであったかを追究する中国詩学と、家持歌の方向性はかなり異なっている。興の概念そのものを追究し、その概念によって歌謡や初期万葉歌を論じることはない。万葉集編纂に関わったとされる家持であれば、それも可能だったはずだが、実際にそういったものは残されていないのである。

そのかわり、家持歌は歌そのものに「興」という名を付した。『文心雕龍』が興の喪失を嘆くのに対し、家持はむしろ、自分の歌こそが「興」であると言うのである。ここには、歌が「興によって」作られたと宣言することで歌に「喩としての自然」を招き寄せようという意図があったのではないか。

六　「興」と名付けられる「賦」

家持は、表向きは自然物象だけが描かれているように見えながら、そこに「喩としての自然」が立ち顕れるような歌を指すことばとして「興」を解釈し、自らの歌を「依興」とすることで、そこに「喩としての自然」を宿らせようとしたのではないか。「喩としての自然」の喪失に向き合う一つの方法として、詩学の「興」を見出したのである。すなわち、家持にとっての興は、辰巳氏が言うような「余意が含まれる」歌につけられたのではなく、歌に「意（＝喩）を含ませる」ために興と付されたものと考えられるのだ。

このことは、家持がはじめて興を用いた歌が「二上山の賦」だったことからも裏付けられる。

　二上山の賦一首　この山は射水郡にあり

射水川　い行き巡れる　玉櫛笥　二上山は　春花の　咲ける盛りに　秋の葉の　にほへる時に　出で立ちて
振り離け見れば　神からや　そこば貴き　山からや　見が欲しからむ　皇祖の　裾廻の山の　渋谿の　崎の

荒磯に　朝なぎに　寄する白波　夕なぎに　満ち来る潮の　いや増しに　絶ゆることなく　古ゆ　今の現に
かくしこそ　見る人ごとに　かけてしのはめ（⑰三九八五）
渋谿の崎の荒磯に寄する波いやしくしくに古思ほゆ（⑰三九八六）
玉櫛笥二上山に鳴く鳥の声の恋しき時は来にけり（⑰三九八七）
右、三月三十日に、興に依りて作る。大伴宿禰家持

「二上山の賦」は、家持歌の中で自然物象を対象とした最も早い例であり、また初めての「賦」「依興歌」である。家持が「二上山の賦」を詠む以前に詠んだ長歌の内容は以下の通りである。

亡妻悲傷歌（③四六六）
安積皇子挽歌（③四七五・四七八）
坂上大嬢に贈る歌（⑧一六二九）
弟の挽歌（⑰三九五七）
病臥悲傷歌（⑰三九六二・三九六九）
恋緒を述べる歌（⑰三九七八）

「二上山の賦」は、山川・春秋・朝夕の対や「振り離け見れば」「絶ゆることなく」などの語彙から、人麻呂や赤人らの宮廷儀礼歌を模倣したものに過ぎず、越中の二上山そのものが捉えられていないとされる。これに対し、武田比呂男氏は、この模倣こそが当歌の生命線であったと指摘する。

ここでは、越中の歴史的な生活の場としてある、地域性としての自然は歌われない。そうした個別性としては把握されず、地域性を捨象し抽象化された自然として詠まれているのである。家持の自然へのまなざしは越中という地域の自然の個別性ではなく、天皇の版図の拡大＝天皇の自然の拡大による風土の抽象性へと向

けられているのである。それゆえ先行の讃歌などのことば・様式に多くをたのむことになるのであろう。律令国家の国司としての家持は人麻呂・赤人らの吉野讃歌にみられる〈王権の自然としての二上山〉を歌おうとしたと思われるのである。(27)

当歌は最も早い自然詠長歌であることはすでに述べたが、そのような初めての試みの中、人麻呂や赤人の吉野讃歌が作り上げたような「天皇の自然」を描くことには不安があったのではないか。特に、「喩としての自然」の喪失を抱えた上で歌作を重ねていた家持にとって、その不安はなおさらである。自分の歌に「喩としての自然」が立ち顕れることに不信を抱いた家持は、「興」という概念を持ち込むことによって、それを外側から補強しようとしたのではないか。自らが描く自然物象には、確かに天皇や天皇の治める土地を讃美するような意味合いが含まれているのだということを示すものとして、また実際に喩を呼び込む力を持ちうるものとして興の字を用いたのではないか。興と言い得る内容を持つ歌に興と名付けるのではなく、興が必要でありつつも、それが危ぶまれるような歌をこそ、「興」と名付けたのではないか。

同じく当歌で初めて用いられる「賦」も、六義に基づくものである。家持が当歌を含めた越中三賦を作り、その家持歌に池主が応えた二賦があるため、万葉集に「賦」は五例見られる。『文心雕龍』全賦篇には、「賦は鋪なり。釆を鋪き文を摛べ、物を体して志を写すなり」とあり、「物」を述べ連ねることによって「志」を表したものと読める。また『周礼』大司職の鄭注に「賦の言たる鋪なり、直だ今の政教の善悪を鋪ね陳ぶるなり」とあり、孔疏はそれを受けて「詩文に直だ其の事を陳べ、譬喩ざるものは、皆賦の辭なり」とする。すなわち、いずれも直叙法として解釈されているといえる。

家持が自らの長歌に「賦」と名付けたのはなぜか。賦が長大な詩句を持つところと、長歌が短歌に比して長いこととを関連づけたのだろうといわれているが、「心」「思ひ」「恋」といったことばを並べ、自らの内面を吐露していくかに見える家持歌と、叙事によって志を体現する文体を指した中国詩学の「賦」にはあまり接点を見出すことはできない。また、何より、「興」と「賦」が中国詩学のそれを指しているとすれば、この二つは本来並び立つものではない。ただ、家持も目にしていたと思われる『詩経』の注では、ある詩を一方は興と見なし、もう一方は賦と見なすという注釈のずれは生じているため、それを理解していたからこそ、一つの歌に「興」「賦」を同時に用いたとも考えられる。

こうした賦の理解から考えても、家持歌と中国詩学にはもちろん異なる点も多い。しかし、このずれを、家持の「興」や「賦」に対する認識不足ということで片づけるべきではない。家持歌の興や賦が、中国詩学に触発されたものであっても、その概念を歌に用いているときに差異が生じるのは当然であろう。歌の喩、心の問題に関わるような詩学を求め、その解決につながる概念のみを援用することは十分に考えられる。

では、その概念とは何か。「賦」については、先に挙げた『文心雕龍』にある「物を体して志を写す」といったものであろう。家持歌が注目したのは賦の叙事性ではなく「志を写す」という性質だったのである。「志を写す」という点では、「賦」も「興」も共通した概念を持つ。だからこそ、家持歌でも賦と興が両立し得たのである。[28]

『文心雕龍』の中で、自然風物の描写についてまとめた物色篇は、風物を描写し尽くしながらも余情を漂わせる文章を作った者として「離騒」の作者、屈原を挙げている。

物色盡きて情餘り有る者は、會府なり。略して語れば則ち闕け、詳に説けば則ち繁し。然らば、屈平の能く風騒の情を洞監する所以の者は、抑々亦江山の助けあればか。

（訳：風物を描写し尽くして、しかも余情が漂うような作品は、内容と形式との統一という問題をよく心得たものである。山林や沼沢のような自然は、文学感情の秘庫である。それを簡単に記述してしまえば物足らぬ所ができるし、詳細に表現すればくどくなる。してみれば、屈平（屈原）が十分に詩情を己の物となし得たのは、自然の助けがあったからではあるまいか。）

自然の側が見せるものを、それ以上でもそれ以下でもないところで丁度に表現する。つまり、作為的でないところが屈原の『離騒』が文学としてすばらしいところだという。そして、そのような詩情が得られたのは自然がそれを助けたから、つまり、自然の側からも何らかの働きかけがあったからだという。

また、物色篇の讃には次のようにある。

讃に曰く、山沓なり水匝り、樹雑り雲合す。目は卽に往還すれば、心も亦吐納す。春日は遲遲たり、秋風は颯颯たり。情の往くは、贈に似たり、興の来るは答の如し。

（訳：山かさなりて水めぐり、樹はむらがりて雲は合ふ。眼はすでにとみかうみ、心もやがてときめきぬ。春の日ざしは遅遅と、秋の風音颯颯と。情をやるは贈り物、興の来るはその返し。）

注目すべきは「興の来るは答の如し」である。「興」は、自分の心を自然の側に示すことでもたらされる自然の側からの働きかけと理解できる。

そして、今挙げた物色篇の讃における「興」には、もう一つ家持歌との重要なつながりを見ることができる。それは「春愁三首」と呼ばれる歌々との関係である。

二十三日に、興に依りて作る歌二首

春の野に霞たなびきうら悲しこの夕影にうぐひす鳴くも（⑲四二九〇）

我がやどのいささ群竹吹く風の音のかそけきこの夕かも（⑲四二九一）

二十五日に作る歌

うらうらに照れる春日にひばり上がり心悲しもひとりし思へば（⑲四二九二）

春日遅遅に、鶬鶊正に啼く。悽惆の意、歌に非ずしては撥ひ難きのみ。仍りてこの歌を作り、式て締緒を展べたり。ただし、この巻の中に作者の名字を偁はずして、ただ、年月所処縁起のみを録せるは、皆大伴宿禰家持が裁作れる歌詞なり。

四二九二番歌左注の「春日遅遅」には『詩経』の小雅「出車」や豳風「七月」からの影響が指摘されている。しかし、『文心雕龍』物色篇の讃にもこの言葉が引用されており、その後の「秋風は颯颯たり」との並びは、まさに家持歌二首目の「吹く風」とも対応しているように見える。そして何より、讃と四二九〇・四二九一番歌の題詞のいずれにも、「興」の字を見ることができるのである。

讃における「興」は、自然の側からやってくるメッセージである。これはつまり、自然物象に見出すことのできる「喩としての自然」であろう。春愁三首には、「うら悲し」「もの悲し」といった漠然とした物思いが描かれているように見え、そこに、近代的な個の孤独を読み取ることも可能だが、たとえ歌の表現がそのように見えても、それが意図されたものであるとは限らない。家持が題詞に「興」と記したのは、むしろそこに心、つまり喩を見出せなかったからではないか。だからこそ、『文心雕龍』が述べる「興」、すなわち「喩としての自然」を歌に呼び込むために、歌に興と名付けたのである。

本章では、家持の「興」についての大まかな見通しを述べるにとどまった。詳細な考察は、春愁三首についての考察とともに、第Ⅲ部・第二章に譲ることとする。

（1）『全注』巻第十九。
（2）小尾郊一『中国文学に現れた自然と自然観』第二章・第四節（岩波書店　一九六二）。
（3）（1）に同じ。
（4）『窪田評釋』。
（5）（1）に同じ。
（6）当歌は、直前に並ぶ「山吹の花取り持ちてつれもなく離れにし妹を偲ひつるかも（四一八四）」といった、都から贈られた歌への追和的性格を持つことが指摘され、「恋」や「思ひ」は望郷の念であるとされることが多い。しかし、四一八四番歌が「山吹」に「妹」を重ねて、あるいは関連づけて詠んでいることが明らかであるのに対し、当歌ではそのような表現が全く見られないということは重要である。前後の歌の関係から当歌の「恋」「思ひ」も望郷の念として捉えることは性急に過ぎるのではないか。
（7）橋本達雄「二上山賦をめぐって」（『万葉集研究』第十集　塙書房　一九八一）。
（8）中西進『万葉の詩と詩人』（彌生書房　一九七二）。
（9）呉哲男「家持と四季」（古代文学講座2『自然と技術』勉成社　一九九三）。
（10）巻十七・三九七三の前文。
（11）巻十七・三九八五～七（二上山賦一首）、巻十七・三九九一～二（遊覧布勢水海賦一首并短歌）、巻十七・四〇〇〇～二（立山賦一首并短歌）。
（12）「古代和歌における〈景〉と〈心〉の行方—憑依される心と、憑依されない心—」（『日本文学』一九九七・三）
（13）『土屋私注』。
（14）小野寛「家持の依興歌」（『論集上代文学』第四冊　一九七八）。
（15）前掲橋本論文（7）に同じ。
（16）辰巳正明「依興歌の論」（『万葉集と中国文学』笠間書院　一九八七）。
（17）藤井貞和「作家論—詩人の成立—」（『古代文学』三〇　一九九〇）。
（18）胡志昂「家持作歌における「興」の意味—その文学観念との関連において—」（『芸文研究』六六　一九九四・七）。
（19）高田眞治　漢詩選1『詩経』上（集英社）。
（20）前掲辰巳論文（16）に同じ。
（21）東海大学古典叢書『鍾嶸詩品』（高木正一訳注　東海大学出版会）。
（22）（21）に同じ。
（23）「興的發想の起源とその展開　上」（『立命館文学』一八七　一九六一・一）。
（24）「興的發想の起源とその展開　下」（『立命館文学』一八八　一九六一・二）。

(25)「詩の興について」(『毛詩正義研究』白帝社　二〇〇三)。
(26)『中国の古代歌謡　詩経』第一章(中公文庫　二〇〇二)。
(27)「二上山と家持―「二上山賦」の基底にあるもの―」(『明治大学日本文学』十八　一九九〇)。
(28)家持の賦に関しては次章で詳しく述べる。

第三章　興・賦・遊覧・賞心
――歌の「喩」と詩の「志」

一　古代和歌と自然

自然を詠む、ということが古代の歌にとってどのような意味を持っていたか、現代に生きる我々にはつかみがたいものがある。よって、たとえば家持の自然詠について語ろうとする場合にも、「自然詠」という捉え方そのものが脆弱な基盤に立脚していることを、我々は自覚していなくてはならない。

たとえば、次のような歌を、我々はどう読めるだろうか。

額田王、近江の国に下る時に作る歌、井戸王の即ち和ふる歌

味酒　三輪の山　あをによし　奈良の山の　山の際に　い隠るまで　道の隈　い積もるまでに　つばらにも
見つつ行かむを　しばしばも　見放けむ山を　心なく　雲の　隠さふべしや（①一七）

反歌

三輪山を然も隠すか雲だにも心あらなも隠さふべしや（①一八）
右の二首の歌は、山上憶良大夫の類聚歌林に曰く、「都を近江の国に遷す時に、三輪山を御覧す御歌なり」
といふ。日本書紀に曰く、「六年丙寅の春三月、辛酉の朔の己卯に、都を近江に遷す」といふ。
綜麻かたの林の前のさ野榛の衣に付くなす目に付く我が背（①一九）

右の一首の歌は、今案ふるに、和ふる歌に似ず。ただし、旧本にこの次に載せたり。故以に猶し載せたり。

この歌は、近江京遷都の際に行われた宴や祭祀などの場で詠まれたとされている。具体的な場を明らかにするのは難しいが、その題詞、左注、歌意から考えて、近江京遷都に関わることは確かだろう。遷都の際、大和から近江へ移動していく途中に三輪山が見える。その故郷の山を、せめて奈良山に隠れてしまうまでは見ていたいと思うが、無情にも雲がその姿を隠すという歌である。

森朝男氏は、この歌が三輪山の鎮魂祭祀を基盤に発想されたものと考え、「見つつ行かむ」「見放けむ」と三輪山に語りかける詠み手は巫女的立場にあり、しかしながら当歌ではその祭祀が遮られている、と言う(1)。氏は、「呪能性を具えた「見る」行為の結果として、何ものかが「見える」こと」、つまり「見たいと願ったものが「見える」」ことが呪術であり、この額田王の歌の場合は「三輪山」が見え続けることによって祭祀が貫徹されるはずだったが、その姿が雲に隠されることで祭祀は遮られてしまっている、とする。そして重ねて次のようにも述べている。

そこに実は歌の発生、があるといってみることも可能であろう。歌は、おそらく祭祀の破綻の屈曲部から、いわば軌道をそれてあらぬ方角に弾き出されるように、誕生する。歌が嘆きになり、抒情になるのは当然である。そしてこの場合その嘆きは、望郷・哀別を形成したといえる。

歌が「祭祀の破綻の屈曲部から」生じたという指摘は重要である。氏は、当歌群の場合は雲に対する「隠さふべしや」という語りかけが隠される山に対する嘆きへの没入をくいとめ、「見る」行為の可能性を残したまま結ばれるため、まだ「自然と人間との幸福な祭祀的関係のうちに包まれてある」とするが、それはやはり「祭祀の貫徹」ではなかったということでもある。

森氏の指摘に沿って考えると、初期万葉を経て次々と生みだされた万葉歌のほとんどが、こうした「祭祀の破綻」を前提に自然との関係を取り結んでいることとなる。そしてこうした観点は、氏の宮廷歌人論に見られる、「宮廷歌人とは、神に憑依されたり神に倣ったりして発語する者の位置からは、一歩遠ざかっていて、むしろそういう発語者を称えるような位置にある」(2)という捉え方とも通底する。

すでに述べたように、本書第Ⅰ部における宮廷歌人論も、こうした氏の宮廷歌人像から大きく影響を受けたものである。見たいものが見える呪術的な視点を持つように見える舒明国見歌・人麻呂吉野讃歌は、実はそうした視点を装うものでしかなかった。また、第三期以降に至っては、呪術者とは対極の非呪術者の視点にあえて立ち、そこから「見えない（あるいは、完全には見えない）」と詠むことで呪術者の視点を言外に表現する歌が多く見られるようになる。つまり、万葉歌の作者たちにとって自然物象を見ることとは、見ることによって見たいものを立ち顕わすような呪術的行為ではなかったということである。

ただし、こうした状況を古代の人々が失望や嘆きとともに受け止めたという物語を作り上げるつもりはない。森氏が言うように、このような歌々が詠まれたことで、歌に嘆きが抱えられるようになるという筋道は認められるが、はじめから嘆きを表すことを意図して作られた歌があったのかどうか、ということになれば、話は別である。呪術者の視点を失ったことを嘆く古代人を想像することはたやすい。しかし、それを語るには、まず歌の検討が必要である。我々が直感的に見出してしまう「嘆き」ではなく、歌の表現から見えてくるものに沿って、その内実を明らかにしていかなくてはならない。「嘆き」に見えるという実感と歌の分析とがちょうど折り合うところに、我々は立ち止まるべきである。

二　荒都・旧都歌と「喩」

宮廷儀礼歌をはじめ、自然物象を見る歌には、「見れば〜見ゆ」といった、いわゆる国見歌的発想・様式が認

郵便はがき

料金受取人払

神田局承認

5458

差出有効期間
平成19年6月
9日まで

101-8791

504

東京都千代田区猿楽町2-2-5

笠間書院 行

■ 注文書 ■

◎お近くに書店がない場合はこのハガキをご利用下さい。送料380円にてお送りいたします。

書名　　　　　　　冊数

書名　　　　　　　冊数

書名　　　　　　　冊数

お名前

ご住所　〒

お電話

ご愛読ありがとうございます

これからのより良い本作りのために役立たせていただきたいと思います。
ご感想・ご希望などお聞かせ下さい。

この本の書名＿＿＿＿＿＿＿＿＿＿＿＿＿＿＿＿＿＿＿＿＿＿

本読者はがきでいただいたご感想は、お名前をのぞき新聞広告や帯などで
ご紹介させていただくことがあります。何卒ご了承ください。

■本書を何でお知りになりましたか（複数回答可）

1. 書店で見て　2. 広告を見て（媒体名　　　　　　　　　　）
3. 雑誌で見て（媒体名　　　　　　　　　　）
4. インターネットで見て（サイト名　　　　　　　　　　）
5. 小社目録等で見て　6. 知人から聞いて　7. その他（　　　　　　　　　　）

■小社 PR 誌『リポート笠間』（年1回刊・無料）をお送りしますか。

はい　・　いいえ

◎はいとお答えいただいた方のみご記入下さい。

お名前

ご住所　〒

お電話

ご提供いただいた情報は、個人情報を含まない統計的な資料を作成するためにのみ利用させていただきます。また『リポート笠間』ご希望の場合は、個人情報はその目的（その他の新刊案内も含む）以外では利用いたしません。

められると言われ、そうした様式に安易によりかかる論も多数見られる。しかし、自然物象を見る歌が全てこうした呪術者の視点によって詠まれているわけではなく、むしろ、宮廷儀礼歌においてはそのような視点は天皇のものとして特権化され、「見れど飽かぬ」に代表される非呪術者の視点が歌を支えていたことはすでに述べた通りである。[3]

そこで本章では、非呪術者の視点に立つ詠み手だからこそ詠むことができた素材について考えてみたい。それは、先の額田王の歌にもかかわる「荒都・旧都・遷都」である。

近江の荒れたる都に過る時に、柿本朝臣人麻呂が作る歌

玉だすき　畝傍の山の　橿原の　聖の御代ゆ〔或は云ふ、「宮ゆ」〕　生れましし　神のことごと　つがの木の　いや継ぎ継ぎに　天の下　知らしめししを〔或は云ふ、「めしける」〕　天にみつ　大和を置きて　あをによし　奈良山を越え〔或は云ふ、「そらみつ　大和を置き　あをによし　奈良山越えて」〕　いかさまに思ほしめせか〔或は云ふ、「思ほしけめか」〕　天離る　鄙にはあれど　石走る　近江の国の　楽浪の　大津の宮に　天の下　知らしめしけむ　天皇の　神の尊の　大宮は　ここと聞けども　大殿は　ここと言へども春草の　繁く生ひたる　霞立ち　春日の霧れる〔或は云ふ、「霞立ち　春日か霧れる　夏草か　繁くなりぬる」〕　ももしきの　大宮所　見れば悲しも〔或は云ふ、「見ればさぶしも」〕（①二九）

反歌

楽浪の志賀の唐崎幸くあれど大宮人の船待ちかねつ（①三〇）

楽浪の志賀の〔一に云ふ、「比良の」〕大わだ淀むとも昔の人にまたも逢はめやも〔一に云ふ「逢はむと思へや」〕（①三一）

人麻呂近江荒都歌である。「遷都」という状況、そして「見れば悲しも」という表現から、我々がこの歌に

「嘆き」を読み取ることはたやすい。そして、この歌が何らかのかたちで「嘆き」としか言いようのないものを抱えていることも、おそらく事実である。また、「いかさまに思ほしめせか」が挽歌の常套句であることから、当歌は「都の死」を詠む歌として挽歌の範疇で解釈されてもきた。「近江荒都歌は、人間を横溢させながら鎮魂を払拭しきっていない作品」であるという伊藤博氏の評(4)は、当歌の受け止められ方を如実に表している。

だが、当歌は当初から「嘆き」「鎮魂」を詠むために作られたものなのだろうか。こうした荒都・旧都歌は、かつての都である地を「通る」際に詠まれた土地讃めの歌だった可能性が高く、こうした歌々は一義的には讃歌であると捉えるべきだと思われる。今は荒廃したかつての都を讃めるということは、言うほど易しいことではない。しかし、それを可能にしたのが、非呪術者としての視点だったと考えられるのだ。

荒都・旧都とは、かつて都でありながら今は荒れ果てているという、矛盾を抱えた場所である。かつて、都としての華やかな繁栄に包まれたその土地には、すでに昔の面影はない。以前の繁栄をそこに見ることはできないのである。

こうした複雑な事情を持つ場所を讃える歌が詠める主体は、非呪術者の視点に立つ詠み手以外には想定できない。なぜなら、非呪術者の視点に立つ詠み手にとっては、「見えない」ことこそが対象讃美の基本となるからである。

仮に、呪術者の視点が荒都を見て歌を詠んだ場合、「見えない」と言うことは讃めにはならない。また、万が一そこに都としての繁栄が「見えて」しまったなら、それが今の都の存在を危うくすることは言うまでもない。したがって、荒都・旧都歌は、まさに、非呪術者の視点でなければ詠めない歌だったと言うことができる。

そもそも、当歌の詠み手にとっては、近江への遷都そのものが「いかさまに思ほしめせか」と訝るような、理解できない領域の出来事であった。「いかさまに思ほしめせか」には、荒都が「凡慮のはかり難きもの、懼れ多いものとして神格化されていると同時に、その背後には得体のしれない不安、懼れがこめられている」[5]と言われるが、荒都は「凡慮」では「見え難きもの」でもあったのである。そして、むしろ「見えない」のでなければ、荒都・旧都を詠むことはできなかったとも言えるのである。

近江に天皇の都が置かれるということは、天皇と近江の土地の神の間に祭祀が成立したことを示す。しかし、その地は非呪術者である詠み手にとっては「鄙」としか「見えない」場所である。確かに存在するはずの天皇と土地の理想的関係、ところが詠み手はそれを見る資格を持たない。近江が、荒都となりながらも同時に都として存在する矛盾を抱えたまま歌に詠まれ、讃美されることが可能となるのは、こうした視点によるところが大きいのである。

次の笠金村歌にも同じことが言えるだろう。

おしてる　難波の国は　葦垣の　古りにし里と　人皆の　思ひやすみて　つれもなく　ありし間に　積麻なす　長柄の宮に　真木柱　太高敷きて　食す国を　治めためへば　沖つ鳥　味経の原に　もののふの　八十伴の男は　廬りして　都なしたり　旅にはあれども（⑥九二八）

反歌二首

荒野らに里はあれども大君の敷きます時は都となりぬ（⑥九二九）

海人娘子棚無し小船漕ぎ出らし旅の宿りに梶の音聞こゆ（⑥九三〇）

当歌の題詞には、難波行幸に従った際に作られた歌とある。しかし、それにもかかわらず、行幸地が「旅」先の「古りにし里」と詠まれている。詠み手は天皇が治めている土地への行幸を「里」への「旅」として捉えている。

もちろん、当歌が離宮を軽んじてこのように表現したというわけではないだろう。「旅」先でたどり着いた

「里」が、天皇が治める時には「都」となると詠むことは、天皇讃美に他ならない。ただ、そうした讃美表現を成り立たせるためには、天皇の視点と詠み手の視点を明確に分ける必要がある。この土地を「旅」先の「里」と捉えるのは、詠み手も含む「八十伴の男」であり、天皇ではない。こうした見え方を示した上で、「里」を「都」に変える天皇の呪術的視点が引き立てられ、難波という土地そのものや、その地を所有する天皇の力が印象づけられるのである。その土地を「里」としか見ることのできない「詠み手」と、「都」として見出す（あるいは見ることによって「都」とする）天皇とが対照的に描かれている。

さて、話を再び近江荒都歌に戻したい。一義的には讃歌であるという考えに従ってこの歌を読んでみた場合、その表現はどのようなものとして捉えられるのだろうか。たとえば、「見れば悲しも」という表現はどう理解できるようになるのだろう。

当歌には、「大宮はここと聞けども大殿はここと言へども」とあり、歌中では近江は未だ「大宮」として扱われていることが分かる。つまり、近江の宮が見えないのは今そこに宮がないからではないのだ。「大宮はここと聞けども大殿はここと言へども」と、歌はまだそこに大宮があることを前提としている。だがそこに春草が茂り、霞や霧が立ち渡ることで、大宮は「見えない」のである。見ようとしているのはあくまでも「大宮」、すなわち「今現在大宮のある場所」であり、「かつて大宮があった場所」ではない。

すると、「大宮所見れば悲しも」は旧都を悼む嘆きではなく、見えるはずの大宮が非呪術者の視点では見えないために切なく心惹かれることを言っているとも読める。そもそも、古代において「悲し」は、単に悲哀だけでなく、対象に心惹かれる状態を表すことばでもあり、むしろ原義はそちらの方にあるとも考えられるからである。(6)

このように、「見れど悲しも」は、旧都である近江を今現前するはずの「大宮」として讃めるための表現なのである。これは「いかさまに思ほしめせか」同様、非呪術者の視点に支えられなければ成立しなかった讃美表現なのだ。

この「見れば悲しも」という表現が、国見歌謡の「見れば〜見ゆ」に対応するものであることはすぐに理解できる。ただし、「見れば」を「悲しも」という心情表現で受ける部分で、この二者は大きく異なるといえよう。このことは、人麻呂が吉野讃歌で用いた「見れど飽かぬ」にも言えることである。しかし、「見れど飽かぬ」の場合は、いつか「飽く」方向へ向かう可能性が未だ残されているのに対し、「見れば悲しも」は、見たことによって生じた「悲し」という状況の中でただじっと立ちつくしている点が異なっている。どちらも、詠み手が対象を完全に捉えられず、心惹かれる様を言ったものではある。しかし、打ち消しを伴う「飽かぬ」を用いることで「見れば飽く」へと反転する可能性をわずかに残す「見れど飽かぬ」に対し、「見れば悲しも」にはそうした要素はない。その意味で断絶が見られる。[7]その断絶が、事後的に「嘆き」としか言いようのないものを生じさせるのではないか。

ただし、その歌が離宮歌であるにせよ、荒都歌であるにせよ、「見えない」ことがすぐに嘆きそのものにつながるわけではない。そこには、祭祀的な「見れば〜見ゆ」と対応しながらも、全く異なる讃美表現があらわれているからだ。それは、「見れど飽かぬ」「見れば悲しも」のように、対象を見るこちら側の心の状態によって対象を讃めるというあり方である。

このような非呪術者の視点から詠まれる歌では、見たいものが見えないということが基本にある。それは、第II部・第二章で述べた、自然物象を見てもそこに「喩としての自然」を見ることができない家持歌につながるものでもある。人麻呂吉野讃歌もまた、「花」を詠むだけでは吉野の繁栄や永続性を表せず、歌に神話の論理を持ち込むことでその自然を説明しなくてはならなかった。

この「喩としての自然」の揺らぎは、自然物象を取り巻く時間意識の変化とも複雑に絡み合っている。自然物象が、回帰する時間ではなく一方向に進んでいく時間の中でうつろうものとして捉えられるにつれ、喩の揺らぎはますますその振幅の幅を大きくしていく。「花」は繁栄や永続どころか、それとは対極にある衰退、つまりうつろいそのものを示す物象として歌にあらわれるようになる。「花」はその咲き出す姿を捉えられる瞬間、同時に「失われる予感」を抱かせるものとなるのである。

このことは、田辺福麻呂の「奈良の故郷を悲しびて作る歌（⑥一〇四七）」にもよく表れていた。この歌が、都が置かれていたころの様子を「桜花木の暗隠りかほ鳥は間なくしば鳴く」と詠み、また同じ花と鳥を用いて「春花のうつろひ変はり群鳥の朝立ち行けば」と、人々が都を去っていく様をも表現することはすでに述べた通りである。ここでの詠み手は「花」や「鳥」に、ある安定した喩を見出してはいない。しかしそのことが逆に、旧都歌の表現としてはふさわしいものとなっているのである。自然物象の喩が揺らぐことは、別の方向から見れば、「花」なら「花」がその表現の可能性を広げるということでもある。つまり、「花」は「うつろい」という新しい喩を獲得したとも言えるのである。

三　布勢水海に遊覧する賦

このような自然物象と喩の関係に敏感だったのが、多くの自然詠を残した大伴家持であった。天平十八年六月、越中守に任ぜられた家持は、「賦」と題された三首、いわゆる越中三賦をなす。対象として、越中の景勝の地であったと思われる、二上山・布勢水海・立山の三箇所が選ばれている。その中の一つ、布勢水海遊覧の賦には、家持が捉えた自然物象と喩の関係がよく表されている。

布勢の水海に遊覧する賦一首　并せて短歌　この海は射水郡の旧江村にあり

もののふの　八十伴の緒の　思ふどち　心遣らむと　馬並めて　うちくちぶりの　白波の　荒磯に寄する

渋谿の　崎たもとほり　松田江の　長浜過ぎて　宇奈比川　清き瀬ごとに　鵜川立ち　か行きかく行き　見つれども　そこも飽かにと　布勢の海に　舟浮け据ゑて　沖辺漕ぎ　辺に漕ぎ見れば　渚には　あぢ群騒き　島廻には　木末花咲き　ここばくも　見のさやけきか　玉櫛笥　二上山に　延ふつたの　行きは別れず　あり通ひ　いや年のはに　思ふどち　かくし遊ばむ　今も見るごと（⑰三九九一）

布勢の海の沖つ白波あり通ひいや年のはに見つつしのはむ（⑰三九九二）

当歌は、その冒頭から心情表現で始まり、波線部で示したように、その後も次々に心情表現を重ねていく。「心遣らむ」と思って遊覧をするにもかかわらず、「見つれどもそこも飽か」ずに、さらに遊覧を続ける。人麻呂の吉野讃歌長歌が「見れど飽かぬかも」で歌を終わらせていたことに比べれば、その違いは歴然としている。人麻呂歌が対象のすばらしさを讃美したところで歌を閉じていたのに対し、家持歌では、「飽かぬ」という心情部分が肥大化し、歌が終われなくなっているのだ。

自然物象に触れながらそこに「喩としての自然」を見出せないということは、詠み手の心の方向性が見失われているということに他ならない。花が恋人の姿の喩として見出される場合、自然物象としての「花」に「喩としての自然」つまり「恋人」の姿が立ち顕われ、自分の心が恋人に向かっていることをはっきりと認識することができる。

しかし、自然物象を見ても、そこに「喩としての自然」が見出されなければ、詠み手の心の向かう対象も、その輪郭をあいまいにしてしまう。布勢水海遊覧の賦で、「渋谿の崎」や「松田江の長浜」に「飽かぬ」のは、詠み手が見たいと思う自然物象の完全なる姿、あるいは本質のようなものが見出せず、自分の心のあり方が見失われているからである。だが、このことは決して自然に物足りなさを感じているということではない。本来ならそこに見えるはずのものが見えないのは、あくまで自らの見る力、そして心の問題として捉えられているのである。

同じ布勢水海遊覧の短歌に次のような例がある。

神さぶる垂姫の崎漕ぎ巡り見れども飽かずいかに我せむ（⑱四〇四六）

おろかにそ我は思ひし乎布の浦の荒磯の巡り見れど飽かずけり（⑱四〇四九）

この二首は、「水海に至りて遊覧する時に、各懐を述べて作る歌」という題詞のもとに収められた田辺福麻呂歌である。天平二十年三月二十三日、田辺福麻呂は橘諸兄の使いとして越中に入る。その日は福麻呂を歓迎するための宴が開かれており、また二十四日の宴では、翌日に布勢水海を遊覧しようという約束が交わされたとある。その約束が果たされ、翌二十五日、福麻呂は家持等と遊覧に出かけた。その際に詠まれた歌である。

この二首は、布勢水海など大したものではないだろうと高をくくっていたものの、いざ出かけてみたらそのすばらしさに「見れど飽かず」、つまり、もっと見ることでその全てを見尽くしたいと思った心を詠んでいる。「おろかにそ我は思ひし」とあることから、布勢水海を見る前に詠み手があらかじめ布勢水海の景観を予想していたことが分かる。その予想と実際が大きく異なっていたことが、「見れど飽かず」という心を導くのである。しかも、「見れど飽かず」で歌が終わらないことにも大きな意味がある。歌は「いかに我せむ」という困惑する心で終わるのである。「見れど飽かぬ」で歌い収めることができず、そこから生じる困惑―「いかに我せむ」までが詠まれてしまう点、先の家持歌に共通する問題を抱えていると考えられる。土地讃めの表現が、詠み手の心のあり方を詳しく語る方向に動き出しているのだ。

さて、これまで述べてきた当歌の特徴が、「賦」という題詞に関係することについては、本書でも若干触れたところである。(8) 家持が自らの歌を「賦」や「興」と名付けた背景に、「喩としての自然」の喪失があったことはすでに指摘した。

家持が自らの長歌に「賦」と名付けたきっかけは、賦が作られる一月ほど前から始まる池主と家持の漢文・漢詩・歌のやり取りだと言われる。二月二十九日、家持は初めて漢文の歌序を付した短歌を製作する。そして、三月二日の池主からの書簡には「倭詩を垂れ」とあり、それに対する三月五日の家持の書簡には短歌を「乱に擬り」とある。(9) また三月五日の池主からの書簡には、家持を「潘江陸海」、つまり六朝の文人潘岳と陸機にたとえて称えた部分が含まれるなど、漢詩・漢文への意識の高まりが見られるという。山田孝雄氏は反歌を『乱』といふ時にその本の長歌をば『賦』といひうべきさまに到るべき素地は、既に生じたり」と述べ、このような流れの中で長歌を「賦」としたのは比較的自然なことだったと指摘する。(10)

しかし、中国における賦は、長歌とは比べ物にならない長大な詞章を持つ。短歌に比べて長いというだけで賦と名付けたことには疑問が残る。また、賦は、見えるものを対句によって次々と羅列し、さらに詳しく描写していく特徴を持つ。特に都の賦など、土地や自然物象に関する題を持つ賦にはその傾向が強い。しかし、家持の賦では、二上山・布勢水海・立山のいずれの賦でも、詳細な描写の羅列は見られない。それどころか、今挙げた布勢水海の賦などは、物象表現より心情表現が目立つほどなのである。

中国における賦の実情と家持歌との差は、家持の「賦」に対する認識不足から生まれたものと解釈する向きもあるが、家持よりそれらの知識に精通していたと思われる池主が、この賦に「和ふる」次のような歌を作っている。

敬みて布勢の水海に遊覧する賦に和ふる一首　并せて一絶

藤波は　咲きて散りにき　卯の花は　今ぞ盛りと　あしひきの　山にも野にも　ほととぎす　鳴きしとよめば　うちなびく　心もしのに　そこをしも　うら恋しみと　思ふどち　馬打ち群れて　携はり　出で立ち見れば　射水川　湊の渚鳥　朝なぎに　潟にあさりし　潮満てば　妻呼び交す　ともしきに　見つつ過ぎ行き　渋谿の　荒磯の崎に　沖つ波　寄せ来る玉藻　片搓りに　縵に作り　妹がため　手に巻き持ちて　うらぐは

し　布勢の水海に　海人舟に　ま梶櫂貫き　白たへの　袖振り返し　率ひて　我が漕ぎ行けば　乎布の崎　花散りまがひ　渚には　葦鴨騒き　さざれ波　立ちても居ても　漕ぎ巡り　見れども飽かず　秋さらば　黄葉の時に　春さらば　花の盛りに　かもかくも　君がまにまと　かくしこそ　見も明らめめ　絶ゆる日あらめや（⑰三九九三）

白波の寄せ来る玉藻世の間も継ぎて見に来む清き浜辺を（⑰三九九四）

右、掾大伴宿禰池主が作　四月二十六日追和す。

池主の長歌の冒頭は「藤波は咲きて散りにき卯の花は今ぞ盛りとあしひきの山にも野にもほととぎす鳴きしとよめばうちなびく心もしのにそこをしもうら恋しみと」と、心が「うちなびく」あるいは「恋しみ」という状態を導き出すために多くの句を割いている。その後も、「うらぐはし」「見れども飽かず」といった心情を表す語彙が目立つ。この歌は対句が多い整然とした構成を持ち、その点では家持歌よりは「賦」に近いと言える。ただ、やはりその表現には心情にこだわるところが見られるのである。

すると、彼らの使う「賦」は、中国における「賦」がそのまま輸入されたものではなく、そこに彼らなりの解釈があると考えざるを得ない[11]。よって、家持の「賦」を考える際には、その解釈に通じるもの、つまり、家持の歌論的意識を探ることが必要となる。

ところで、「賦」が「気分の高まり」などではなく、もっと意図的に使用された可能性を指摘する論がある。長歌を「賦」とすることで、歌と漢詩を同じレベルにまで引き上げ、「衰退期にある長歌を賦に比肩し得るよう再生させようと[12]」した、あるいは、池主の「倭詩」という語を意識して、和歌そのものを詩と同質のものとして作りあげることを目指した[13]といった見解である。こうした指摘をもとに、「賦」が必要とされた理由を家持歌の表現の内部から考えてみることが必要だ。

すでに前章において、家持は『文心雕龍』全賦篇の「賦とは鋪なり。釆を鋪き文を摛べ、物を體し志を寫すなり」という叙述に多く依っていた可能性を述べた。家持にとっては、物象を詠むことで「志」、つまり心を表すことが「賦」だったということである。「喩としての自然」の喪失に直面していた家持にとって、「賦」は、その自然描写の奥に必ず何か「志」＝心を持つ、理想的な表現形式として理解されたのだろう。自らの歌を「賦」と説明することで、歌に「喩としての自然」、つまり心を召喚しようとしたのである。したがって、家持にとっての「賦」の定義があるとすれば、詠み手の「心」が「物」によって「写」されることを目指した歌、といった、抽象的なものでしかなかったのではないか。家持歌の賦の全用例に共通する条件を見出すことが難しいのはそのためであろう。

四　立山の賦

「布勢水海遊覧の賦」を通して、家持の「賦」と自然詠の関係を論じてきた。では、家持の他の賦にもそのような特徴は見られるのだろうか。「立山の賦」を対象にもう少し考察を進めていきたい。家持の「立山の賦」にはそれに応えた池主の賦があるため、その二歌群を続けて検討していくこととする。

立山賦一首　并せて短歌　この立山は新川郡にあり

天離る　鄙に名かかす　越の中　国内ことごと　山はしも　しじにあれども　川はしも　さはに行けども
皇祖の　うしはきいます　新川の　その立山に　常夏に　雪降り敷きて　帯ばせる　片貝川の　清き瀬に
朝夕ごとに　立つ霧の　思ひ過ぎめや　あり通ひ　いや年のはに　外のみも　振り放け見つつ　万代の　語
らひぐさと　いまだ見ぬ　人にも告げむ　音のみも　名のみも聞きて　ともしぶるがね（⑰四〇〇〇）
立山に降り置ける雪を常夏に見れども飽かず神からならし（⑰四〇〇一）

片貝の川の瀬清く行く水の絶ゆることなくあり通ひ見む（⑰四〇〇二）

四月二十七日に、大伴宿禰家持作る。

先ほどの布勢水海遊覧の賦に比べれば、心情表現の割合はかなり少なく、人麻呂や赤人の宮廷儀礼歌を彷彿とさせる歌である。実際、その影響関係を見てみると、「天離る鄙に名かかす〜川はしもさはに行けども」は、人麻呂吉野讃歌の「聞こし食す天の下に国はしもさはにあれども」や、赤人の伊予温泉歌の「天皇の神の命の　敷きいます国のことごと湯はしもさはにあれども」といった歌句を習ったものと思われる。この冒頭部分のみならず、その表現はほとんどが人麻呂・赤人歌の模倣と言われてもしかたがない。

ただ、ここで注目すべきは、「立つ霧の思ひ過ぎめや」という表現である。自分が立山に対して抱く心が、霧のようにすぐに消えてしまうような思いではないというのだが、これが差し挟まれることで、冒頭「天離る鄙に名かかす」から「朝夕ごとに立つ霧の」までが、「思ひ」を導き出す序的な働きをしているようにも見えるのである。[14]「立山」という歌の中心となる山の自然が描写されていく重要な部分がである。つまりこの瞬間、立山そのものではなく立山に対する詠み手の心が、中心としてせり出してくるような印象を受けるのだ。

「霧」は恋歌において恋の嘆きが具象化したものと捉えられることがある。その霧で形容された立山への「思ひ」も、山への「恋」と考えられる。この「思ひ」は立山を「崇める気持ち」[15]と説明されることが多いが、これは対象が山であることに影響を受けた解釈であろう。相手が「山」だからといって「思ひ」に「崇める」といった内容をことさらに加える必要はなく、ここは自然物象である立山に心惹かれる「恋」の「思ひ」を表したと捉えておけばよい。

では、今見ているはずの立山に恋の心を抱くのはなぜか。それは当歌が、布勢水海の賦と同様、立山という自然物象の完全な状態を感受することのできない詠み手によって作られた歌だからであろう。今自分に見えている立山の、その奥に隠されている本質的なもの、つまり「喩としての立山」を捉えることができないために、「恋」が抱かれるのである。

当歌では、立山に「あり通」うと言いながら、「外のみも振り放け見つつ」と詠む矛盾が指摘される。[16] しかし、この矛盾も、非呪術者の視点を持つ詠み手の存在を考えれば説明がつく。その視点は、何度も立山に通い見ることを繰り返しても、立山という対象を完全に捉えることができないものだからである。「あり通」い、実際には間近く山を捉えながらも、それは「外のみも振り放け見」る状態に等しいのである。

また、その立山のすばらしさを「いまだ見ぬ人にも告げ」るだけでなく、それを聞いた人々が「音のみも名のみも聞きてともしぶる」状態になるのは、この歌の立山讃美が享受者のあこがれの心に支えられているからである。詠み手も、詠み手に立山のすばらしさを告げられる者たちも、立山の本質に触れ得ない。しかし、だからこそ立山に心を奪われ、それが立山讃美を成り立たせるのである。

この賦に応えた池主の賦にも同種の特徴を見出すことができる。

敬みて立山の賦に和ふる一首　并せて二絶

朝日さし　そがひに見ゆる　神ながら　み名に帯ばせる　白雲の　千重を押し別け　天そそり　高き立山　冬夏と　別くこともなく　白たへに　雪は降り置きて　古ゆ　あり来にければ　こごしかも　岩の神さび　たまきはる　幾代経にけむ　立ちて居て　見れども異し　峰高み　谷を深みと　落ち激つ　清き河内に　朝去らず　霧立ち渡り　夕されば　雲居たなびき　雲居なす　心もしのに　立つ霧の　思ひ過ぐさず　行く水の　音もさやけく　万代に　言ひ継ぎ行かむ　川し絶えずは（⑰四〇〇三）

立山に降り置ける雪の常夏に消ずて渡るは神ながらとそ（⑰四〇〇四）

落ち激つ片貝川の絶えぬごと今見る人も止まず通はむ（⑰四〇〇五）

右、掾大伴宿禰池主和へたり。四月二十八日

池主歌では、立山を「そがひに見ゆる」対象として詠んでいる。「そがひに見ゆる」は第Ⅰ部・第二章で触れたように、超越した対象から与えられる心理的距離を表したことばである。詠み手から対象を見たときに、そこに隔てを感じることを「そがひに見ゆる」と言ったのだ。このことは、先の家持歌における「あり通ひ」ながら「外のみも」見る状況に近似しているではないか。

そして、当長歌には、もう一つ異なる「見る」が詠まれている。「立ちて居て見れども」である。この見方によって見えた立山は「異し」と表現されている。まず、この「異し（あやし）」がどのような状態を指すのか、一通り用例を眺めてみたい。

橡の解き洗ひ衣の怪しくもことに着欲しきこの夕かも（⑦一三一四）

ひさかたの雨には着ぬを怪しくも我が衣手は干る時なきか（⑦一三七一）

……墨吉に　帰り来りて　家見れど　家も見かねて　里見れど　里も見かねて　怪しみと　そこに思はく
（⑨一七四〇）

あらたまの五年経れど我が恋ふる跡なき恋の止まなくも怪し（⑪二三八五）

妹があたり遠くも見れば怪しくも我は恋ふるか逢ふよしをなみ（⑪二四〇二）

時守が打ち鳴す鼓数みみれば時にはなりぬ逢はなくも怪し（⑪二六四一）

住吉の敷津の浦のなのりその名は告りてしを逢はなくも怪し（⑫三〇七六）

足柄の箱根の山に粟蒔きて実とはなれるをあはなくも怪し（⑭三三六四）

相思はずあるらむ君を怪しくも嘆き渡るか人の問ふまで（⑱四〇七五）

天照らす　神の御代より　安の川　中に隔てて　向かひ立ち　袖振り交し　息の緒に　嘆かす児ら　渡り守

舟も設けず　橋だにも　渡してあらば　その上ゆも　い行き渡らし　携はり　うながけり居て　思ほしき
言も語らひ　慰むる　心はあらむを　なにしかも　秋にしあらねば　言問ひの　乏しき児ら　うつせみの
世の人我も　ここをしも　あやに奇しみ　行き変はる　年のはごとに　天の原　振り放け見つつ　言ひ継ぎ
にすれ（⑱四一二五）

雨が降る時には着ないはずの自分の袖が乾かない、自分の故郷に帰ってきたのにそこに家が見えない、「粟（あは）」が実ったのに相手に「逢わない（あはぬ）」、といったことが「あやし」と言われる対象である。想定されることと異なる状況が目の前に展開されるとき、「あやし」と詠まれているようだ。

次に、「立ちて居て」についても用例を挙げてみたい。

……立ちて居て　思ひそ我がする　逢はぬ児故に（③三七二）
橘をやどに植ゑ生ほし立ちて居て後に悔ゆとも験あらめやも（③四一〇）
……つつじ花　にほへる君が　にほ鳥の　なづさひ来むと　立ちて居て　待ちけむ人は……（③四四三）
み崎廻の荒磯に寄する五百重波立ちても居ても我が思へる君（④五六八）
秋されば雁飛び越ゆる竜田山立ちても居ても君をしそ思ふ（⑩二二九四）
立ちて居てたどきも知らず思へども妹に告げねば間使ひも来ず（⑪二三八八）
春柳葛城山に立つ雲の立ちても居ても妹をしそ思ふ（⑪二四五三）
立ちて居てすべのたどきも今はなし妹に逢はずて月の経ぬれば（⑫二八八一）
立ちて居てたどきも知らず我が心天つ空なり土は踏めども（⑫二八八七）
遠つ人猟路の池に住む鳥の立ちても居ても君をしそ思ふ（⑫三〇八九）
……立ちても居ても　漕ぎ巡り　見れども飽かず……（⑰三九九三）

立ちて居て待てど待ちかね出でて来し君にここに逢ひかざしつる萩（⑲四二五三）

同じ池主が詠んだ三九九三番歌以外は、すべて恋人など、相手のことを思うことで居ても立ってもいられなくなる状態を表している。「立ちて居てたどきも知らず」といった用例が多く、このことばが居ても立ってもいられず、途方にくれることを表すことは間違いない。相手に強く心を惹かれ、自分ではどうにもならない状態が「立ちて居て」という動作を導くのである。

これは、先に挙げた田辺福麻呂歌における「見れども飽かずいかに我せむ」に通じるものである。福麻呂歌も予想外にすばらしい景観を見ることで困惑していたが、三九九三番歌の「立ちても居ても漕ぎ巡り見れども飽かず」も、この福麻呂歌とほとんど同じ状況を表していると考えられる。立山のすばらしさが予想以上であったため、それを受け止めることができず困惑していると考えるべきである。

しかし、当歌のこの部分は、先程触れたもう一つの池主歌同様、「立って見たり座って見たりする[17]」としか解釈されない。「この句は大半が、いても立ってもいられないような不安や焦燥感を表す慣用句」だと言いながら「ここは例外[18]」とする向きがある。これは、「山」という対象に、恋人に抱くような「立ちても居ても」という表現がなされることへの違和感によるものと思われるが、それは我々が抱く違和である。池主が「立ちても居ても」の表現の蓄積を知らなかったはずがない。この言葉が恋歌に用いられることを承知の上で、あえてこの語を使ったと考える方が自然である。そのような事実を我々の感覚的な判断によって歪曲すべきではない。ここだけが例外的に用いられていると考えるのは恣意的にすぎるだろう。

当歌の「立ちても居ても」に「立って見たり座って見たりする」という文字通りの意味しか認めないのであれば、伊勢物語のあの名高い場面に用いられた意味も見失われてしまう。

むかし、東の五条に、大后の宮おはしましける西の対に、すむ人ありけり。それを、本意にはあらで、心ざしふかかりける人、ゆきとぶらひけるを、正月の十日ばかりのほどに、ほかにかくれにけり。あり所は聞けど、人のいき通ふべき所にもあらざりければ、なほ憂しと思ひつつなむありける。またの年の正月に、梅の花ざかりに、去年を恋ひていきて、立ちて見、ゐて見、見れど、去年に似るべくもあらず。うち泣きて、あばらなる板敷に、月のかたぶくまでふせりて、去年を思ひいでてよめる。

月やあらぬ春やむかしの春ならぬわが身ひとつはもとの身にして

とよみて、夜のほのぼのと明くるに、泣く泣くかへりにけり。（伊勢物語　第四）

ここに見える「立ちて見、ゐて見、見れど、去年に似るべくもあらず」は、まさに池主歌の「立ちても居ても漕ぎ巡り見れども飽かず」「立ちて居て見れども異し」と同じ状況を言ったものと思われる。伊勢物語では、梅の花に去年の面影を見出そうとするところに「立ちて見、ゐて見」が用いられる。これは単にいろいろな見方をするのではなく、梅をどのように見ても去年の面影が見出せず、その見えない面影に切なく心惹かれる様を描いたものと思われる。

うつろいゆく時間の中で次々に変化していく自然に向き合うとき、そこではこちら側の期待や思惑は良くも悪くも裏切られていく。見たいと思うものが見えるという関係の中では安定していた詠み手の心は、「喩としての自然」の裏切りによって翻弄され、あるときは「飽かず」という賞賛として、またあるときは「いかに我せむ」「見れども異し」という困惑をも伴う心として、また「うち泣き」という嘆きの行為として現れるようになる。「立山の賦に和ふる」歌に、「心もしのに」「思ひ過ぐさず」と立山に対する詠み手の執着が詠まれるのもそのためである。

ここで言う「見たいと思うもの」とは、詠み手の側にはじめからはっきりとイメージされるようなものではない。伊勢物語でも、梅の花がどのようであれば昔と同じ花として認識できたのか、それは定かではない。具体的にどこがどう異なり、何が失われているかは分からないのである。対象を見たとき、何かがずれているという感覚だけが確かにあり、そのずれが歌に抒情を呼び込むのだ。

家持と池主の賦の表現に共通するのは、布勢水海や立山といった自然物象が持っているはずの本質、つまり「喩としての布勢水海」や「喩としての立山」を見出せず、裏切られる詠み手の姿である。しかし、詠み手に困惑や恋をもたらす対象の姿は、むしろ価値化されており、そうした表現によってこそ、布勢水海の賦も立山の賦も、讃めの「賦」たり得ていた。

二上山の賦には立山の賦同様、人麻呂や赤人の離宮歌の模倣が多いが、それは、越中の二上山を人麻呂や赤人が詠んだ「天皇の自然」として描くための方法であった。だが、越中二上山を天皇の自然として詠むということは、そこに「天皇の自然」にふさわしい「喩としての自然」を示さなければならないということである。

これまで述べてきたように、「喩としての自然」の揺らぎを抱えていた家持にとって、それは大変難しい課題であった。「二上山」讃歌に「天皇の自然」にふさわしい喩が立ち顕れないことへの恐れが、家持をして人麻呂・赤人の表現を多用させたのである。よって、二上山の賦においても、賦は喩の問題と関わっていたと言うことができるのだ。

五　賦・遊覧・賞心

さて、ここまで、家持の「賦」が喩の問題と関わっていたことを述べてきた。そして、第一章で扱った「興」にも、同様の傾向が見られたことはすでに見た通りである。

そしてもう一つ、中国詩学との接点として気になることばに、「遊覧」がある。中国における「遊覧」の賦は「梁の時代になると、詩と同じく自然や山水を描こうとする傾向はますます強くなり、しかもその態度は自然美のみを追究して描こうとする態度である」と言われる。中国の「賦」と家持の「賦」の関係同様、中国の「遊覧」と家持の「遊覧」にも内容からのつながりはあまり認められない。家持の遊覧の歌は、布勢水海をはじめとする自然を描いてはいるものの、それよりは、詠み手の心を表現することに傾倒していたからだ。家持の「遊覧」には、中国の「遊覧」賦には見られない、詠み手の心への過剰な意識が見られるのである。

とすれば、やはりここでも「興」や「賦」と同じように、家持にとっての「遊覧」の意味を問わねばならないということになる。

辰巳正明氏は、中国の天子の行幸に遊覧的性格を認め、人麻呂の行幸従駕歌なども中国遊覧詩の影響を受けて成立したものとする。[20] 氏は「山水」と「自然賞美」を遊覧詩の特徴とし、人麻呂吉野讃歌が山と川を詠み、「見れど飽かぬかも」「またかへり見む」と自然賞美を詠むこともそれを裏付けるとする。氏の言う「賞美」は、美として捉えた自然を楽しむことである。

しかし、「見れど飽かぬ」には、「自然を楽しむ」というだけでは捉えきれない面があることについてはすでに繰り返し述べてきた。そこには対象を十全に捉えられないことから生じる遅れ（欠如と憧憬）が抱えられているのであり、だからこそ「またかへり見」ようという宣言が導かれるのである。目の前にあるすばらしい自然を完全に受け止めたいという願望こそが、「またかへり見」ることを支えているのだ。そのように考えると、「見れど飽かぬ」「またかへり見む」には「賞美」という意味合いを越えた、「見る」ことの不完全さと、それによって生じる「見る」ことの過剰さを読み取らねばならないだろう。そしてその過剰さは、「見れど飽かぬ」と詠むだけでは踏みとどまれず「見つれどもそこも飽かにと」と、さらなる対象を希求する家持歌の表現に至り着くものである。

家持が「見る」行為にこだわるのは、かつて喩的な自然である「心」をこちら側に示してくれたのが、他でもない「見る」行為だったからだが、辰巳氏が天子の行幸とのつながりを指摘したように、「遊覧」には「ほしいままにながめる」(21)といった意味がある。天子として自らが治める土地を見尽くすことが、その地を統治することにつながる。家持が目指したのはまさに、この国見的・遊覧的「見れば〜見ゆ」の世界である。だからこそ、「見る」ことを繰り返し、その歌を「遊覧」と名付けることで、「見る」力を歌に取り戻そうとしたと考えられるのである。

六　結

さて、こうした「遊覧」の意味を踏まえた上で、次の謝霊運の遊覧詩と家持歌を比較し、本章を締めくくりたい。

南亭に遊ぶ

時竟りて夕に澄霽し、雲帰りて日は西に馳す。
密林は餘清を含み、遠峰は半規を隠す。
久しく昆蟄の苦に痗み、旅館より郊岐を眺る。
澤蘭は漸く逕に被り、芙蓉は始めて池に發く。
未だ青春の好きに厭かざるに、已に朱明の移るを観る。
慼慼として物に感じて嘆き、星星として白髪垂る。
藥餌は情の止まる所、衰疾は忽ち斯に在り。
逝に將に秋水を候ひ、景を息めて舊崖に偃さんとす。
我が志は誰與か亮なる。賞心は惟れ良知。（文選）

辰巳氏は、家持が謝霊運の詩に多くを学んでいたことを、謝霊運の遊覧詩で特徴的に用いられる「賞心」という言葉と家持歌の「しのふ」の関連性で述べている。[22]この言葉がどちらも自然を賞美する心を示す意と考えられるためである。

小尾郊一氏によれば、「賞」という字は本来「賜る」という意味を持っていたが、六朝期に入るとそこから「ほめる」「感心する」「よろこぶ」「このむ」といった意味が生じ、また同時に「識る」「みわける」という意味にも用いられていくため、謝霊運の「賞心」も何を表すものとして捉えればよいかは、はっきりしないという。[23]五臣注では「賞心」に対して「賞心の友」「賞心の人」といった解釈がなされ、また「従弟の恵運に酬ゆ」詩の「永に賞心の望を絶ち」という部分に対する李周翰の注には「言うこころは、敢えて我が心を識る者有るを望む無し。」とあり、「賞心」が「我が心を識ってくれるもの」とも解釈できる。

これに対し、小尾氏は「魏の太子の鄴中の集に擬す」詩の序に見られる「良辰　美景　賞心　楽事」の構造から、「賞心」も「賞する心」とすべきとし、「賞心」は自然を鑑賞する心として捉えておきたいとしている。先の辰巳氏の論もこれを受けたものである。確かに家持歌には謝霊運の詩に学んだと思われる表現も多く、「賞心」と「しのふ」の近さも頷けるところではある。ただ、本書で明らかにしてきた「喩としての自然」の喪失という視点から、あらためてこれを捉え直してみると、家持にとっての「賞心」の意味が更に明確になってくるように思われる。

先に挙げた「南亭に遊ぶ」にも「賞心」の二字が見える。この詩の「未だ青春の好きに厭かざるに、已に朱明の移るを観る。感感として物に感じて嘆き」とは、「まだ春の好景を見あかぬうちに、もはや夏のしげきに移った。憂い心地で、この夏の景物を見て時の過ぎゆくをなげ[24]く」ということであり、家持歌の「見つれどもそこも飽かにと」に含まれる、うつろう自然に抱く失われる予感に重なるものを見ることができる。「南亭に遊ぶ」は賦ではなく詩であるが、このような点においては家持の遊覧の賦に近いものを持つ。あるいはこの詩を念頭において布勢水海遊覧の賦が作られた可能性も十分考えられるのではないか。

そしてこの詩には「賞心惟れ良知」という表現が見られる。新釈漢文大系本で「わが心にかなう風景こそは良友である」という訳がつけられているように、自分の心にかなった自然こそが「良知」、すなわち自らをよく知る友人のようなものであるといった意味に読める。すると、この「賞心」は賞美する心というより、「我が心を識ってくれる自然」と捉えるほうが実際の意味に近いのではないか。

「喩としての自然」を見失い、新しい喩を模索していた家持にとって「我が心を識ってくれる」という件は非常に重要である。「賞心惟れ良知」は、自然物象がそのまま詠み手の心そのものであり得るような、かつての歌の「心」のあり方を体現したものであると読め、家持はそのような「賞心」に魅せられて謝霊運の詩を享受したのではなかったたか。

このように分析してみると、「賦」「興」「遊覧」そして、謝霊運詩の影響など、家持歌に取り入れられた中国文学の概念は、歌の喩の問題と深く関わるものばかりであったことが知られる。家持は自らの作歌活動と中国詩やそれを考察する中国詩学に触れることにより、歌に存在するはずの「心」により自覚的になっていくのである。しかし、それが家持の中でも「心」と呼べるようなものとして明確に存在していたかどうかは、分からないとしか言いようがない。

(1)「遷都―近江遷都と三輪山哀別歌」(『万葉の虚構』雄山閣　一九七七)。
(2)「神代再現―吉野離宮歌の《時》」(『古代文学と時間』新典社　一九八九)。
(3)本書第Ⅰ部・第一章。
(4)「近江荒都歌の文学的意義」(『万葉集の歌人と作品』上　塙書房　一九七四)。
(5)杉山康彦「人麿における詩の原理」(『日本文学』一九五七・十一)。
(6)佐藤和喜「讃歌としての『春愁三首』」(『文学』一九八八・二)は、「悲し」には、悲哀や同情の意だけでなく、対象に強く心を惹かれる意を認めるべきことを指摘し、家持の春愁三首「心悲しも」を讃辞として捉えている。
(7)身﨑壽「近江荒都歌論」(『伊藤博博士古稀記念論文集万葉学藻』塙書房　一九九六・七)は、この「悲し」を、「過去と交感しえない悲しみ」と捉えている。
(8)本書第Ⅱ部・第二章。
(9)ただ、この「乱」が歌を指すのか漢詩を指すのかは判然としない。
(10)『万葉五賦』(一正堂書店　一九五〇)。
(11)四〇〇三番歌の題詞には「賦に和ふる一首」とあり、長歌としての意識で返したとも考えられる。ただ、「併せて短歌一首」ではなく「併せて一絶」とあるところから、長歌も「賦」を意識して詠まれたと考えておく。
(12)神堀忍「家持と池主」(『万葉集を学ぶ』第八集　有斐閣　一九七六)。
(13)辰巳正明「大伴家持と中国文学」(『万葉集と中国文学』笠間書院　一九九二)。
(14)『伊藤釋注』に、「それにしても「立山の賦」といいながら、霊妙に聳え立つ立山の描写はわずかに「常夏に雪降り敷きて」の二句に暗示されているだけで、立山そのものが正面に押し立てられていない。そのことは、「その立山に……片貝川の清き瀬に……」という叙述によく現れている。ここでは、立山や片貝川のありようを、「思ひ過ぎめや」をいうための前提として持ち込むことに専念しているだけなので、叙述は平板に流れ、立山が雲隠れしてしまった感がある。」という指摘が見られる。
(15)『新全集』による。
(16)橋本達雄『全注』巻第十七は、「丁寧に表現を練ることなく、手馴れた言葉を使ったところから生じた破綻と思われる。」としている。
(17)たとえば、『伊藤釋注』の口語訳にも「立ってみるにつけ坐ってみるにつけ」とされるのみであり、特に解説も見られない。
(18)『新全集』頭注による。
(19)小尾郊一『中国文学に現れた自然と自然観』第二章・第五節(岩波書店　一九六二)。

(20) 辰巳正明「人麻呂の吉野讃歌と中国遊覧詩」(『万葉集と中国文学』笠間書院　一九九二)。
(21) 『大漢和辞典』による。
(22) 辰巳正明「依興歌の論」(『万葉集と中国文学』笠間書院　一九八七)。
(23) 小尾郊一『中国文学に現れた自然と自然観』第二章・第六節(岩波書店　一九六二)。
(24) 新釈漢文大系本『文選』通釈による。

III

大伴家持と自然

——自然詠と集団性

第一章　巻六「授刀寮散禁歌群」
――春日讃歌としての読み

一　序

万葉集巻六には第三期を中心とした雑歌ばかりが集められており、その巻頭を飾るのは養老七年吉野行幸の際に詠まれた笠朝臣金村の行幸従駕歌である。この年は神亀改元、首皇子が聖武天皇として即位する前年に当たる。聖武即位前後には数多くの行幸が行われたようで、それに伴う従駕歌も多く残されている。

聖武以前の天皇は男子直系相続を原理原則としているのに対し、聖武は臣下である藤原氏を母とする。こうした条件が、皇統を継ぐ者としての皇子の立場を脅かすものであったことは想像に難くない。その危うさを払拭するために、自らの天皇たる根拠を強固に作り上げていく必要があった。頻繁に行幸に出かけ、多くの行幸従駕歌を作らせたのも、天皇としての力を誇示するためであったと考えられる(1)。

そこで作られた行幸従駕歌の一つに、次の山部赤人の歌がある。

山部宿禰赤人が作る歌一首　并せて短歌

やすみしし　我が大君の　神ながら　高知らせる　印南野の　大海の原の　荒栲の　藤井の浦に　鮪釣ると
海人舟騒き　塩焼くと　人そさはにある　浦を良み　うべも釣りはす　浜を良み　うべも塩焼く　あり通ひ
見さくも著し　清き白浜（⑥九三八）

反歌三首

沖つ波辺波静けみ漁りすと藤江の浦に舟そ騒ける（⑥九三九）

印南野の朝茅押しなべさ寝る夜の日長くしあれば家し偲はゆ（⑥九四〇）

明石潟潮干の道を明日よりは下笑ましけむ家近付けば（⑥九四一）

直前の歌群（九三五〜九三七）の題詞によれば、神亀三年の播磨国印南野行幸の際の歌とある。長歌は「やすみしし我が大君の神ながら高知らせる」という天皇讃美にはじまり、天皇の治める印南野の大海の原が多くの人々で賑わう様子を描く。また一首目の反歌（九三九）も藤江の浦がたくさんの船で活気づくさまを詠んでおり、長歌の世界を繰り返し表現したものと思われる。

これら二首を見る限り、この赤人歌も柿本人麻呂の吉野讃歌（①三六〜三九）に代表されるいわゆる行幸従駕歌に典型的な表現や構造を持つように見える。しかし、残りの反歌二首はどうだろうか。これらには天皇や行幸地とは対極にある、家への思いが詠まれている。特に九四一番歌は、だんだんと家が近づくことによって「下笑む」、つまり心の裡に喜びが生じてくるというもので、行幸に従いながら内心は早々に家に戻りたいという、いささか不謹慎な内容に詠めなくもない。

こうした点から、この歌は行幸の行程の中でも多少くだけた場で詠まれたものであるとされてきた(2)。しかし、そのような場を想定すると、今度は逆に長歌のはじまりの仰々しさや、あえて「行幸歌」と付された題詞の意味が説明できない。題詞と歌の同時性は疑われる部分もあるが、少なくとも巻六編纂の段階においては、この歌が「行幸歌」として他の従駕歌と同様に捉えられていたことは事実である。したがって、今は詠まれた場を詮索するより、まず当歌群が宮廷の宮廷らしさを作り上げるために必要とされた天皇周辺の歌であることを信じ、その上で反歌二首を検討すべきである。当該の赤人歌が、離宮讃美・天皇讃美に終始していないことに違和を覚えるのは、我々が、古代宮廷に対する偏った見方を歌に押しつけているからかもしれない。あくまで、万葉集が作り上げる宮廷像に沿って分析を加えようとする態度が必要だ。

聖武朝に関わる万葉第三期・四期の「天皇周辺歌」（以降、宮廷が宮廷としての超越性を誇示するために必要とした歌を指してこのように呼ぶ）と呼べるような歌々では、人麻呂の歌とはまた違った宮廷像が目指され、それを作り出す新しい表現が求められていたと考えられる。そして、本章で取り上げる次の歌もまた、そうした視点での読み直しを必要とするものと思われるのだ。

二　「授刀寮散禁歌群」の意義

四年丁卯の春正月、諸の王、諸の臣子等に勅して、授刀寮に散禁せしむる時に作る歌一首　并せて短歌

ま葛延ふ　春日の山は　うちなびく　春さり行くと　山峡に　霞たなびき　高円に　うぐひす鳴きぬ　もののふの　八十伴の男は　雁がねの　来継ぐこのころ　かく継ぎて　常にありせば　友並めて　遊ばむものを　馬並めて　行かまし里を　待ちかてに　我がせし春を　かけまくも　あやに恐く　言はまくも　ゆゆしくあらむと　あらかじめ　かねて知りせば　千鳥鳴く　その佐保川に　岩に生ふる　菅の根取りて　しのふ草　祓へてましを　行く水に　みそぎてましを　大君の　命恐み　ももしきの　大宮人の　玉桙の　道にも出でず　恋ふるこのころ（⑥九四八）

反歌一首

梅柳過ぐらく惜しみ佐保の内に遊びしことを宮もとどろに（⑥九四九）

右、神亀四年正月に、数の王子と諸の臣子等と、春日野に集ひて打毬の楽をなす。その日忽ちに天陰り雨ふり雷電す。この時に、宮の中に侍従と侍衛となし。勅して刑罰に行ひ、皆授刀寮に散禁せしめ、妄

りて道路に出づることを得ざらしむ。ここに悒憤みし、即ちこの歌を作る。作者未詳なり。

神亀四年正月、聖武天皇の宮は不意の雷におそわれる。その折、天皇を護衛する「侍従と侍衛」は、宮を離れていた罪で授刀寮に散禁された。そのときに作られたのがこの歌群であると、題詞・左注は語る。ちなみに、この事件は続日本紀をはじめとした史料には記されていない。

さて、当歌群が収められている巻六は、巻頭歌（九〇七）から九四九番歌まで、長歌と反歌を組み合わせた歌群を続けて載せており、その最後に当たるのが当歌群（以下便宜上「授刀寮散禁歌群」と呼ぶ）である。巻頭歌群から順に見ていくと、養老七年の吉野行幸、神亀元年の紀伊国行幸、神亀二年の吉野行幸、難波行幸、神亀三年の印南野行幸と、「行幸」の題詞を持つ歌群が並べられ、引き続き、「辛荷の島を過きる」「敏馬の浦に過きる」と、「～過きる」の題詞を持つ歌群が載せられている。人麻呂の近江荒都歌に顕著であるように、「～過きる」の題詞は現在の宮廷にとって重要な意味を持つ場所を通る際、わざわざ立ち寄って歌を詠んだことを表すものと考えられる。(3)このような題詞を持つ歌群に続き、同じ長歌・反歌の組み合わせで収められているところを見ると、当歌群もまた聖武天皇周辺歌として重要な意味を持っていたと推測できる。このことは、題詞・左注に「勅」、歌の中に「大君の命恐み」「宮」といった言葉を含み、「諸王諸臣等」「諸臣子等」「数王子諸臣子」「侍従侍衛」「八十伴の男」「大宮人」といった天皇側近の集団を表す表現が多用されることからも明らかである。

しかし、当歌群を天皇周辺の歌として捉えようとするとき、そこに二つの疑問が生じる。一つは、天皇護衛の側近が任務を怠たるという、宮廷にとって不名誉な事件がわざわざ描かれるということ。もう一つは、散禁された者達がその罪に対して反省の念を抱くでもなく、春日野の春景に心惹かれ続ける様が詠まれることである。要するに、宮廷が持つ超越的要素の顕示こそがその最たる目的ともいえる天皇周辺歌の中に、天皇や宮廷の存在を否定するかに見える要素が含まれているのだ。(4)

こうした一見矛盾ともいえる歌の姿はいったい何に由来するのか。実はこの矛盾こそが第三期天皇周辺歌を解く鍵なのである。当歌群のこの矛盾は、先に挙げた赤人歌の反歌二首のそれに通じる。天皇の行幸に従いながら、妹が待つ家へ思いを馳せるという赤人歌。天皇に関わる罪で散禁されているにも拘わらず、春の野に出て遊ぶことを切望する当歌群。これら、宮廷や天皇とは真逆の方向を向いているように見える歌が、天皇周辺歌として収められているということを、まずはそのまま受け止めなければならない。そうした読みに依らなければ、「聖武」という名を持つ宮廷が要請した本当の宮廷像は見えてこないのである。

三　雷と天皇側近

授刀寮散禁歌群の題詞・左注・歌には、「諸王諸臣等」「諸臣子等」「数王子諸臣子」「侍従侍衛」「八十伴の男」「大宮人」など、天皇を取り巻く集団が繰り返し現れる。これらはいずれも散禁された者達を指すと見られるが、彼らと授刀寮との関係があまり明確ではない。題詞・左注を見る限り、「授刀寮」は散禁された場所を示すにとどまり、天皇を護衛できなかった天皇側近集団が授刀寮の役人によって散禁されたと読める。しかし、実は授刀寮そのものも、帯刀して天皇の身辺を守る舎人を司る役所であったため、散禁された「諸王諸臣」そのものが、授刀寮に所属する官人達であった可能性も高い。

それは、雷と授刀寮の関係からも説明することができる。雷から天皇を守る役職といえば、平安時代の「雷鳴の陣」がある。『枕草子』にも用例が見られ(5)、雷鳴の激しい折に清涼殿・紫宸殿に近衛・兵衛の大・中・少将が弓矢を持って警護に当たったものとされる(6)。

ここで注目すべきは、「雷鳴の陣」への参与が認められる近衛府の源流の一つに授刀寮があることだ。授刀寮はこの後、中衛府に改編されたと見られ、一度史料から姿を消すが、天平十八年二月に騎舎人を改めるというかたちで再び設置される。この第二次授刀舎人は、聖武天皇の死後、天平宝字三年十二月に授刀衛として編成され、さらに天平神護元年二月には近衛府へと発展していく。近衛府と授刀寮の間にこうした関係が見られることから、当歌群で散禁された側近集団そのものが授刀寮の役人達であると見ることには、やはり信憑性がある。

授刀寮がはじめて設置されたのは、慶雲四年、元明即位直後のことであり、その背景には当時皇位継承候補とされていた首皇子（後の聖武天皇）の地位擁護という目的があったようだ。(7) また、新田部親王の「知五衛及授刀舎人事」任命や、授刀寮長官（頭）が藤原房前であったことも、授刀寮が聖武の宮廷にとっていかに重要なものであったかを物語っている。その授刀寮の役人が遊びに興じ、雷から天皇を護衛する職務を怠ったというのだから、これはおだやかではない。

天皇側近と雷の関係を示唆する有名な話と言えば、日本霊異記冒頭の「電を捉へし縁」がある。雄略天皇の「随身にして、肺脯の侍者」(8)であった小子部栖軽が、ある時、天皇と皇后が同衾しているのを知らずに大安殿に参入する。天皇は恥じて行為を中断するが、まさにその時、雷が鳴った。そこで天皇は栖軽に「汝鳴雷を請け奉らむや」と尋ね、栖軽はその要請によって諸越の衢で雷神と対面する。「天の鳴電神、天皇請け呼び奉る云々」「電神と雖も、何の故にか天皇の請けを聞かざらむ」と言ったところ雷神が落ちたため、神官を呼び寄せてそれを輿に入れ宮中に持ち帰る。雷神を見た天皇は「見て恐り、偉シク幣帛を進り、落ちし処に返さしめ」、今でもそこを雷丘と呼んでいる、という話である。(9)

本文では「天皇、后と大安殿に寝テ婚合したまへる時に、栖軽知らずして参ゐ入りき。天皇恥ぢて輟ミヌ。時に当りて、空に電鳴りき」とあり、栖軽が大安殿に参入した直後に雷が鳴ったと読めるが、先に見た「雷鳴の陣」の体制を考えれば、落雷の瞬間、天皇の側に居合わせる栖軽の姿は、雷鳴を聞きつけて真っ先に馳せ参じる選ばれし側近の能力を表しているのだろう。

さて、この話には天皇の命を受けた栖軽が、天皇に由来する特殊な力によって雷を捉えるという構図が見られ、間接的にではあるが雷神を凌ぐ天皇の力が示されているといえる。しかし、持ち帰られた雷神に畏れおののき、丁重に祭る天皇の姿からは、雷神と天皇との力関係の微妙さをうかがうこともできるだろう。天皇が栖軽に尋ねた「汝鳴雷を請け奉らむや」という言葉の「請」は、霊異記では僧や仏を迎える場合に用いられるもので、ここでも雷が神として待遇されていることが示されているという[10]。

また、日本書紀や続日本紀の「雷」の例を眺めていくと、「雷」を含めた異常気象が多く見られる時代として、皇極紀が浮上する。皇極紀は、その原因を「夏令を行ふ（元年十月）」「冬令を行へばなり（二年二月・三月）」と解釈している。これは『礼記』月令に「孟冬に……夏令を行へば、則ち國暴風多く、冬に方りて寒からず、蟄虫復た出づ。」「仲春に……冬令を行へば、則ち陽氣勝たず、麥乃ち熟らず、民、相掠むるもの多し。」「季春冬令を行へば、則ち寒氣時に發し、草木皆肅み、國大恐有り。」とあることによるもので、雷を含めた天の異変が季節に合わない制令、つまり政治の不備によってもたらされたものだという。一方で、皇極紀元年八月の条には天候を操る天皇の姿も描かれる。

八月の甲申の朔に、天皇、南淵の河上に幸して、跪きて四方を拝み、天を仰ぎて祈りたまふ。即ち雷なりて大雨ふる。遂に雨ふること五日、天下を薄く潤す。或本に云はく、五日連雨して九穀登熟れりといふ。是に、天下の百姓、倶に万歳と称して曰さく、「至徳します天皇なり」とまをす。（皇極紀）

蘇我入鹿の雨乞いの失敗との対比によって、皇極の、天皇としての力が印象づけられる。雷を見事に操って恵みの雨をもたらすその姿に、天皇の「至徳」の現れを見るのだ。皇極天皇即位後に異常気象や地震などの天変地異が相次いだという記事を仮に事実とすれば、だからこそそれを補完する話（天候を制御する天皇像）が必要だったのだろう。このように、天皇と雷が対面する際、そこに生じる力関係に細心の注意が払われたことは想像に難くない。

授刀寮散禁歌群が詠まれた聖武朝にも、異常気象に関する記事は多い。すでに述べた通り、当歌群の題詞・左注が示す内容そのものは史書にはあらわれないが、続日本紀の神亀四年正月の条に「朝を廃む。雨ふればなり。」二月丙辰にも「夜、雷なり、雨ふり、大風ふく。」と異常気象が続いている。このような状況を受け、二月辛酉には「金剛般若経を転読せしむ、災異を銷さむが為なり。」とあり、同じ二月甲子には次の勅が出されている。

此者、咎徴荐に臻りて災気止まず。如聞らく、「時の政違ひ乖きて、民の情愁へ怨めり。天地譴を告げて鬼神異を見す」ときく。朕、徳を施すこと明かならず、仍、懈り缺くること有るか。将、百寮の官人、奉公を勤めぬか。身、九重を隔てて、多くは詳らかに委しくせず。……（続紀　神亀四年）

最近、災害が続けて現れるのは、天皇である自分が「徳を施すこと明か」でないためか、あるいは臣下が「奉公を勤め」ていないためか。原因を臣下と二分するような物言いだが、「時の政違ひ乖きて、民の情愁へ怨めり。天地譴を告げて鬼神異を見す」といった引用からは、自らの政治の不備を「災気」の原因として認める態度が明らかである。

また「天地」は、天皇の政治の不備に対し天帝の怒りが「鬼神」によって異常気象としてもたらされるという天命思想[11]に基づくもので、これら異常気象による災は天皇に直接害をなす、きわめて危険なものと認識されていたと考えられる。いずれにせよ、この時期の度重なる異常気象を受け、天皇の護衛が特に重視されていたことは間違いない。

さて、先に触れた金剛般若経転読の意味合いについて、新川登亀男氏が次のように述べている。

この月日は、光明子の懐妊期に微妙に近い。従って、その懐妊と出産と立太子とを成就させるために、よってくる災異を払いのけようとしたものなのだろうか[12]。

この転読には、度重なる災異から皇太子として生まれる皇子を守る意味も含まれていたのではないかというのである。この皇子については、日本霊異記に興味深い話がある。

神亀の四年の歳の丁卯に次れる九月の中ごろに、聖武天皇、群臣と添上郡の山村の山にみ猟したまひき。鹿有りて細見の里の百姓の家の中に走り入りき。家人覚らずして殺して噉ひつ。後に天皇聞しめして、使を遣はしてその人等を捕へしめたまふ。（中略）既にして、使に従ひて参ゐ向ひぬ。授刀寮に禁む。既ち、皇子の誕生れマセるに依りて、時に朝廷に大きに賀ぎ、天の下に大赦して、刑罰を加へず。反りて官禄を衆人に賜ひ、歓喜比无かりき。（霊異記　第三十二）

神亀四年は、まさに授刀寮散禁歌群の題詞に見られるその年である。聖武天皇が郊外で猟をしているのを知らずに、その獲物の鹿を殺して食べた農民が罰せられ、授刀寮に監禁される。今、省略した部分には、農民たちがこの難を逃れるために仏にすがり、皇子誕生によって許されるという展開が描かれる。皇太子・授刀寮・そして、天皇に関わる罪と、授刀寮散禁歌群の題詞・左注や、続日本紀の記事に示される状況に通じるものが、ここにも見られるのである。

神亀四年が皇子誕生の年であることを考えれば、この時期に皇子にまつわる言説が多いのも当然と言える。しかし、この皇子が誕生から一年後の九月十三日、病によりこの世を去ることを思えば、不遇の皇子をとりまく言説が神亀四年という年に仮託され、事後的に生みだされた可能性も高い。『礼記』月令には、雷と子供の誕生の関係について次のようにある。

是の月や、日夜分し。雷乃ち聲を發し、始めて電す。蟄蟲咸動き、戸を啓きて始めて出づ。雷に先つこと三日、木鐸を奮ひて以て兆民に令して曰く、雷將に聲を發せんとす。其の容止を戒めざる者有らば、生子備はらず、必ず凶災有り、と。（礼記　月令）

ここで、「是の月」とは二月を指す。この時期には雷が鳴り始め、雷光がひらめくから、謹んで神の怒りに触れないようにしなければならない。もし、それを守らなければ、生まれてくる子どもは不具となり、ひどい災いにも出くわす、というのだ。「雷」と「不具の子」の関係は、そのまま神亀四年の状況―災異の多発と皇子の誕生―に向き合いかねないものとして把握されていたのではないか。

このように、神亀四年に轟く雷の存在は、天皇のみならず皇子にとっても不吉なものであった。そうした時期に、授刀寮散禁歌群が示すような事件が実在したとすれば、宮廷にとってこれほど不名誉かつ危険なことはない。先の勅より一ヶ月後に出された神亀四年三月二十二日の勅にも、「衛府の人等は日夜闕庭に宿衛して、輙くその府を離れて他処に散ち使ふこと得ざれ[13]」とあり、側近集団の護衛に対する関心の高さがうかがえる。

こうした状況にもかかわらず、授刀寮散禁歌群の歌に詠まれるのは、散禁され「妄りて道路に出づることを得ざらしむ」ことに対する「悒憤」の思いであるという。なぜ、この時期にこのような歌群が必要とされたのだろうか。その謎を解き明かす鍵は当歌群の歌の表現にあるように思われる。以下、一度題詞・左注を離れ、歌の表現を追っていきたいと思う。

四　春景への恋──春日讃歌としての読み

まず長歌であるが、その内容は大きく三つに分けられる。はじめに、春の春日山や高円に出かけるのを楽しみにするという内容、次に、このような事態になる前に左保川で禊ぎ祓えをしておけば良かったという内容。そして最後に、大君の命令を畏れ多く思い、外に出ることがままならないために恋の思いを抱かされるという内容である。歌の内部には詠み手を含む集団の行為を「罪」として捉える表現は見当たらない。かろうじて禊ぎ祓えの部分にその要素を見ることができそうだが、それも難しい。なぜなら、「あらかじめ」や「(かねて)知りせば」

は、思わぬ恋の展開や人の死に対して多く使われる表現で、こちら側に予測不可能な事態が起こってしまったことを示すものと考えられるからだ。つまり、ここで禊ぎ祓えをしておくのだったという後悔を導き出すことがらは、こちらが予測して避けられるような出来事ではなく、不意に巻き込まれてしまう類のものであったと考えられるのである。

しかし、罪やそれに対する反省の内容が詠まれないからといって、この歌が刑罰に対する不満を述べたものと捉えることもまた性急にすぎる。なぜなら、歌は刑罰のことに一切触れず、春の到来を心待ちにする春景への「恋」を描くだけだからである。実は、先程触れた禊ぎ祓えも、「恋」との関連が深い語である。たとえば、次のような歌がある。

君により言の繁きを故郷の明日香の川にみそぎしに行く（④六二六）

恋の噂がうるさいために禊ぎをしようというものだ。一般に授刀寮散禁歌群の「禊ぎ・祓へ」は、雷に逢ったこと、その際に宮中に控えていなかったこと、その結果授刀寮に散禁される事態を招いたことなどに対し、事前にとるべきであった対処法とされている。しかし、題詞・左注をはずし、歌の内容だけを追えば、この「禊ぎ・祓へ」も、今抱えてしまった春景への「恋」のわずらわしさを取り除くためのものと読むほうが自然なのではないか。また、先ほど触れた「(かねて) 知りせば」の用例にも、

かく恋ひむものと知りせば夕置きて朝は消ぬる露ならましを（⑫三〇三八）
かく恋ひむものと知りせば吾妹子に言問はましを今し悔しも（⑫三一四三）
かくばかり恋ひむとかねて知らませば妹をば見ずそあるべくありける（⑮三七三九）

など、恋心を抱えてしまった段階から遡って、自らの行動を悔やむ歌が多く見られる。

さらに、反歌について見ていきたい。反歌は「佐保の内に遊びし」の主体をどう考えるかによって、およそ二

通りに解釈されており、一つはその主体を散禁されている事件の当事者と取るもの、もう一つは、それ以外の宮廷の人々と取るものである。(14) 後者では、散禁された者達を後目に他の人々が遊びに行き、その体験をこれ見よがしに言い回る、という流れになる。長歌に「春日山・高円」が詠まれ、左注にも春日野で遊んだとあるのに対し、反歌では「佐保の内」で遊んだと詠まれることによる矛盾(15)を解消するために出された読みである。しかし、「遊びし」者はやはり授刀寮に散禁されている天皇側近と考えてよいのではないか。

左注をはずして考えてみれば長歌でも春日山や高円に「行った」とは詠まれていない。佐保川で禊ぎ祓えをしておけばよかったとあることからすれば、むしろすでに出かけたのは「佐保」の地であり、「佐保の内」で遊んだという反歌にも合致するのである。すでに遊びに出かけた佐保の内にある佐保川で禊ぎ祓えをしておいたなら、春日野の春景に恋焦がれる思いを抱かずにすんだのに、と長歌は詠んでいるのである。

さて、先程指摘した「恋」の要素は、実は反歌にもうかがえる。結びの「宮もとどろに」である。ここも宮廷全体が散禁者達の失態の噂でもちきりとなる意味に取られることがほとんどだが、(16) 繰り返し述べてきたように、長歌反歌どちらにも彼らの罪や罰は詠まれていない。歌の解釈だけで考えれば「散禁者の失態」は前提にできないのである。では、何が「宮もとどろに」なのだろうか。

「とどろに」はどうどうと鳴り響く音を表した擬音語といわれ、万葉集中の用例では滝の落ちる音や波の音を表すものが多く、さらにその音が人の声高なうわさの喩となっているものが目立つ。

伊勢の海の磯もとどろに寄する波恐き人に恋ひ渡るかも（④六〇〇）

いくばくも降らぬ雨故我が背子がみ名のこだく滝もとどろに（⑪二八四〇）

葛飾の真間の手児名がありしかば真間のおすひに波もとどろに（⑭三三八五）

左夫流児が斎きし殿に鈴掛けぬ駅馬下れり里もとどろに（⑱四一一〇）

たとえば六〇〇番歌は人々にそのすばらしさをしきりと讃えられる、畏れ多い相手に恋をしてしまったことが詠まれている。次の二首も同じように恋の相手に纏わる噂であろう。そして、良きにつけ悪しきにつけ人々の注目を集めるような人物との恋は、第三者の噂の格好の対象となった。四一一〇番の大伴家持の歌では、相手に纏わる評判にとどまらず、二人の関係についての噂が里を駆けめぐる様が詠まれている。このように「とどろに」は、恋に執拗にまとわりつく、人々の噂の激しさを表す表現として多く用いられていたことが分かる。

また、この「とどろに」には、左注の雷の音との関連が考えられるため、次のような用例も参考になるだろう。

うまこり　あやにともしく　鳴る神［鳴神］の　音のみ聞きし　み吉野の　真木立つ山ゆ……（⑥九一三）

鳴る神［動神］の音のみ聞きし巻向の檜原の山を今日見つるかも（⑦一〇九二）

天雲に近く走りて鳴る神［響神］の見れば恐し見ねば悲しも（⑦一三六九）

天雲の八重雲隠り鳴る神［鳴神］の音のみにやも聞き渡りなむ（⑪二六五八）

これらの歌における雷の用例は「鳴る」神としてのその音に注目し、やはり噂の喩として用いられている。その噂は、すばらしい人物や土地に纏わる人々の評判であり、「とどろに」の用例と共通する。ちなみに、平安以降の雷に関わる歌を見ても、こうした例は多い。たとえば古今和歌集に次のような歌がある。

逢ふことは雲居はるかに鳴る神の音に聞きつつ恋ひわたるかな（古今　恋一　四八二）

当歌の「雲居はるか」は、一三六九番歌の「天雲に近く」とともに自分とはかけはなれて高い身分の思い人の存在を匂わせる。そのような人物に纏わる高い評判が「鳴る神」によって表現されるのである。古今集にはもう一首、雷の用例として、

天の原踏みとどろかし鳴る神も思ふなかをばさくるものかは（古今　恋四　七〇一）

という歌がある。これは「空を踏みとどろかして鳴る雷でも、思い合っている我々二人の仲をどうして引き離す

ことができようか」という意味で、一見するとこの雷は恐ろしい威力を持った雷神そのものを表現しており、音に対する興味で作られた先程までの用例と異なるようにも思われる。しかし、自分と恋人との仲が裂かれるという要素は、恋歌によく用いられた「人言（人の噂）」をすぐに連想させただろう。よって、この歌の「鳴る神」も二人の中を割く「噂」の意として生きていると考えられるのである。

さて、「とどろに」がこうした広がりを持つことばだとすれば、授刀寮散禁歌群反歌に見られる「とどろに」も、散禁者達の恋を喧伝するものと捉えることができる。では、当歌における彼らの「恋」とは具体的には何を指すのか。それは梅や柳の見頃が過ぎるのを惜しみ、佐保の内に遊びに出かけたその心である。長歌で描かれた春日野と同じく、彼らは佐保の内の自然や景観に心惹かれて遊びに出た。春景と、春景に恋い焦がれ遊びに行かずにはいられない彼らの思いが逢瀬を求める男女のそれに重ねられる。

また、「宮もとどろに」は、『皇太神宮儀式帳』六月例の直會御歌にも見られることばであり、場全体が晴れやかな宴の空間と化している状態を次のように表している。

然従其瀧祭之地、於大神宮奈保良比所爾参入來、以同日夜、御食奈保良比、禰宜、大内人、・諸物忌、内人等、及物忌父母等、戸人男女等、皆悉参集侍。然・奈保良比御歌奉。其歌波、佐古久志侶、伊須々の宮仁、御氣立弖、宇都奈留比佐婆、宮毛止々侶爾。其歌波、毛々志貴乃、意保美也人乃、多乃志美止、宇都奈留比佐婆、美也毛止々侶爾、也。供奉御舞、自禰宜始、内人物忌父等。（皇太神宮儀式帳）

よって、授刀寮散禁歌群における「宮もとどろに」も、梅や柳の良い時期が過ぎるのを惜しみ、遊びに出かけた風流な「八十伴の男」「大宮人」達が噂の中心となることで、宮廷全体が晴れがましい雰囲気に満ちていることを表していると考えられるのである。

こうして歌の表現を追ってみると、その中心は良い季節を迎えた土地への恋であり、題詞・左注の内容とはずいぶん趣が違っていることが分かる。題詞・左注と歌の間にあるこうした方向性の違いを確認した上で、もう一度歌群全体（題詞・歌・左注を合わせたかたち）を眺め、当歌群の聖武周辺歌としての意味について改めて考えてみたいと思う。

五　恋する大宮人

当歌群全体を考える際、最も重要なのは、歌の中の「恋」が「八十伴の男」「大宮人」といった「天皇側近の集団」のものとして描かれていることである。春日の春景に対する恋を抱くのは、「常にありせば友並めて遊ぶはずの「八十伴の男」という集団であり、また、「大君の命恐」む「大宮人」という集団である。公的な任務に対して私的な思いが描かれるようにも見える当歌群だが、この恋は近代的な個人が抱く心でないことはもちろん、ある「集団」に抱えられた心を指すことを見逃してはならない。

また、題詞・左注に目を向ければ、こちらにも「諸王」「諸臣子」「数王子」「侍従」「侍衛」、そして「授刀寮」と、天皇周辺に位置する集団の名が羅列されていることに気づく。この点では、題詞・歌・左注は一貫しているのである。これら集団を表す語は、互いに当歌群の持つ集団性を強調するとともに、歌の中にあらわれる「八十伴の男」「大宮人」という集団が、題詞・左注の「諸王」「諸臣子」「数王子」「侍従」「侍衛」「授刀寮」という集団によってその内実を補足説明されるという関係にある。そして、題詞・左注が補足した「八十伴の男」「大宮人」像とは、天皇に最も近いところに位置し、天皇の命に関わる重要な任務を任された集団である。題詞・左注が語る「雷」や「授刀寮」という要素は、彼らが最も天皇―しかも、天皇一般ではなく聖武―に近い集団であったことを示すためのものだったと考えられる。なぜなら、小子部栖軽がそうであったように、雷から天皇を護衛するということは、同時に天皇に最も近づく権利を有することを意味し、また、授刀寮はその発足時から聖武と深い関わりを持っていた機関であったからだ。歌の中に彼らを組み込むことが、他のどの天皇でもない、まさに聖武の宮廷を構成する側近像描写につながったのである。

つまり、題詞・左注が付されることにより、歌中の「八十伴の男」「大宮人」らは、他でもない聖武の宮廷の、しかも最中心部に位置する集団として現れてくるのである。授刀寮散禁歌群が天皇周辺歌として意味を持つのも、そうした資格を持つ彼らが春日に恋をするからである。選ばれた集団の恋の対象になることによって、春日がすばらしい土地として讃えられているのだ。

そしてこの「春日」の地もまた、聖武に縁のある地であった。藤原不比等の娘である宮子から生まれ、同じく不比等の娘である光明子を后にする聖武にとって、藤原氏の氏社のある春日の地が特別な意味合いを持っていたことは想像に難くない。春日、皇子誕生、度重なる災異、そして授刀寮。授刀寮散禁歌群は、まさに神亀四年の宮廷が要請した歌群であったと言えるのである。

六　集団と恋

さて、授刀寮散禁歌群に関するこれまでの考察をふまえた上で、当歌群と同じような集団を詠んだと思しい次の歌について少し触れておきたい。

ももしきの大宮人は暇あれや梅をかざしてここに集へる（⑩一八八三）

巻十「野遊」に分類された歌である。「暇あれや」の「已然形＋や」は「已然形＋か」よりも反語の余意が認められることが多い表現とされるが、諸注釈はここに反語の意味を読み取るのは難しいとし、疑問の意味で捉えている。この解釈は正しいのだろうか。

先の授刀寮散禁歌群での集団のあり方と重ねて考えれば、ここにはむしろ反語の「暇などあるはずはないのに」という強調を読むべきなのではないか。当歌の大宮人は、大事な公務に追われながら、それを差し置いてまで梅を楽しもうと「集」う集団として、描かれている。選ばれた、それこそ休む暇も無く重要な公務を担当する大宮人だからこそ、梅をかざして遊ぶというみやびやかな行為をするのである。こうした遊びの楽しみを解せるのは、彼らが宮廷の最中心部に位置する集団としてその資格を有していたからに他ならない。

しかし、この歌と授刀寮散禁歌群で大きく異なるのは、詠み手の位置である。授刀寮散禁歌群では、大宮人は歌の詠み手と重なっており、「恋」の主体として、つまり内面を抱えた存在として現れている。人麻呂や赤人の「大宮人」が、景として外側から詠み込まれることで土地の讃美に寄与する存在であった[17]ように、大宮人は外から捉えられる対象であった。大宮人の内面が描かれたということは、歌の歴史において決して小さい出来事ではなかったはずだ。

そして、このような、内面を持つ大宮人集団を表すことばとして生みだされたのが、「思ふどち」だと考えられる。先に挙げた一八八三番歌の一つ前には、次のような歌が並んでいる。

　春の野に心延べむと思ふどち来し今日の日は暮れずもあらぬか（⑩一八八二）

当歌には「大宮人」は現れないが、ここでの「思ふどち」と一八八三番歌の「大宮人」が置き換え可能な集団として存在することは、二つの歌を比べてみれば明らかである。ここでは「恋」という言葉こそないものの、春の野に心惹かれ、それを互いに理解し合うことのできる選ばれた集団が「思ふどち」として描かれているのである。授刀寮散禁歌群で内面を抱えた新しい大宮人は、その「思ふ」集団という性質をさらに明確に表した「思ふどち」という名の集団へとつながっていくのである。

そして、この「思ふどち」を最も多用したのは言うまでもなく、第四期の歌人、大伴家持である。

　布勢の水海に遊覧する賦一首　并せて短歌　この海は射水郡の旧江村にあり

もののふの　八十伴の緒の　思ふどち　心遣らむと　馬並めて　うちくちぶりの　白波の　荒磯に寄する　渋谿の　崎たもとほり　松田江の　長浜過ぎて　宇奈比川　清き瀬ごとに　鵜川立ち　か行きかく行き　見つれども　そこも飽かにと　布勢の海に　舟浮け据ゑて　沖辺漕ぎ　辺に漕ぎ見れば　渚には　あぢ群騒き　島廻には　木末花咲き　ここばくも　見のさやけきか　玉櫛笥　二上山に　延ふつたの　行きは別れず　あり通ひ　いや年のはに　思ふどち　かくし遊ばむ　今も見るごと（⑰三九九一）

当歌における「思ふどち」は、「見つれどもそこも飽かにと」という内面を抱く集団である。家持歌に現れる「思ふどち」は、自然に心惹かれ、それを見ることを切望する心を互いに理解し合う集団として描かれている。(18) そして、自然に対する恋を詠んだのもまた家持である。次の歌は、病に伏している際、春景にあこがれる心を詠んだものである。

大君の　任けのまにまに　しなざかる　越を治めに　出でて来し　ますら我すら　世の中の　常しなければ　うちなびき　床に臥い伏し　痛けくの　日に異に増せば　悲しけく　ここに思ひ出　いらなけく　そこに思ひ出　嘆くそら　安けなくに　思ふそら　苦しきものを　あしひきの　山き隔りて　玉桙の　道の遠けば　間使ひも　遣るよしもなみ　思ほしき　言も通はず　たまきはる　命惜しけど　せむすべの　たどきを知らに　隠り居て　思ひ嘆かひ　慰むる　心はなしに　春花の　咲ける盛りに　思ふどち　手折りかざさず　春の野の　繁み飛び潜く　うぐひすの　声だに聞かず　娘子らが　春菜摘ますと　紅の　赤裳の裾の　春雨ににほひひづちて　通ふらむ　時の盛りを　いたづらに　過ぐし遣りつれ　偲はせる　君が心を　愛しみ　この夜すがらに　眠も寝ずに　今日もしめらに　恋つつそ居る（⑰三九六九）

あしひきの山桜花一目だに君とし見てば我恋ひめやも（⑰三九七〇）

山吹の繁み飛び潜くうぐひすの声を聞くらむ君はともしも（⑰三九七一）

出で立たむ力をなみと隠り居て君に恋ふるに心どもなし（⑰三九七二）

この歌で注目すべきは、その冒頭部分である。「大君の任けのまにまにしなざかる越を治めに出でて来しますら我」と、「我」の所属する集団が説明されている。歌の文脈から言えば、「そのような自分でさえ、病をどうすることもできない」という嘆きを強調するためとも考えられるが、おそらく目的はもっと別のところにある。病に苦しむ「我」を詠み出すのに「大君」が必要とされたのは、自分が大君の命を帯びた「ますらを」と呼ばれる集団に属していることを誇示するためである。「ますらを」であるにもかかわらず臥せって嘆いているという文脈と「ますらを」であるからこそ春景に対するあこがれの心を詠むことができるという文脈が、一首の中で交錯しているのである。

こうした歌は、家持の私的な思いが詠まれたものと捉えられてきた。しかし、私的な思いを詠む歌に、「大君」や「ますらを」が必要とされる理由は定かではない。家持が歌に表したのは、単なる私的な思いではなく、彼が所属する「ますらを」集団の中で共有される特殊な思いである。決して個的な思いではない。宮廷に選ばれたある特定の集団の特定の心なのである。

もちろん、家持の「ますらを」を、大伴氏としての氏族意識の表れと理解することも可能だが、家持自然詠にはそれだけでは説明しきれないものがある。

次の家持歌は題詞に「八月七日の夜に、守大伴宿禰家持が館に集ひて宴する歌」とあり、新任国守である家持の歓迎の意も含め、国主の館で開かれた宴の際の歌の第一首目である。

秋の田の穂向き見がてり我が背子がふさ手折り来るをみなへしかも（⑰三九四三）

宴の場に「をみなへし」をもたらした客（池主）に対する歓迎の歌である。主人が客を讃め、客が主人を讃めるという一般的な関係がこの宴の中にも見られる。しかし、「秋の田の穂向き見がてり」が、なぜ客を讃める表現となり得るのかは問題だ。単に公務のついでに花を手折ってきたというのであれば、それは客を讃めたことにならないのではないか。

それに対し、「これは池主が、地方官として如何に良吏であるかを云はうとしたのである」と説明する『窪田評釋』のように、「良吏」としての讃美ととる解釈がある。しかし、ここでは良吏であるだけでなく、良吏である池主が、同時に「をみなへし」を愛でる心を持っていることが重要だったのではないか。宮廷につらなる集団の中で、「秋の田の穂向き」を見るという地方官としての重要な任務を果たしつつ、同時に「をみなへし」を愛でる心をも有しているのである。この歌は、選ばれた集団に所属する者こそが、自然に惹かれる心を持ち得るという仕組みをよく示している。また、池主を迎える主人の側である家持は、池主をこのように評価することで、自分もその仕組みを理解する集団の一員であることを示しているのである。

七　結

授刀寮散禁歌群も、家持の病の歌も、一見すると私的な思いを詠んだ歌であるようにも見える。しかし、それはもちろん近代的な個の思いなどではない。これらの歌では「集団性」と、その集団の特殊性が強調されていたのである。

授刀寮散禁歌群は、宮廷の最中心部に位置する天皇側近集団が抱く「恋」によって春日を讃めた「春日讃歌」であり、天皇の護衛を怠った罪を嘆く歌でも、天皇に散禁されたことを恨む歌でもない。題詞・左注に示された事件も、最も天皇に近い集団を演出するためのものと考えることができる。実は、「散禁」が「獄令」に「木索ニ関セズタダ其ノ出入ヲ禁ズルノミ」とある禁足程度の軽い刑罰であることもその事情をよく表しているのではないか。閉じこめられた若い側近集団が、春景への恋を抱いて鬱々とする。その姿こそが当時の宮廷が求めた側近像なのである。

病に臥して春景を思う歌でも、「大君」「ますら我」と、「我」が宮廷の天皇側近集団の一員であることを示唆する叙述が見られる。もし、これが家持の個的な嘆きを表明するものであったなら、こうした前置きは必要ないはずだ。しかし、「大君」「ますら我」ではじまるこの歌にとって、むしろそれらが表す公的な集団性こそが、最も重要な要素だったのである。誰でもが春景への恋を抱けるのではない。選ばれた集団に属する者だけが、春景に「恋」をするのである。

このように、一見、私的な嘆きを詠んだかのように思える歌が、選ばれた「集団」の「恋」によって対象を讃美するという讃歌の構造を持っていることは興味深い。我々に「私的」な「嘆き」と見える自然詠は、その根底に聖武朝ならではの土地讃めの構造を抱えているのである。

本章では、授刀寮散禁歌群を手がかりに、家持の自然詠が持つ基本構造の見通しを述べてみた。次章では、家持が多用する「思ふどち」の考察を中心に、さらにこの問題を掘り下げていきたいと思う。

（1）　猪股ときわ「宮廷歌人―天皇の宮廷・歌の宮廷」（『古代文学講座8　万葉集』勉誠社　一九九六）。

（2）『窪田評釋』にも「天皇に獻じるといふ改まつたものでなかつたことは、反歌の著しく個人的なものである點から察しられる。」「かうした反歌の添つた歌は、改まつての賀歌とはなり得ないものである。」といった評がある。

（3）　岡部隆志「「過」ぎる人麻呂―作家論への試み」（『セミナー古代文学』88　一九八九）など。

（4）　たとえば、『武田全註釋』の「大騒ぎになつて遊ばれないのを恨めしそうに詠んでいる」や、『窪田評釋』の「當時の官人の、職責に對する覺悟の足りなかつたことを明らかに示してゐるものである」といった解釈に見られる。それに対し、『伊藤釋注』は、「悒憤の情を主題にし、それ自体を歌詠にして楽しんでいるようなところがある。長歌は閉じこめられた人びとを第三者が揶揄する姿勢をとり、反歌は第三者のその揶揄に当の人びとが反撥した形をとっていると読める。」と、歌の表現と詠み手の関わりについて触れている。また、古橋信孝「『万葉集』の郊外」(『和文学の成立　奈良平安初期文学史論』若草書房　一九九八)は、当歌のような事態が起こる背景に、国家組織の確立により、天皇とは独立して行動しうる貴族社会の成立を見る。

(5)　『枕草子』二七七段に「神なりの陣こそいみじうおそろしけれ。左右の大将、中少将などの、御格子のもとに候ひたまふ、いといとほし。」とある。

(6)　雷鳴の陣については『北山抄』の「解雷鳴陣事」に詳しい。

(7)　笹山晴生「授刀寮舎人補考」(『日本古代衛府制度の研究』東京大学出版会　一九八五)。また、直木孝次郎は「古代天皇の私的兵力について」(『史林』四五巻三号一九六二)の中で、『続日本紀』の配記が「大舎人」「授刀舎人(帯剣舎人)」「兵衛」の順になっているところから、授刀寮は令外の軍事機関として、天皇の私兵的色彩を強く帯びたもので、五衛府以上に天皇側近に随従していた可能性があったことを指摘する。

(8)　「肺脯の侍者」は肺や肝(脯)のような、なくてはならない腹心の侍者を指す。栖軽が天皇の側近として重要な位置を占めていたことを示すものである。

(9)　このあとに後日譚が続くが今は割愛する。また、この話のほとんど同内容が雄略紀七年七月の条にも見える。

(10)　新潮日本古典集成本『日本霊異記』の頭注に「本書の「請」は、神や仏をお迎えする場合に用いるので、本説話の前段では、雷は僧仏なみに神として待遇されている」とある。

(11)　辰巳正明「天人感応の詩学」(『万葉集と比較詩学』おうふう　一九九七)に詳しい。

(12)　あじあブックス『道教をめぐる攻防』(大修館書店一九九九)。

(13)　『古義』に、「さて今の正月の事は、續紀には見えざれども、右の制をそむきて、宮中を明て、他處に出遊しによりて、三月に此勅ありけるならむ」と、当歌群とこの勅が直接に関係していたことを指摘する部分が見られる。

(14)　吉井巌『全注』巻第六は「左注によれば、散禁されている人々が赴いたのは、今の奈良市東方の春日野であって、佐保とはあきらかに場所が違う。この「遊びし人」は、他の大宮人たちであろう」とする。

(15)　都の東側に位置する春日野を基準にすると、その南が高円の野、北側が佐保となり、確かにこの三カ所を重ねて考えることは難しい。高円の地には聖武の離宮があったことが巻二十・四五〇六番歌の題詞からうかがえる。古橋信孝「四季歌の成立」(『古代都市の文芸生活』大修

館書店　一九九四）によれば、これらの場所は全て、当時の都に対する郊外であり、人々が季節を感じる場所として存在していたものである。このような観点からこの三カ所のつながりを解くことが可能かもしれない。

（16）『窪田評釋』は、この反歌が事実を枉げ、春日野に遊んだことを風流な遊びとして言いなすことで罪を小さくし、そのような小さな罪に対する「宮もとどろに」という結果が不釣り合いであることを言ったものとする。噂の内容についてはっきりと言及する註釈は見られないが、おおむねその文脈から春日野に遊んだことに対する非難として捉えられていることが了解されるものである。

（17）森朝男「景としての大宮人—宮廷歌人論として—」（『古代和歌の成立』勉誠社　二〇〇三）

（18）家持の「思ふどち」については次章で詳しく述べる。

※高野正美「「春」への愛惜—家持の表現3—」（『美夫君志』五二　一九九六）、佐藤和喜「讃歌としての『春愁三首』」（『文学』五六—二　一九八八・二）などの論考は家持の自然賞美の世界を捉えたものとして示唆に富む。

第二章　霍公鳥への恋

——四一七七〜四一七九番歌を中心に

一　序

うらうらに照れる春日にひばり上がり心悲しもひとりし思へば（⑲四二九二）

当歌は「春愁三首」として括られる中の一首である。この歌をはじめ、家持の自然詠には歌の表現が詠み手の心の方へ大きく踏み込んでいく特徴があると言われる。そうした解釈は、この歌を春愁―春を愁う―歌と名付ける[1]態度にもよくあらわれている。

家持歌にあらわれる心をのあり方を、「いわゆる「ものおもひ」の上に成立している抒情」と捉えるのは青木生子氏である[2]。家持歌には、当歌の「心悲しもひとりし思へば」などに見られる、漠然とした思いとしか言いようのない表現が多いことを指摘したものである。

こうした歌を作る家持に、近代的な「個」、またはそれに限りなく近い姿を見て、この「思ひ」に人間という存在そのものが抱く悲しみや孤独を読み取ろうとする向きもある。当歌の「心悲しもひとりし思へば」にも、「人間の孤愁、社会の中にあって自己一人という真の孤独を言い表す、集中稀有の和歌表現[3]」といった評が見られる。

しかし、これが我々現代人が抱く「ひとりし思」うイメージに大きく支えられた解釈であることは否めない。

確かに当歌を含めた家持歌はそのような読みを受け入れてしまうのだが、そこに甘えた恣意的な読みはできるだけ避けられるべきだ。青木氏のように、「ものおもひ」として総体的に捉える方が、歌に基づく正確な読みであるように思われるのである。我々は、家持が「心悲しもひとりし思へば」としか言わないことを、もっと大切に受け止めるべきだろう。

さて、本章では以上のような観点から、家持歌の「恋」ということばについて考えてみたい。家持には「恋」を詠み込む歌が多く、その対象は女性に限らず、同性や親族、自然物象にまで至る。[4]従来、家持歌の「恋」の異質さに言及する場合は、もっぱら男性との贈答歌における「恋」が取り上げられてきた。家持が同性との贈答で、男女間に見られるような恋情表現を用いることはよく知られている。

そのような表現が必要とされた理由としては、「挨拶歌」の中に「恋」を用いることで自分の思いの強さを表現することができたという説[5]や、中国の「交友詩」の概念を取り入れたという説[6]が出されている。これらにはそれぞれに納得できる部分が多いが、挨拶歌の中で表されるべき「強い思い」とは何か、また、「交友詩」の概念を歌に取り入れた際、なぜそれが「恋」と表現されなければならなかったのか、といった点は明らかにされていない。

家持の「恋」は確かに異質に見える。そして事実、それ以前の「恋」とは異なるものを抱えているに違いない。だが、新しい概念を歌に詠み込もうとするのであれば、完全に新しいことばを作ることも可能だったはずだ。それにもかかわらず、歌の表現の蓄積の中から「恋」ということばが選びとられたのである。それはおそらく、ある新しい概念を表現しようとするために、「恋」ということばが持つ何かが必要だったからに違いない。

家持歌において、自然物象・異性・同性に等しく用いられるように見える「恋」は、どのような歌の世界と関わって実現したものだったのか。家持歌の多用した「恋」の内実を探ることで、その一端に触れることができればと思う。

二　「君」の不在と「ほととぎす」

四月三日に、越前判官大伴宿禰池主に贈る霍公鳥の歌、感旧の意に勝へずして懐を述ぶる一首　并せて短歌

我が背子と　手携はりて　明け来れば　出で立ち向かひ　夕されば　振り放け見つつ　思ひ延べ　見和ぎし
山に　八つ峰には　霞たなびき　谷辺には　椿花咲き　うら悲し　春し過ぐれば　ほととぎす　いやしき
鳴きぬ　ひとりのみ　聞けばさぶしも　君と我と　隔てて恋ふる　礪波山　飛び越え行きて　明け立たば
松のさ枝に　夕さらば　月に向かひて　あやめぐさ　玉貫くまでに　鳴きとよめ　安眠寝しめず　君を悩ま
せ　（⑲四一七七）

我のみに聞けばさぶしもほととぎす丹生の山辺にい行き鳴かにも（⑲四一七八）

ほととぎす夜鳴きをしつつ我が背子を安眠な寝しめゆめ心あれ（⑲四一七九）

仮に万葉集の歌に主題というものを求めることができるとすれば、当歌はその主題が非常につかみにくい歌である。題詞には「霍公鳥の歌」とあり、確かに一見すると長歌短歌ともにほととぎすが中心となっているようにも見える。しかし、『武田全註釋』が「春の叙述がくわしくて、ホトトギスが軽くなっている」と訝ったように、その中心は揺らいでいてはっきりしない。

「春」の存在が重く感じられる原因は、「うら悲し春し過ぐれば」という部分にあると思われる。詠み手の「うら悲し」という心情が「春」に付随するかたちであらわれているように見え、詠み手の心が「春」という季節に向かっているように読めるからだ。そして、そのことから、当歌は「うら悲しき春」を主題とした非常に抽象的

な歌として読まれることを許している。

これに対して『窪田評釋』は、「此の場合、春は余分の如くであるが、池主をして以前を思ひ出させることを主にすれば、云ざるを得ないもので、又云ふが適当なものである」と、題詞に表されているもう一つの要素、「大伴宿禰池主に贈る」という内容こそが中心であったと述べている。越中時代の家持と池主の間に親密な交流があったことは言うまでもなく、この歌が池主が越中掾から越前掾へと転じ[7]、家持と離れている時期に詠まれたものであることからも、当然「君」といない、という詠み手の状況は考慮される必要がある。『窪田評釋』はそれ以上言わないが、「春」が「うら悲し」と詠まれるのも、その春が「君」がいない春であったためということだろう。

「君」の欠如という問題がこの歌の主題と大きく関わっていることは、当歌に含まれるもう一つの心情表現、「ひとりのみ聞けばさぶしも」からも裏付けられる。「ひとりのみ聞けばさぶしも」は、「君」と一緒にいないことのさびしさを表現したものと思われ、男女間の恋歌の表現を取り込んだものとして、まずは理解できる。また、もう少し後ろには、「君と我隔てて恋ふる」と「恋」ということばそのものも見える。こうした点から、当歌は「ほととぎすを使者にして離れ住む相手への思い、恨みを託する恋歌仕立て[8]」の歌、つまり、男性である池主への思いが恋歌の表現を用いて詠まれた歌と考えられてきたのである。

しかし、この歌の表現を詳しく見ていくと、ことはそう簡単ではないようだ。当歌の表現には、男女間の恋歌の表現からのずれが見られるのである。

家持と池主の贈答が恋歌的表現を持つことを、中国の交友詩との関連で説明する論考があることはすでに述べた。交友詩の概念とは、良い風景や季節があらわれる折に友と心を同じくして良遊することを価値とするもので[9]ある。

実際、家持が中国の交友詩に触れていたことは疑うべくもなく、彼の自然詠にはそうした世界につながるような要素が多く見られる。ただ、交友詩からの影響を言うだけでは、なぜ「恋」でなければならなかったのか、という問題は解決しない。その理由が歌の表現に即して語られるべきである。そして、その答えは中国詩からの考察だけでは見えてこないように思われるのだ。

そこで、本章では、家持歌と中国における「交友詩」とのつながりを認めつつ、その概念を歌に導入することが可能となった背景について考えてみたいと思う。歌はなぜ「交友」の概念を必要とし、また取り入れることができたのか。そしてそのときになぜ「恋」ということばが「交友」の概念の容れ物となり得たのか、その二つを明らかにすることが本章の目的である。

さて、四一七七番歌には、「君」のいない「ひとり」の状態に置かれた詠み手が、「ほととぎす」の声を聞いて「さぶし」という心情を抱くという流れが見える。このように、季節のものを一人きりで見る状況は、男女間の恋歌にも多く詠まれる。なぜなら、季節のものを恋人と一緒に賞美することが、男女の逢瀬、つまり恋歌の目指す至高の状態を導くことになるからである。たとえば次のような歌がある。

我が背子と二人見ませばいくばくかこの降る雪の嬉しからまし（⑧一六五八）

光明皇后が聖武天皇に奉った歌である。一人で見てもすばらしい雪を、「我が背子」との逢瀬がかなった状態で見ることができたなら、もっと喜ばしいという。ただ、この歌などには、相手の欠如を嘆く思いがそれほど強くはない。自然物象である「雪」を口実として恋人を誘う心と、雪そのものを讃める心とがほぼ釣り合っているように見える歌である。

それに対し、次のような用例は、相手の不在への嘆きがもっと前面に押し出されたものである。自然物象は、恋人との逢瀬を実現させるための口実であり、相手をこちらに呼び寄せる、恋歌としての機能が非常に分かりやすくなっている。

我がやどに盛りに咲ける梅の花散るべくなりぬ見む人もがも（⑤八五一）

去年咲きし久木今咲くいたづらに地にか落ちむ見る人なしに（⑩一八六三）

これらの歌では詠み手はその自然物象を見ているにもかかわらず、「見む人もがも」「見る人なしに」という。あくまでも相手が「見る人」として想定されているのであり、その見るべき人の不在が強調されている。先に挙げた雪の歌が「この降る雪の嬉しからまし」と、雪のすばらしさで歌を詠み収めていることとは対照的である。そしてこれらの歌は、「盛りに咲ける梅の花」「久木今咲く」と、「今」を「盛り」と咲く花が散るのを嘆くことで、恋人の訪れを促すのである。また、次に挙げるような歌も、共に見るべき人の欠如を言う方に重きが置かれ、相手を自分の元に呼び寄せるという恋歌の機能がよく表れていると言える。なぜなら、「我がやど」「我家」と、その空間が限定されているからだ。

我がやどの梅咲きたりと告げ遣らば来と言ふに似たり散りぬともよし（⑥一〇一一）

我がやどの萩花咲けり見に来ませ今二日だみあらば散りなむ（⑧一六二一）

我がやどの花橘は散りにけり悔しき時に逢へる君かも（⑩一九六九）

我がやどの葛葉日に異に色付きぬ来まさぬ君は何心そも（⑩二二九五）

来て見べき人もあらなくに我家なる梅の初花散りぬともよし（⑩二三二八）

「我がやど」「我家」に散る花や日毎に色づく黄葉を詠むのは、自分のもとに相手をできるだけ早く呼び寄せるためである。一〇一一番歌は「私の家の梅が咲いたと告げたなら、お越し下さいといっているようなものである。もう散ってもかまわない」と詠む歌で、ここではっきり示されているように、賞美すべき自然が「我がやど」にやってきたと相手に告げるのは相手を誘うための口実なのである。本当ならいつでも通ってきてしかるべき相手が、このようなもっともな理由があるときにすら訪れないことを責め、相手の訪問を促すのだ。

さて、このような用例であらためて確認すべきことは、季節のものを一緒に賞美できない嘆きを詠む歌には、同時に相手をこちら側に呼び寄せるための表現がはっきりと見られるということである。そしてそのような表現は、「恋人との逢瀬を実現に導く」という恋歌の機能とも合致している。ただし、先に挙げた八五一番歌や一〇一一番歌は、宴の歌であり、特に一〇一一番歌は「古歌」として詠まれたものなので、これらの歌の相手が異性として存在するのかどうかはっきりしない。しかし、ここではまさに、相手を呼び招くという「恋歌の機能」が見られるため、たとえ男から男への歌だったとしても「恋歌の表現」が援用されていると考えられる。これらの歌も同じ用例として扱ったのはそのためだ。

しかし、恋歌の表現が恋歌の機能に沿うのは当然であり、本来、このようなまわりくどい説明を要するようなことではない。何よりも「見に来ませ」「来まさぬ君は何心そも」といった表現の上に、すでにそのことははっきりしている。それを承知の上でこうした考察に紙幅を割いたのは、この当たり前のことが例の家持歌には当てはまらないように見えるからだ。もし、家持歌が恋歌の表現をそのまま援用しているとすれば、一〇一一番歌がそうであったように、歌の表現と恋歌の機能は合致するはずである。しかし、家持歌の表現には、「相手との逢瀬を実現させる」という恋歌の機能が、失われているように見えるのである。

三　「喩」としてのほととぎす

ここであらためて家持の四一七七番歌を眺めてみると、一人きりで「ほととぎす」と接する状況が詠まれている。しかしながら、その「ほととぎす」を一緒に賞美したいという表現、つまり「見む人もがも」のようなことばが見られないのだ。何より「君」を自分の側に呼び寄せたい、あるいは呼び寄せようとする表現が含まれていないのである。そしてさらに特徴的なのは、ほととぎすに、「相手の側に飛び渡って鳴く」ことを求める点である。

もちろん、鳥に、相手のもとへ渡って鳴くことを求める歌は他にも見られる。それらの歌では、自分の思いを相手に伝えるメッセンジャーとして鳥を見ているようだ。今、そのような用例の中で、当歌と同じくほととぎすが詠まれているものを挙げてみる。

暇なみ来ざりし君にほととぎす我かく恋ふと行きて告げこそ（⑧一四九八）

言繁み君は来まさずほととぎす汝だに来鳴け朝戸開かむ（⑧一四九九）

ほととぎす鳴きしすなはち君が家に行けと追ひしは至るらむかも（⑧一五〇五）

故郷の奈良思の岡のほととぎす言告げ遣りしいかに告げきや（⑧一五〇六）

これらの歌は、ほととぎすが相手の側に渡って鳴くことで、自分の思いを相手に（または相手の思いを自分に）伝え、その思いが解消されることを目指したものと思われる。

だが、家持歌のほととぎすは、そうしたメッセンジャーとしての働きを担うものではない。当歌群の詠み手がほととぎすに求めるのは、「安眠寝しめず君を悩ませ」「我が背子を安眠な寝しめ」、つまり、相手を悩ませ、眠らせないことなのである。(10)

「安眠な寝しめ」ということばも恋歌に多い表現だが、当歌においては使われ方が少し変わっている。次のような歌と比べてみるとその特異性がはっきりするだろう。

大和恋ひ眠の寝らえぬに心なくこの州崎廻に鶴鳴くべしや（①七一）

瓜食めば　子ども思ほゆ……まなかひに　もとなかかりて　安眠しなさぬ（⑤八〇二）

春なればうべも咲きたる梅の花君を思ふと夜眠も寝なくに（⑤八三一）

ほととぎすいたくな鳴きそひとり居て眠の寝らえぬに聞けば苦しも（⑧一四八四）

心なき秋の月夜の物思ふと眠の寝らえぬに照りつつもとな（⑩二二二六）

我妹子にまたも近江の安の川安眠も寝ずに恋ひ渡るかも（⑫三一五七）

妹を思ひ眠の寝らえぬに暁の朝霧隠り雁がねそ鳴く（⑮三六六五）

「眠の寝らえぬに」「安眠しなさぬ」「夜眠も寝なくに」とあるように、これらの歌では自分の側が安眠できないことを詠んでいる。ここに挙げたもの以外も、全て自分が寝られない状態にあることを詠んだもので、相手が安眠できないことを詠んだもの、ましてや相手を安眠させるな、などという例は一首も見られない。やはり四一七七番歌は、これらの歌とも異なる表現を抱えていると言わざるを得ないのである。

恋歌において安眠できないと詠むことは、相手に対する自分の思いの強さを表すことにつながる。そう表現することで、相手が自分に対して抱く思いより、自分の相手に対する思いの方が強いことを主張するのである。ところが、家持歌ではむしろ詠み手と「君」が、ほととぎすへの思いにとらわれることで、並列になることが求められている。どちらがより、相手への強い「恋」を抱いているかという駆け引きは見られないのである。

このように、当歌は恋歌の表現を用いていながら、相手との逢瀬の実現を導こうとしたり、思いの強さを互いに競ったりすることはない。とすれば、当歌群が男同士の「交友」を描くために男女の恋歌の表現をそのまま「援用」したのではないことも、はっきりしてくるのである。当歌群は「恋」ということばを詠み込みながら、「恋歌」でも「恋歌を装った歌」でもない。そうした異質さを持っているのだ。

ここでもう一度、「ひとりのみ聞けばさぶしも」という表現に立ち戻ってみたい。この部分は、とりあえずは「君」と共にいないことの嘆きと捉えることができる。だが、ここには「ひとりのみ」である状態が寂しいということと、「聞けば」寂しいという二つの要素があり、後者からは、「ほととぎすの声を聞くことが寂しい」という理解も可能なのである。こうした解釈については、次のような例が参考になるだろう。

独り幄の裏に居りて、遥かに霍公鳥の喧くを聞きて作る歌一首　并せて短歌

高御倉　天の日継と　皇祖の　神の命の　聞こし食す　国のまほらに　山をしも　さはに多みと　百鳥の　来居て鳴く声　春されば　聞きのかなしも　いづれをか　別きてしのはむ　卯の花の　咲く月立てば　めづらしく　鳴くほととぎす　あやめぐさ　玉貫くまでに　昼暮らし　夜渡し鳴けど　聞くごとに　心つごきて　うち嘆き　あはれの鳥と　言はぬ時なし（⑱四〇八九）

行くへなくあり渡るともほととぎす鳴きし渡らばかくやしのはむ（⑱四〇九〇）

卯の花の共にし鳴けばほととぎすいやめづらしも名告り鳴くなへ（⑱四〇九一）

これも家持の長歌であるが、春から詠み起こされ夏のほととぎすが登場し、春夏それぞれに「聞きのかなしも」「聞くごとに心つごきて」と心情表現が見られるところなど、今問題としている歌とよく似ている。違いは、そこに「君」が絡むか否かである。この歌では、題詞にこそ「独り幄の裏に居りて、遥かに霍公鳥の喧くを聞きて作る歌」とあるが、歌の中に、この「独り」と対になる誰かの影は見られない。ここに挙げた長歌だけでなく、続く短歌でも状況は同じである。

すなわちこの歌の詠み手は、「いるべき人がいない」という状況のあるなしに拘わらず、「ほととぎす」の声を「聞くごとに心つごきてうち嘆きあはれの鳥と」感じるのである。あるいは、題詞に見られるように特定の人を欠いた「独り」いる状況にあったのかもしれないが、それを歌の中でことさらに述べることはない。

また、ほととぎすの声を聞くことで「恋」を抱かされると詠む家持歌もある。

霍公鳥の喧く声を聞きて作る歌一首

古よしのひにければほととぎす鳴く声聞きて恋しきものを（⑱四一一九）

この歌も、「いるべき人がいない」状況が特に示されていないにもかかわらず、ほととぎすが「恋」の心を抱かせると言う。当歌にはまさに「恋しき」と詠まれており、ほととぎすそのものが「恋」の対象となり得た可能性を示す例と言える。

このように、同じ家持を作者としたこれらの歌でも、ほととぎすは詠み手と相手の間を取り次ぐメッセンジャー的存在ではなくなっている。「ほととぎす」そのものが思慕の対象として自立しているように見えるのである。(11)では、ほととぎすの声を聞くことで抱かれる「恋」とはいったいどのようなものなのか。本来、「恋」は今自分から失われているものに対して抱く心であり、恋歌に詠まれた「恋」の心は、直接逢うことのままならない恋人に対する思いである。

それに対し、四一一九番歌の「ほととぎすの声」は今聞こえている声であり、決して失われているものではない。にもかかわらず、その声に「恋」を抱くという表現が成り立つのは、なぜか。それは今耳にしている「ほととぎすの声」に何かが失われているからであろう。次のような歌も同じことを表現しているのではないか。

五月山卯の花月夜ほととぎす聞けども飽かずまた鳴かぬかも（⑩一九五三）

ほととぎす聞けども飽かず網捕りに捕りてなつけな離れず鳴くがね（⑲四一八二）

「聞けども飽かず」は、第Ⅰ部・第一章で扱った「見れど飽かぬ」が聴覚に置き換えられた表現である。「見れど飽かぬ」が、対象を目の前にしながらその対象の本質となるような「喩としての自然」を見出せないことを表していることはすでに述べた。すると、ほととぎすの声を「聞けども飽かず」というのは、ほととぎすの声を聞きながら、その声が顕わすはずの「喩」が聞きとれないことを意味しているといえる。その声が、たとえば相手から自分へ向けたメッセージとして聞こえるのではなく、喩を伴わずにただ声として存在しているということだ。そのとき、自然物象としてのほととぎすの声は確かに聞こえても、「喩としてのほととぎすの声」は失われているということになる。

今聞いているほととぎすの声を「聞けども飽かず」と詠むのは、そこに「喩としてのほととぎすの声」の喪失を感じているからである。ただし、詠み手が対象の本質を捉えられないということは、対象の持つ本質がそれだけ大きいことを意味するため、「見れど飽かぬ」「聞けど飽かぬ」は本来的には讃辞としての意味合いを強く持つものである。これらの歌は、喩を捉えられない嘆きを詠むために作られたのではなく、あくまでほととぎすの声のすばらしさを詠むことがその第一義的な目的であったと考えるべきだろう。

しかし、ここに挙げた二首では、「また鳴かぬかも」「網捕りに捕りてなつけな離れず鳴くがね」と、ほととぎすの声を聞き尽くすことによってその本質をつかみたいという詠み手の心情部分がせり出してきており、こうした表現が「嘆き」の意味をも歌に呼び込む可能性を持っていたことも、また事実である。

さて、このような考察をふまえた上で、もう一度、四一七七番歌の読みに戻りたい。当歌群では、ひとりでほととぎすの声を聞くことが「さぶし」という状態を導くように詠まれている。しかし、だからといってその状況を打破するために「君」に来訪を願うわけではない。すると、この「さぶし」という状態は、「君」の来訪によって解消されるような性格のものではないと考えることができる。もちろん、長歌が冒頭で示すかつての二人の姿を考え併せれば、「ひとりのみ聞けばさぶしも」に池主がいない寂しさが含まれていることは認めるべきである。しかし、これまでに挙げてきたようなほととぎす詠を考慮すれば、たとえ池主の欠如という問題がなくても「ほととぎす」そのものが「恋」や「飽かぬ」心を抱かせる対象として存在していたことは十分考えられるのである。

ひとりでいることは思いを増長させる要素ではあったかもしれないが、ほととぎすの声を「さぶし」と感じさせる、根本的な原因ではなかったのではないか。当歌群の「さぶし」「恋」は、単に池主といないことによるものではなく、ほととぎすという自然物象そのものに抱かされてしまう心だったとも考えられる。そのような読みが可能であれば、当歌の「さぶし」「恋」といった状況が、池主に逢うことでは解消されないものであり、だからこそ、当歌は池主を自分のもとに呼び寄せる表現を持たなかったと考えることができる。

このように、当歌は「恋」ということばを用いるだけでなく、随所で恋歌の表現を取り入れながら、しかし恋歌とは明らかにずれている。それにもかかわらず、あえて「恋」という表現が用いられたのはなぜなのか。それは、家持にとって、自分がほととぎすの声に対して抱く心が「恋」としか言いようのないものだったからである。当歌での「恋」は、ほととぎすの声を聞きながら、そこに何かの喪失を見た詠み手の姿を示している。そして、その何かとは「喩としてのほととぎすの声」だったと考えられるのだ。

四　「君」との断絶――挽歌的表現の意味

さて、ここまで、当歌群（四一七七〜四一七九）の表現が、一般的な恋歌の表現から外れていることを明らかにしてきた。当歌群は相手と離れていることを「さぶし」と言い、「恋」のことばを詠み込みながらも、相手との逢瀬を実現させる方向には向かわないのである。そして、このような歌のあり方は恋歌よりもむしろ挽歌のそれに近いと言える。

先に挙げた、一人で自然を見ることを詠む歌の中には、当然、挽歌も含まれている。一緒に見るべき人として置かれているのは、もちろん故人である。

去年見てし秋の月夜は照らせども相見し妹はいや年離る（②二一一）
高円の野辺の秋萩いたづらに咲きか散るらむ見る人なしに（②二三一）
風早の美保の浦廻の白つつじ見れどもさぶしなき人思へば（③四三四）

妹と来し敏馬の崎を帰るさにひとりし見れば涙ぐましも　（③四四九）
行くさには二人我が見しこの崎をひとり過ぐれば心悲しも　（③四五〇）
古に妹と我が見しぬばたまの黒牛潟を見ればさぶしも　（⑨一七九八）

ここに挙げた用例でも「さぶし」が二例見られ、家持の「ひとりのみ聞けばさぶしも」が、先に挙げた恋の歌々よりこれら挽歌に近いことは一見して諒解されるのである。

挽歌は死者への思いを詠み、死者を呼び戻そうとするものではあるが、それが絶対に叶わないという逆説も同時に孕む歌である。つまり、挽歌における死者への思いは、対象である死者との断絶が前提となる。当歌群の「ひとりのみ聞けばさぶしも」が、これら挽歌と似ているのは、その対象である「君」と詠み手である「われ」の距離が、挽歌における死者と詠み手のそれに近いものとして置かれているからであろう。

当歌が挽歌と似た表現を持つことに関わって、もう一つ注目すべきことがある。それは、「我が背子と手携はりて」という冒頭の表現である。家持は「携はる」をよく用いており、集中十七例のうち七例が家持歌である。そして、家持に次いで三例見られるのが人麻呂歌（一例は人麻呂歌集歌）である。家持歌が人麻呂歌に強い影響を受けていたことは、「山柿の門」を引き合いに出すまでもなく明らかだが、それは「携はる」についても同様と言えそうだ。

しかし、その人麻呂の三例が、すべて挽歌だということは特筆すべき事実である。ちなみに、「携はる」の用例分布は〔表〕のようになっている。

「携はる」が、人麻呂歌を受けて挽歌の表現として踏襲されていたことは、憶良や家持が同じく挽歌に用いていることからもうかがえる。憶良の「男子名を古日といふに恋ふる歌」「世間の住み難きことを哀しぶる歌」と虫麻呂歌集の「水江の浦島子を詠む」は雑歌だが、古日と浦島子では「命絶えぬれ」「後遂に命死にける」と古

〔表〕

巻数	歌番号	作者	部類・（題詞）
二	一九六	人麻呂	挽歌（明日香皇女の城上の殯宮の時に…作る歌）
	二一三	人麻呂	挽歌（妻が死にし後に、泣血哀慟して作る歌　或本の歌に曰く）
四	七二八	家持	相聞（坂上家の大嬢に贈る歌）
五	八〇四	憶良	雑歌（世間の住み難きことを哀しぶる歌）
	九〇四	憶良	雑歌（男子名を古日といふに恋ふる歌）
八	一六二九	家持	相聞（坂上大嬢に贈る歌）
九	一七四〇	虫麻呂歌集	雑歌（水江の浦島子を詠む）
	一七九六	人麻呂歌集	挽歌（紀伊国にして作る歌）
十	一九八三	不明	相聞　／草に寄する
	二〇二四	人麻呂歌集	雑歌／七夕
十二	二九三四	不明	古今相聞往来／正に心緒を述ぶる歌
十七	三九九三	池主	（敬みて布勢の水海に遊覧する賦に和ふる）
	四〇〇六	家持	（京に入ること漸く近づき、悲情撥ひ難くして懐を述ぶる）
十八	四一二五	家持	（七夕の歌）
十九	四一七七	家持	当該歌
	四二三六	家持	（死にし妻を悲傷する歌）
二十	四四〇八	家持	（防人が悲別の情を陳ぶる歌）

日と浦島子の死が語られ、憶良の歌では人間の老いが描かれている点、准挽歌といえるような性格を持つと考えたい。

挽歌における「携はる」は、死者の生前の姿を詠む部分にあらわれる。たとえば、人麻呂の「明日香皇女挽歌」と「泣血哀慟歌」において「携はる」は、次のように用いられている。

……うつそみと　思ひし時に　春へには　花折りかざし　秋立てば　もみち葉かざし　しきたへの　袖携はり　鏡なす　見れども飽かず　望月の　いやめづらしみ　思ほしし　君と時どき　出でまして　遊びたまひし……（②一九六）

うつそみと　思ひし時に　携はり　我が二人見し　出で立ちの　百足る槻の木　こちごちに　枝させるごと　春の葉の　繁きがごとく　思へりし　妹にはあれど……（②二一三）

このように並べてみると、「携はる」ということばの類似だけではなく、二人がともに出かけて同じ自然物象を見ているという状況も当歌群と似ている。家持が、これらの歌を念頭に当歌群を作ったことは、ほぼ間違いない。

ではなぜ家持は「君」との関係をこのように描いたのか。挽歌の中で死者の生前の姿が詠まれるのは、その死が思いがけない出来事であったことを強調するためである。よってこの部分では、故人が生前、いかに死とは無縁の存在であったかを示すことに重きが置かれることとなる。よってそのような部分に用いられた「携はる」も、生前の死者がその対となる相手（今も生の側にいる者）と強い結びつきを持っていたことを示す表現でなくてはならない。(12)

「携はる」には、かつて「携は」ったことではなく、これから先の未来に相手と「携はる」ことを希求するものも見られる。

人もなき国もあらぬか我妹子と携ひ行きてたぐひて居らむ（④七二八）
人言は夏野の草の繁くとも妹と我とし携はり寝ば（⑩一九八三）
万代に携はり居て相見とも思ひ過ぐべき恋にあらなくに（⑩二〇二四）
あぢさはふ目は飽かざらね携はり言問はなくも苦しかりけり（⑫二九三四）

「携はる」ことが仮定として置かれている点で、挽歌の用例とは異なる。恋歌でこのように用いられたのは、「携はる」ことが男女の逢瀬の中でも至高の状態を表すものであるからに違いない。七二八番歌は、家持が大嬢に贈った歌だが、「人もなき国」があったらそこに「携ひ行」こう、という願望を詠んでいる。

これに対し挽歌では、「携はる」が過去の行為として詠まれ、故人ともう一度「携は」りたいという希求も、もし「携は」れたらという仮定も詠まれることはない。「携はる」は恋歌でも挽歌でも、最も理想的な逢瀬として詠まれていることに変わりはないが、挽歌では相手が死者としてこちら側と断絶してしまったところから過去を振り返って詠まれることに特徴がある。

このように見てくると、四一七七～四一七九番歌の詠み手は「君」と「われ」の間に、挽歌の表現にも通じるような断絶を見ていたと考えることもできる。そしてこのことは、当歌群が相手と自分の逢瀬を可能にしようとする恋歌的機能を持ち合わせないこととともよく対応しているのである。

五　ほととぎすへの恋情

しかし、ここに「ほととぎす」が関わることで、事情は少し変わってくる。当歌群ではほととぎすが相手のもとに渡って鳴き、相手が眠れなくなることを求めている。すでに触れた通り、安眠できないのは強い恋の思いに囚われるからである。では、ここで、相手に恋の思いを抱かせるものとはいったい何か。大伴坂上郎女の次のような歌が参考になる。

ほととぎすいたくな鳴きそひとり居て眠の寝らえぬに聞けば苦しも（⑧一四八四）

「ひとり」「眠の寝らえぬ」「聞けば苦しも」と、当歌群に似た表現が多く見られる。おそらく、家持の頭にはこの歌の表現があったものと思われる。ただ、坂上郎女の歌では、ほととぎすの声を聞く前にすでに「眠も寝らえぬ」状態があり、そこに加えてほととぎすが鳴くことで、さらに「苦しも」という心情を抱かされている。

それに対して家持の当該歌は、ほととぎすが鳴くことによって相手が安眠できない状態になることが求められているのであり、ほととぎすそのものが安眠を妨げる悩みの種となっていると理解できる。ほととぎすそのものに強い恋心を抱いているのである。

つまり、当歌群は「君」と「われ」の関係を、死者と生者のような決定的な断絶を抱えるものとして作りあげた上で、「君」がほととぎすに強い恋心を抱くことを切望するという、複雑な状況を描いているのである。男女の恋歌の表現を援用しているように見えながら、それとは全く別の世界が作り上げられていることがあらためて確認できるだろう。

「君」と「われ」は決定的な断絶を抱えつつ、ほととぎすに恋情を抱くというその一点で共通項を持つのである。同じ自然物象に同じ心を抱かされるという点では、「君」と「われ」はつながることができるのだ。(13)

山峡に咲ける桜をただ一目君に見せてば何をか思はむ（⑰三九六七）

これは池主が家持へ贈った歌である。「君に見せてば何をか思はむ」で強調されるのは、あくまで「君」に見せたいという思いである。「見るひともがも」「見る人なしに」と、相手の不在を嘆く歌とは違い、「君」と共に見ることが望まれているわけではない。まさに、桜を「君」に見せることが望みなのだ。

我が背子と二人見ませばいくばくかこの降る雪の嬉しからまし（⑧一六五八）

すでに一度挙げた歌だが、一人で見てもすばらしい雪を二人で見たらどんなに嬉しいだろうと詠むこの歌が示す状況は、今取り上げた家持歌とさほど変わらないかもしれない。ただ、それを、「二人見ませば」というか「ただ一目君に見せてば」というかでは、歌の機能は大きく変わってくるはずだ。前者は相手を自分の側に引き寄せて、二人の逢瀬を実現させようとしているが、後者では、二人が会うことは二の次で、とにかく相手に桜を見せたいという思いが強調されるのである。

このような関係は次ページの〔図1〕〔図2〕のようになる。たとえば、鳥にメッセンジャーとしての意味を見出せる場合、AとBという人間は鳥という自然物象を媒介として一つの輪でつながっていた(〔図1〕)。しかし、家持当該歌にあらわれる詠み手と「君」は、ほととぎすに対して抱く恋情が等しいこと(a＝b)での、並列的なつながりしかもたない(〔図2〕)。だからこそ、このabに当たる部分、すなわち、詠み手と「君」が抱くほととぎすへの恋情をいかに等質なものとして作りあげるかが重要となるのである。

六　「思ふどち」とほととぎす

こうした並列の関係が投影されたのが、家持圏の歌に多く見られる「思ふどち」である。「思ふどち」の初出は、巻五の梅花の宴における筑後守葛井大夫の歌である。

梅の花今盛りなり思ふどちかざしにしてな今盛りなり（⑤八二〇）

これが中国文学の影響色濃い筑紫歌壇の作であることは、このことばが「交友」の翻訳語であるという説[14]を強く裏付ける。しかし、筑紫歌壇ではこれ以外に使用例が見られず、巻十に作者不明の野遊の歌が二首あるほかは、坂上郎女の歌が一首、天平勝宝五年の石上家嗣宅での宴における道祖王の歌が一首、池主歌が一首で、残り四首が家持歌となっており、このことばが家持圏において何らかの価値を持っていたことがうかがえる。

〔図1〕

〔図2〕

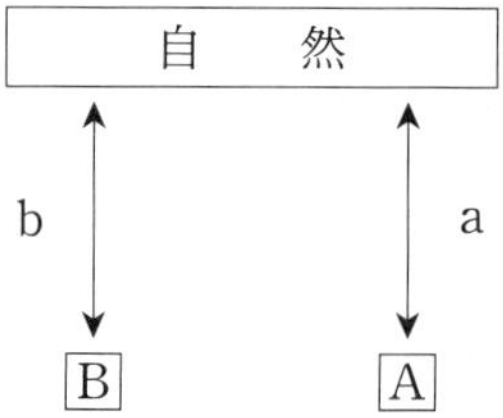

まず、家持と池主以外の歌における「思ふどち」について見ていくと次のような歌が挙げられる。

酒坏に梅の花浮かべ思ふどち飲みての後は散りぬともよし（⑧一六五六　坂上郎女）

春日野の浅茅が上に思ふどち遊ぶ今日の日忘らえめやも（⑩一八八〇　野遊）

春の野に心延べむと思ふどち来し今日の日は暮れずもあらぬか（⑩一八八二　野遊）

新しき年の初めに思ふどちい群れて居れば嬉しくもあるか（⑲四二八四　道祖王）

一首目の郎女歌は、集宴の禁令が出されたときに詠まれた歌である。左注によれば、「親々一二飲楽聴許者」、つまりごく親しい間柄の者が少数で飲楽することは許されていたとあるため、ここでの「思ふどち」も詠み手と濃い関係を持つ、ある程度狭い集団を指したものと思われる。[15]四首目の道祖王の歌も宴における作歌となっているが、ここでは何かを共に享受するのではなく、「思ふどち」が集団でそこに存在することそのもののすばらしさを詠んでいる。しかし、この歌の前には次のような歌が並ぶ。

言繁み相問はなくに梅の花雪にしをれてうつろはむかも（⑲四二八二）

梅の花咲けるが中に含めるは恋ひや隠れる雪を待つとか（⑲四二八三）

梅を思いやる心が詠まれており、四二八四番歌も、これを受け、こうした心を持つ集団が「い群れて」いるからこそ「嬉しくもあるか」と詠んだのであろう。

二首目、三首目は巻十の「野遊」に見られる歌である。ここでは、春日野で遊ぶ集団が「思ふどち」と詠まれている。春日野は新しい季節がいち早く訪れる場所であるが、そこで遊ぶみやびな集団が「思ふどち」なのである。

これらの用例から、「思ふどち」は宴や野遊といった「あそび」の中で自然物象と触れ合う集団として描かれていることが分かる。また、坂上郎女歌や道祖王歌からは、それが単なる人の集まりを指すのではなく、詠み手にとって特別な集団を意味したことも確認できるのである。

こうした特徴をふまえた上で、家持と池主に詠まれた「思ふどち」を見ていきたいと思う。

もみち葉の過ぎまく惜しみ思ふどち遊ぶ今夜は明けずもあらぬか（⑧一五九一　家持）

大君の　任のまにまに　しなざかる　越を治めに　出でて来し　ますら我すら　世の中の　常しなければ　うちなびき　床に臥ひ伏し　痛けくの　日に異に増せば　悲しけく　ここに思ひ出　いらけなく　そこに思ひ出　嘆くそら　安けなくに　思ふそら　苦しきものを……思ほしき　言も通はず　たまきはる　命惜しけど　せむすべの　たどきを知らに　隠り居て　思ひ嘆かひ　慰むる　心はなしに　春花の　咲ける盛りに　思ふどち　手折りかざさず　春の野の　繁み飛び潜く　うぐひすの　声だに聞かず……偲はせる　君が心を　愛しみ　この夜すがらに　眠も寝ずに　今日もしめらに　恋ひつつそ居る（⑰三九六九　家持）

もののふの　八十伴の緒の　思ふどち　心遣らむと　白波の　荒磯に寄する　渋谿の　崎たもとほり　松田江の　長浜過ぎて　宇奈比川　清き瀬ごとに　鵜川立ち　か行きかく行き　見つれども　そこも飽かにと……延ふつたの　行きは別れず　あり通ひ　いや年のはに　思ふどち　かくし遊ばむ　今も見るごと（⑰三九九一　家持）

藤波は　咲きて散りにき　卯の花は　今ぞ盛りと　あしひきの　山にも野にも　ほととぎす　鳴きしとよめば　うちなびく　心もしのに　そこをしも　うら恋しみと　思ふどち　馬打ち群れて　携はり　出で立ち見れば……かもかくも　君がまにまと　かくしこそ　見も明らめめ　絶ゆる日あらめや（⑰三九九三　池主）

思ふどち　ますらをのこの　木の暗　繁き思ひを　見明らめ　心遣らむと　布勢の海に　小舟つら並め……しくしくに　恋は増されど　今日のみに　飽き足らめやも　かくしこそ　いや年のはに　春花の　繁き盛りに　秋の葉の　もみたむ時に　あり通ひ　見つつしのはめ　この布勢の海を（⑲四一八七　家持）

辰巳正明氏は、家持と池主の間では、宋の謝霊運が「魏の太子鄴中集の詩に擬す」序（『文選』巻三十　雑擬）の中で言う「天下の良辰と美景、賞心と楽事、四つの者は并せ難し」、つまり、最も良い季節（良辰）に美しい風景（美景）を共に賞美（賞心）して詩を作る（楽事）という理念が「実現すべき重要な主題」として抱えられていたとする。(16) 確かにこれらの用例は、この理念に基づいた表現を持つ歌々であると言える。

一五九一番歌は宴の歌、三九九一・三九九三・四一八七番歌は、すべて布勢水海遊覧関係の歌であり、ここにも共にあそぶ集団としての「思ふどち」が詠まれている。三九六九番歌は家持が病に伏して春の野に出かけられないことを「春花の咲ける盛りに思ふどち手折りかざさず」と表現しており、これも「思ふどち」が本来的には集団で「あそぶ」ものであることを前提としている。

ただし、家持・池主歌の、特に長歌における「思ふどち」の描かれ方には、もう一つ特徴がある。それは「思ふどち」が抱く心情である。

たとえば、三九九一・三九九三・四一八七番歌の冒頭部分を見ると、「思ふどち心遣らむと」「うちなびく心もしのにそこをしもうら恋しみと思ふどち」「思ふどちますらをのこの木の暗繁き思ひを」とあり、「思ふどち」という集団は、あらかじめ何か「心」や「恋」や「思ひ」を抱いた状態で登場するのである。「思ふどち」は、内面の共有を条件とした集団であり、これはまさに、「思ふ」＋「どち」という語構成そのものにも合致している。[17]

これまで、「思ふどち」は「志を同じくする者・気の合うもの同士」として捉えられることが多かった。むろん、広義に解釈すればそうした要素も含まれるだろう。しかし、この語が表す最も重要な点は「同じ内面性を抱えながらあそびの中で自然と接触していく集団」という点にあるのではないか。

当該歌（四一七七～四一七九）の詠み手が「君」に、ほととぎすへの恋情を抱かせようとしているのも、「君」を「思ふどち」と認めているからに他ならない。そして、ここでの「ほととぎす」への恋情とは、厳密には「喩」としてのほととぎすの声」への恋情である。ほととぎすの声そのものを聞いているにもかかわらず「恋」の心を抱くのは、そこに「ほととぎすの声」の本質、つまり「喩としてのほととぎすの声」が聞こえていないためである。

　暁に名告り鳴くなるほととぎすいやめづらしく思ほゆるかも（⑱四〇八四）

　卯の花の共にし咲けばほととぎすいやめづらしも名告り鳴くなへ（⑱四〇九一）

右の歌のように、家持はほととぎすを「名告り鳴く」鳥として詠んでいる。[18]ほととぎすの声が「名告り鳴く」と聞こえるのは、「ほととぎす」という呼び名が聞きなしによって成立していることによるが、ほととぎすの声が名告りにしか聞こえないということは、その声にメッセージ性が感じられず、まさに「ほととぎすの声」そのものとしか認識できないことを表している。家持歌にとって、「ほととぎすの声」が「喩」を持たぬ瞬間があったことは、こうした歌からもうかがうことができるのである。

よって、当該歌が恋歌であるとすれば（あるいは恋歌の機能を持つとすれば）、それは「喩としてのほととぎすの声」に対する恋であり、「君」に対する恋ではないと結論づけることができるのではないか。

七　結

当歌は、男性である「君」との対面を実現するためではなく、「喩としてのほととぎすの声」への思いを詠むために「恋」を用いた歌であった。「君」と「われ」が抱く「喩としてのほととぎすの声」への恋情が、いかに同質的なものであるかを表現することがその目的だったのである。

よって、当歌の「恋」は、たとえ君と逢えたとしても、また、ほととぎすの声をいくら聞いたとしても解消されることはない。布勢水海遊覧関連の長歌でも、「思ふどち」は「しくしくに恋は増されど今日のみに飽き足らめやも」と、最後まで恋情から解放されない集団であった。自然物象を目に見、耳に聞きながら、彼らはそこに恋の思いを抱き続けなければならない。否、抱き続けるからこそ彼らは「思ふどち」なのである。

家持も池主も、漢文の序や漢詩の中で「思いが晴れた」「思いを晴らす」ということはあるが、歌でそれが実現されることはない。歌で焦点化されるのは、むしろ晴らすことのできない思い、つまり「喩としての自然」に対する恋情にとりつかれた集団なのである。

（1）　このような名称は歌の題詞・左注によるものではなく、近代以降に名付けられたものである。

（2）「万葉集における「ものこほし」「ものおもふ」―黒人と家持―」（『日本抒情詩論』おうふう　一九九七）。
（3）『伊藤釈注』当該歌釈文による。
（4）家持歌に見られる自然への恋情については、すでに森朝男によって指摘がある（「美的自然の形成」『万葉への文学史・万葉からの文学史』笠間書院　二〇〇一他）。氏の論にはその恋情が「喩」の喪失に関わるものであることについての言及も見え、本論文も氏の論考に学ぶ部分が大きい。
（5）高野正美「社交歌としての恋歌」（シリーズ・古代の文学7『古代詩の表現』武蔵野書院　一九八二）、藤井貞和「生活世界歌としての「相聞」」（『省察』五　一九九三・十二）。
（6）辰巳正明「交友の詩学」（『万葉集と比較詩学』おうふう　一九九七）。
（7）巻十八・四〇七三番歌の題詞によって、池主が越中掾から越前掾に転じていたことが分かる。
（8）青木生子『全注』巻第十九。
（9）「交友詩」の概念については、前掲辰巳論文(6)や、池田三枝子①「家持・池主の交友観」（『古代文学』三二　一九九三・三）、池田三枝子②「家持の〈交友歌〉」（『古代文学』三七　一九九七・三）などに詳しい。
（10）菊池威雄「交友と景物讃美―家持と池主の贈答を中心に―」（『美夫君志』六五　二〇〇二・十）にも同趣の指摘が見られる。
（11）ほととぎすは万葉集に最も多く詠まれた鳥だが、中でも家持の使用例は六十首を越え、「詠〜霍公鳥〜」という題詞を持つ歌も多い。井手至氏によれば、花鳥を「詠む」という題詞を持つ長歌を詠んでいるのは、万葉集中家持のみであるという（「花鳥歌の源流」『万葉集研究』第二集　一九七三　塙書房）。これらは、自然物象そのものの美を捉えた中国の詠物詩にならったものであると考えられる。しかし、家持の「詠〜」には、ほととぎすに限らず詠み手の側の心情描写が多く入り込んできており、詠物詩とは一線を画している。
（12）前掲辰巳論文(6)には、「手を携えて遊ぶ」ことが交友を表現する一つの様式であり、家持もそれに学んだという指摘がある。しかし、一方で男女の関係に用いた人麻呂の例もあることを考えると、単に交友の表現として取り入れたということでは説明がつかない部分もある。
（13）前掲池田論文(9)の②は、「交友の文学には《友》と共有すべき《景》が必須の条件となる。」と論じている。本論文は、それに加え、歌の場合はさらに「恋」という問題が絡むことを指摘するものである。
（14）呉哲男「万葉の「交友」―大伴家持と同性愛」（『日本文学』一九九五・一）。
（15）『続日本紀』には、天平九年五月と天平宝字二年二月に禁酒令が見られる。特に、天平宝字二年の禁令には、朋友・寮属らが親睦のために家の中で飲むことについては、願い出れば許すとあり、当歌の左注に近い。当歌群左注の「親々」は、『孟子』『中庸』などにある「親しむに親しむ」の意の漢語であり、近親者がさらに親睦を深めることを表す意と考えられる。

(16)　前掲辰巳論文(6)に同じ。

(17)　新沢典子「越中における「おもふどち」の世界」(『美夫君志』六二　二〇〇一・四)によれば、「〜どち」はもともと「〜と一緒に」という意味のことばであり、「思ふどち」も「何かを〈思ふ〉人と一緒に」という意味で使われたが、徐々に「仲間」といった抽象的な概念を指すものへと変化したという。しかし、本章で分析してきたように、家持の「思ふどち」における「思ふ」は、自然物象に対する心のあり方を表すものであると考えられるため、むしろ「思ふ」という意味こそがこのことばの要であると思われる。

(18)　伊藤博「名告り鳴く」(『万葉集研究』第二十二集　塙書房　一九九八)。

第三章　春愁三首考
――「心」を「悲し」とうたうこと

一　序

二十三日に、興に依りて作る歌二首
春の野に霞たなびきうら悲しこの夕影にうぐひす鳴くも　（⑲四二九〇）
我がやどのいささ群竹吹く風の音のかそけきこの夕かも　（⑲四二九一）
二十五日に作る歌
うらうらに照れる春日にひばり上がり心悲しもひとりし思へば　（⑲四二九二）
春日遅遅に、鶬鶊正に啼く。悽惆の意、歌に非ずしては撥ひ難きのみ。仍りてこの歌を作り、式て締緒を展べたり。ただし、この巻の中に作者の名字を偁はずして、ただ、年月所処縁起のみを録せるは、皆大伴宿禰家持が裁作れる歌詞なり。

「絶唱三首」「春愁三首」などと呼ばれる大伴家持の巻十九巻末三首は、その名の通り「春愁」を題材とした秀歌として享受されてきた。(1) 漠然とした心情を表す「うら悲し」「もの悲し」と、集中他に例の見られない自然描写とが結びつけられるこれらの歌は、分かりにくいがゆえに分かりやすい。「享受者の側の〈思い入れ〉を可能にしてゆくことになり、そこにこの歌が高い評価を受けることの理由の一つがある」(2) と言われるように、心情と物象の関係が様々な読みを許すためである。

たとえば、一首目と同じ「うら悲し」を用いた歌には次のようなものもあるが、比べてみればその違いは歴然としている。

別れなばうら悲しけむ我が衣下にを着ませ直に逢ふまでに（⑮三五八四）

この歌では「うら悲し」い状況をもたらす原因が「別れ」にあることがはっきり示されているため、別れが悲しいのだろうと限定して読むことができる。それに対し、当歌群では「うら悲し」くなる原因・理由が明示されないため、その内実を知る手がかりは「春の野に霞たなびき」「夕影にうぐひす鳴く」といった自然物象だけなのである。

ところが、春の「野」「霞」「うぐひす」という取り合わせが見られる歌を見ても、そこに「うら悲し」さに通じる意味を見出すことは難しい。

霞立つ野の上の方に行きしかばうぐひす鳴きつ春になるらし（⑧一四四三）

白雪の常敷く冬は過ぎにけらしも春霞たなびく野辺のうぐひす鳴くも（⑩一八八八）

一首目の「春になるらし」、二首目の「冬は過ぎにけらしも」に明らかなように、「野」「霞」「うぐひす」が、冬から春の季節の推移を示すことは明らかだが、それ以上の意味を認めることはできない。

家持歌はなぜ、春の到来を迎えて「うら悲し」と詠まねばならなかったのだろうか。

心情部分と自然物象とのこのような関係は、第三首目にも見られる。「うら悲し」同様、漠然とした悲しみを表すと思われる「心悲し」が対応するのは、「うらうらに照れる春日にひばり上がり」という自然物象である。

しかし、「ひばり」は集中に三例しか見られず、しかも、あと二例は時代的に当歌群より後の、家持も参加した宴の席での作となっているため、そこからの影響を考えることも難しい。

三月三日に、防人を検校する勅使と兵部の使人等と同しく集ひて飲宴するに作る歌三首

朝な朝な上がるひばりになりてしか都に行きてはや帰り来む（⑳四四三三）

右の一首、勅使紫微大弼安倍沙美麻呂朝臣

ひばり上がる春へとさやになりぬれば都も見えず霞たなびく（⑳四四三四）

含めりし花の初めに来し我や散りなむ後に都へ行かむ（⑳四四三五）

右の二首、兵部使少輔大伴宿禰家持

「ひばり」が詠み込まれるのは、一首目と二首目である。安倍沙美麻呂の詠む第一首目では、「ひばり」が「都に行きてはや帰り来む」ことができる存在として詠まれており、そのような「ひばり」へのあこがれが都を思う心と響き合っている。つまり、この歌では「ひばり」が詠まれた意図が明らかなのである。

ところが、この安倍沙美麻呂歌を受けて詠まれる家持歌（四四三四）を見ると、我々はまた、「ひばり」の意味を見失ってしまう。ここでは「ひばり上がる春」とあり、「ひばり」が「春」を導き出していることは明らかだが、安倍沙美麻呂の歌のような何かの喩としてのひばりは存在しないように見えるのである。つまり、ここでは「ひばり」は「ひばり」以外の何物でもなく、「ひばり」そのものとして詠まれているように見えるのだ。しかも、安倍沙美麻呂の歌は「ひばり」のように都との間を自由に行き来することを羨むと同時に、そうした「ひばり」を媒介とすることで、都との距離を埋めようとしているのに対し、家持歌では「都も見えず」と、都と自分の断絶が詠まれている。そして、都が見えないことと「ひばり」がどう関係するかも、また不明なのである。

同じ宴で詠まれた安倍沙美麻呂歌と家持歌に見られるこの差違を思えば、安倍沙美麻呂歌の「ひばり」の持つ喩が、場を異にする四二九二番歌の「ひばり」に通じているとは考え難い。このように、巻十九巻末三首の分析は「ひばり」のイメージ一つにしても、どうにも行き詰ってしまうのである。

この問題は第一首目にも共通するものである。「明るいイメージを持つ自然物象」と「負の心情」とが組み合わされているように見えるため、我々はその組み合わせに違和を感じる。そこで、これは近代的感覚で歌を見ているせいではないかと疑い、古代的な意味を抽出すべく用例を調査してみるのだが、やはりそこでも歌の意は決まらないのである。

そしてこのことは心情部分を持たない二首目の歌にも関わってくる。この歌でも「いささ」「かそけき」の意味が分からず、実景を詠んだにせよ、情を表しているにせよ、その表現内容は我々には読めないのである。(3)

そもそも、当歌群の自然物象が何かの喩であるのか否かということからしてはっきりしない。万葉歌のあり方として、自然描写が心情を象るという関係性が認められるが、(4)後期万葉の家持歌周辺になると、ほととぎすや橘といった自然物象そのものを主題化して詠んだとしか見えない歌も多くなる。したがって、当歌群でも自然物象がまさに自然物象そのものとして詠み込まれているという可能性も考えられるのである。

しかし、家持の巻十九巻末三首の場合、その自然物象に「喩」があると考えても、無いと考えても、そこから導き出される結論にはさほど変わりはない。なぜなら、三首の自然物象が「喩」をもっていると考えたとしても、その喩を古代の用例から明らかにすることはできないし、「喩」がなく、自然物象そのものが詠まれていると考えたとしても、そこに近代的個我の境地を体現したかのような家持を見出し、不安を覚えることになるからだ。どちらにしろ、自然物象の分析からこれらの歌を説くことはできないのである。

二　〈気分〉としての恋情

では、我々はこうした歌にどう近づいていけばよいのか。

自然物象の分析が行き詰っているのなら、むしろ、これまで現代の「悲し」や「思ひ」と何ら変わるところのない心情として捉えられてきた「うら悲し」「心悲し」といった心情部分にこそ、まだ考察の余地があるのではないか。

その「悲し」については、佐藤和喜氏に興味深い論考がある。氏は、古代の「悲し」には、悲哀や同情の意ではなく、対象に対する「愛着・愛恋」の意味が見られることを指摘し、当歌群においても対象に心が強く惹かれていく状態として読むことができるとしている。[5] 確かに、同じ家持の歌に、

……父母を　見れば貴く　妻子見れば　かなしくめぐし……（⑱四一〇六）

とある。父母を「貴」いものとした対として、妻子を「かなしくめぐし」としているのだから、ここでの「かなし」は「貴く」と同様に対象を讃め称えることばでなくてはならない。

多田一臣氏は、佐藤氏の論を受け、「対象に心がすっかり領有されてしまい、何か胸のしめつけられるような思いに満たされた状態が「悲し」なのである。心を思いで満たすことのできる対象は素晴らしいものであるに違いないから、その場合には「悲し」は讃美の表現になる。[6]」と、その讃辞としてのあり方を説明する。

また、当歌群における「うら悲し」「心悲し」「ひとりし思へば」といったことばが恋歌の情緒性や表現方法によって育まれたものであるとしたのは森朝男氏である。

> 春愁歌も対象を特定しない恋情を表現したものと見ることができ、恋歌の手法を転換させて、とらえどころなき何物かに魅かれ誘い出されてゆく心のゆらぎ、心的不安定を表現したものとされる。そのような複雑な心性の表現は、表現史的には恋歌が必然に持った、対象の表現よりもこちら側の心的状態の表現への、重点移動の傾向の中で育まれたものである。すなわち対象を表現外へ外すことによって、対象を朧化しつつ、こちら側の心を逆に浮き立たせた、といえばいえるだろう。そしてこれは大伴家持の技法なのである。[7]

氏は、このような恋情を窪田空穂の〈気分〉という評語によって「気分としての〈恋情〉」と呼ぶ。窪田空穂

の〈気分〉とは、たとえば、「うららかな、喜ばしい春の日に、喜びつつある自然に対してゐると、何とも知れない、名付け難い愁ひが湧いて来る、それが説明でなく、切り刻まれず、そつくりとあらはされてゐる。この強ひて取りまとめない所が、作者の心境そのものだと思はれる。気分に象を与へた歌と見るべきである。[8]」という四二九二番歌への解釈などに用いられた評語である。森氏は、この「〈気分〉としての恋情」こそが、古今集的な和歌の世界へ通じる後期万葉歌の姿を示しているという。

空穂が当歌群を「秀歌」として発見したその人であることを考えれば、その空穂の評語によって三首を分析することは、一見、近代的・主観的な詠みへの後戻りであるようにも映る。しかし、森氏の読みは、古代の歌を古代の表現から読むという試みの中にありながら、システマティックな方向に傾倒することなく、歌の情緒性という部分をあえて手放さなかったということにおいて、非常に誠実な読みであったと評価できる。空穂がこの三首に見出したものは、我々がそこに見出してしまうものでもある。それが近代的な読みであることを忘れてはならない一方、そのように読めてしまうことが歌の何に関わっているのかということは大切にしなければならない。そこを棄てず、けれども恣意的な読みにも禁欲的である態度が、森氏の論を支えているのだろう。

氏は、そのような態度に基づき、この三首が「春の日の恋情」を示す表現を持つと認めるところから考察を進める。そして、その「恋」が男女の恋歌的表現の中で育まれたものでありながら、それともまた異なる、新しい心を表現するためのものであったことを明らかにしようとするのである。[9]しかし、氏はそれ以上を語らなかった。それは、そこから先に広がる恣意的な読みの海に漂うことが「家持歌の読み」という行為から自分を遠ざけてしまうことに自覚的だったからではないか。そこで獲得された、「外的なるものを歌いつつ、かつ歌い手の内的なるものを表現し、表現として後者の重みを大きくしていっている[10]」という家持歌の特徴は、家持歌の真実の一端をつかんでいるように思われる。

家持歌には、その後に続く平安和歌の抒情に連なる何かが隠されている、ということについては誰しもが認めるところである。それは歴史の流れから言っても至極当然の展開と言える。しかし、この三首をはじめとする家持歌が、中古の和歌を突き抜け、我々に直接つながるかのような印象を与えることもまた事実である。このことは、後期万葉から古今和歌集、そして現代にまで流れる和歌の歴史が、継承と断絶という要素だけで語れるものではないことを示している。そこにある、和歌史の複雑な様相を、もっと歌の表現に寄り添いながら捉えなければならない。

そしてそのような読みのためには、森氏が、それを用いることで「説明」を越えていこうとした「〈気分〉としての恋情」を家持の抒情の枠組みとしてふまえ、その〈気分〉の内実をもう一度「説明」していくことが必要なのである。

三　春愁と「詩人」

「春愁三首」として括られる歌群そのものに「春愁」ということばが見られないことは、周知の事実である。それでも「春愁三首」と呼ばれるのは、そこに「春愁」としか言いようのない抒情性が見出されてしまうからに他ならない。

万葉集中にも「愁」という字の使用例は認められるが、それは次の四箇所にとどまる。

老疾相催して、朝夕に侵し動ふ。一代の懽楽、未だも席前に尽きねば、千年の愁苦、更に座後に継ぐ。（山上憶良　沈痾自哀文）

思ひを非常に馳せ、情を有理に託す。七歩にして章を成し、数篇紙に満つ。巧く愁人の重患を遣り、能く恋者の積思を除く。（大伴池主　⑰三九七三・前文）

一たび玉藻を看るに、稍く鬱結を写き、二たび秀句を吟ふに、已に愁緒を蠲きつ。（大伴家持　⑰三九七六・前文）

尋ぎて針袋の詠を誦するに、詞泉酌めども渇きず。膝を抱き独り笑み、能く旅の愁へを蠲く。（大伴池主　⑱四一三二・前文）

憶良の沈痾自哀文はまた少し異なるが、池主と家持によって用いられた後の三例は、全て歌（詩）の効用に関わる部分に「愁」の字があらわれている。相手の作った歌や詩を讃めるために、その歌や詩によって「愁が除かれた」ことが示されるのだ。これは、『毛詩』大序に見られる、「天地を動かし、鬼神を感ぜしむるは、詩より近きはなし」といった、詩の効用に基づくものと思われる。これがそのまま古今和歌集の仮名序・真名序に引用され、たとえば仮名序では「力をも入れずして天地を動かし、目に見えぬ鬼神をもあはれと思はせ、男女の中をも和らげ、猛き武士の心をも慰むるは歌なり」と、歌の効用として示されることは言うまでもない。

だが、このような詩や歌の効用についての叙述と、歌の中で詠まれる内容とが一致しているか否かはまた別の問題である。題詞・左注に「愁を除く」とあるからと言って、歌の主題も「愁」を扱っていると言うことはできない。たとえば、今挙げた三九七三番歌の前文で、池主がそれを享受して「愁緒を蠲」いたとする家持の歌は次のようなものである。

大君の　任けのまにまに　しなざかる　越を治めに　出でて来し　ますら我すら　世の中の　常しなければうちなびき　床に臥ひ伏し　痛けくの　日に異に増せば　悲しけく　ここに思ひ出　いらけなく　そこに思ひ出　嘆くそら　安けなくに　思ふそら　苦しきものを　あしひきの　山き隔りて　玉桙の　道の遠けば　間使ひも　遣るよしもなみ　思ほしき　言も通はず　たまきはる　命惜しけど　せむすべの　たどきを知らに　隠り居て　思ひ嘆かひ　慰もる　心はなしに　春花の　咲ける盛りに　思ふどち　手折りかざさず　春

の野の　繁み飛び潜く　うぐひすの　声だに聞かず　娘子らが　春菜摘ますと　紅の　赤裳の裾の　春雨に　にほひひづちて　通ふらむ　時の盛りを　いたづらに　過ぐし遣りつれ　偲はせる　君が心を　愛しみ　この夜すがらに　眠も寝ずに　今日もしめらに　恋つつそ居る（⑰三九六九）

あしひきの山桜花一目だに君とし見てば我恋ひめやも（⑰三九七〇）

山吹の繁み飛び潜くうぐひすの声を聞くらむ君はともしも（⑰三九七一）

出で立たむ力をなみと隠り居て君に恋ふるに心どもなし（⑰三九七二）

「眠も寝ずに今日もしめらに恋つつそ居る」と結ぶ長歌、「君に恋ふるに心どもなし」と詠む最後の反歌には、「愁緒を蠲」くというにはほど遠い、恋の思いにとらわれる詠み手が描かれている。

このようなことから判断しても、題詞や前文、左注にあらわれる「愁」が、歌の主題となり得るようなものとして理解されていたかどうかは疑問である。「愁緒を蠲」くといった言い方が、あくまで、歌を「享受」する際の歌の効用として位置付けられていることに注意すべきである。

巻十九巻末三首の最後の歌についた左注にも「悽惆の意、歌に非ずしては撥ひ難きのみ。仍りてこの歌を作り、式て締緒を展べたり。」と、「愁緒を蠲」くと言うに等しい歌の効用が示されているが、ここでも「歌を作り」とあり、歌そのものが「悽惆の意」「締緒」を詠んだものであるとは書かれない。

さて、この「悽惆の意」「締緒」は、中国詩学に依拠した「鬱屈した心」を表すことばであるが、これらは中国の文学論である『文心雕龍』情采篇にあらわれる「鬱陶」に通じるものであろう。

昔、詩人の什は、情の為にして文を造り、辭人の賦頌は、文の為にして情を造る。何を以て其の然るを明らかにするや。蓋し風雅の興る、志思憤を蓄へ、情性を吟詠して、以て其の上を諷す。此れ情の為にして文を造れるなり。諸子の徒、心鬱陶するに非ず、苟も夸飾を馳せ、聲を鬻ぎ世に釣む。此れ文の為にして情を造れるなり。故に情の為にする者は、要約にして眞を寫し、文の為にする者は、淫麗にして濫に煩ふ。

情采篇は、中国文学における「思想」とそれを表現する「修辞」との関係を述べた章である。『文心雕龍』は、その全編において、『詩経』をなした「詩人」たちを文学者の理想として置いている。その詩人たちは「情」のために修辞を用いたが、「辭人」、つまり、『詩経』より後の時代にあらわれた、辞賦を作る作家たちは、心が「鬱陶」していないにも拘わらず、修辞のために「情（＝鬱陶）」を作為したというのである。『文心雕龍』が書かれたのは南斉の末に近い西暦五〇〇年前後とされるが、この時期はまさに修辞主義の全盛時代であった。劉勰は、「辭人」ばかりが世に溢れ、「詩人」的創作が失われた現代を、このように批判するのである。

今挙げた『文心雕龍』情采篇にも明らかなように、中国詩学には、詩も含めた文学全般が、「志思憤」や「鬱陶」といった作者の内面に抱えられた心によって作られるという理解がある。(11)

家持の巻十九巻末三首に付された左注も、この三首が『文心雕龍』が理想とする『詩経』同様、「情」のために作られた歌であることを示すためのものであり、家持はこれによって「詩人」を装ったと考えることもできるだろう。

四　『文心雕龍』と「春日遅遅」

さて、『詩経』との関連で言えば、左注の「春日遅遅」が『詩経』の表現に基づくものであることはすでに指摘されている。国風の豳風「七月」、小雅の「出車」に見られる語であり、その詩は次のようなものである。

七月流火　　九月授衣
一之日觱發　二之日栗烈
無衣無褐　　何以卒歳

三之日于耜　四之日擧趾
同我婦子　饁彼南畝
田畯至喜
七月流火　九月授衣
春日載陽　有鳴倉庚
女執懿筐　遵彼微行
爰求柔桑
春日遲遲　采蘩祁祁
女心傷悲　殆及公子同歸　（豳風「七月」）

春日遲遲　卉木萋萋
倉庚喈喈　采蘩祁祁
執訊獲醜　薄言還歸
赫赫南仲　玁狁于夷　（小雅「出車」）

これらの詩では家持が左注に用いる「鶬鶊」と同じ意味を表す「倉庚」も見え、その影響関係は明らかである。しかし、たとえば「七月」は春の日に自分の嫁入りが遅れることを悲しむ女の詩であり、なぜそのような詩からの引用が必要だったのかということは判然としない。小島憲之氏が言うように「その毛詩的雰囲気を感じて注した」[12]というぐらいの意味合いでしかないのだろうか。何もここを持ち出さずとも、中国文学には春の悲しみを扱ったものが他にいくらでも求められるのである。[13]

すると、家持が必要としたのはこれらの詩の表現や内容ではなく、まさに小島氏の言うような「毛詩的雰囲気」だった、と考えられるのではないか。つまり、先に挙げた『文心雕龍』情采篇における理想的文学者である「詩人」に自らをなぞらえるため、「春日遅遅」という『詩経』のことばを必要とした、ということである。こう考える根拠は、「春日遅遅」という表現が『文心雕龍』物色篇の「讃」にも次のように引用されているところにある。

讃に曰く、山沓なり水匝り、樹雑り雲合す。目は既に往還すれば、心も亦吐納す。春日は遅遅たり、秋風は颯颯たり。情の往くは、贈に似たり、興の来るは答の如し。

（訳：山かさなりて水めぐり、樹はむらがりて雲は合ふ。眼はすでにとみかうみ、心もやがてときめきぬ。春の日ざしは遅遅と、秋の風音颯颯と。情をやるは贈り物、興の来るはその返し。）

この「春日遅遅」が『詩経』の引用であることは言うまでもない。ここでは、心情と物象の均衡が保たれた、理想的な文学のあり方が述べられている。それは、とりもなおさず『詩経』を作った「詩人」たちの作詩の状況を指すものであろう。

そしてもう一つ注目しておきたいのは、「情の往くは贈に似たり、興の来るは答の如し」という論理である。自然物象の側に自らの「情」を往かせることにより、自然物象からは「興」がもたらされるという。そして、この「興」は、言うまでもなく巻十九巻末三首のうち一首目と二首目の題詞に表れた「依興」の「興」と同じ文字である。

本書でもすでに述べたように、『文心雕龍』比興篇では、表向き物象の叙述だけがなされていても、その物象と心の対応が喩の関係で結ばれている表現を「興」とし、漢代にはすでにその「興」が失われていたと述べられていた。(14)

また、「興」は、『詩経』詩人が備えていたものであり、屈原はその精神を引継いで「比」と「興」を兼ねた「離騒」を作ったが、今（『文心雕龍』が書かれた時代にとっての「今」）ではそのような精神が失われ、「興」が廃れて「比」ばかりが用いられるようになってしまったことを嘆いていたことについてもすでに示した通りである。

屈原については、物色篇においても、その「離騒」が「風物を描写し尽くして、しかも余情が漂うような作品」として評価され、そのような表現のためには「自然の助け」を必要とするのだとの説明があった。物色篇の讃に見られた「情の往くは、贈に似たり、興の来るは答の如し」といった情と自然の関係が、はっきりとあらわれたものである。自然物象の方へ心を往かせることによってそれに対する「興」がもたらされるということは、つまり、自然物象を見た者がその自然に自分の心、つまり意味を見出すということではないか。そして劉勰は、そうした自然と詩人の理想的関係が失われてしまったことを嘆いていたのである。

五　「うら悲し」と「心悲し」

さて、「悽惆の意」「締緒」「春日遅遅」そして「興」といった題詞・左注の言葉を手がかりに、巻十九巻末三首と中国詩学との関係を探ってきたわけだが、中でも『文心雕龍』物色篇とは重要な接点が見られると言えるだろう。

『文心雕龍』の詩論に触れた家持が、そこで理想とされている『詩経』詩人の姿を知り、彼らを装うために、こうした題詞・左注をつけた可能性は十分考えられるのではないか。

『文心雕龍』では、理想とされる『詩経』詩人あるいはそれに準じる屈原の作品に、自然と情の調和があることが繰り返し述べられている。そして、そのような作品は自分の心だけで作られるのではなく、自分の心を自然の方へ一度往かせ、自然の側から「喩（＝興）」を受け取ることで生みだされるというのだ。

家持が『詩経』詩人を装うのは、彼らが中国詩学において至高の存在とされていたからであろうが、しかし、そこにはもっと大切な意味があったように思う。それは、本書の中で一貫して述べてきた、「喩としての自然」の喪失・揺らぎという問題である。端的に言ってしまえば、『文心雕龍』の言う「興」とはまさに家持の直面していた「喩としての自然」だったということだ。家持は、歌における「喩」の問題を、『文心雕龍』に展開される「興」の問題に重ね、「春日遅遅」「興」といった『文心雕龍』のことばを題詞・左注に引用したのではないだろうか。

もし、このように読むならば、巻十九巻末三首にも「喩としての自然」の喪失や揺らぎの問題が関わっていることになる。そしてこうした観点で捉え直すことで、この三首のうち一首目と三首目に詠まれた「心悲し」「うら悲し」といった心情表現が、今までとは全く異なる意味で解釈できるように思われるのだ。

「うら」は心の裡を表すことばであるから、これまで「うら悲し」「心悲し」は、どちらも心が「悲し」という状態を表していると考えられてきた。つまり、ここでの「心」は「悲し」という心情が抱かれる「場所」を表したものであり、「悲し」と「心悲し」「うら悲し」には、大きな意味の違いは見られないということになる。(15)

だが、「心悲し」「うら悲し」の「心」「うら」を、「悲し」という心情の生じる「場所」として解釈することは本当に正しいのだろうか。この「心」を、「悲し」という心情が抱かれる「場所」としてではなく、「悲し」の「対象」として捉えることも可能なのではないか。つまり、これらのことばの「心（＝うら）」は、詠み手にとって対象化されたものであり、その対象化された「心（＝うら）」そのものに対して「悲し」という心情を抱いているということである。

万葉集には、「心」を対象化して「心なく（き）」と詠んだ歌が見られる。

……つばらにも　見つつ行かむを　しばしばも　見放けむ山を　心なく　雲の隠さふべしや（①一七）

大和恋ひ眠の寝らえぬに心なくこの州崎廻に鶴鳴くべしや（①七一）

心なき秋の月夜の物思ふと眠の寝らえぬに照りつつもとな（⑩二二二六）

心なき雨にもあるか人目守る乏しき妹に今日だに逢はむを（⑫三一二二）

……奥十山　美濃の山　なびけと　人は踏めども　かく寄れと　人は突けども　心なき山の　奥十山　美濃の山（⑬三二四二）

心なき鳥にそありけるほととぎす物思ふ時に鳴くべきものか（⑮三七八四）

一つ目に挙げたのは、近江遷都時の作とされる額田王の歌である。三輪山を見続けていたいという詠み手の思いとは裏腹に、雲が三輪山を隠しつつある。その雲を「心なく」と詠んでいる。「雲」という自然物象が、自らの思いには沿わぬ状況をもたらすとき、その「雲」に対して「心なく」と言ったものである。四首目の歌では、逢うことの難しい妹との逢瀬の夜に限って降る雨を「心なき」といっている。七一・三七八四番歌の「物思ふ」ときに鳴く鳥も、おそらく詠み手の思惑とは拮抗するかたちで鳴いているのだろう。

「心なく」は、「つれなくも」[16]など、擬人法のように訳されているが、より正確には自然物象が詠み手の思いとは異なるかたちであらわれることを表したことばと考えられる。

また、「心ありや」を用いた次の例も同じように理解することができる。

……我が恋ふる　千重の一重も　慰もる　心もありやと　我妹子が　止まず出で見し　軽の市に　我が立ち聞けば　玉だすき　畝傍の山に　鳴く鳥の　声も聞こえず　玉桙の道行き人も　ひとりだに　似てし行かねば……（②二〇七）

……我妹子に　恋ひつつ居れば……我が恋ふる　千重の一重も　慰もる　心もありやと　家のあたり　我が立

ち見れば　青旗の　葛城山に　たなびける　白雲隠る……（④五〇九）

たとえば五〇九番歌の「慰もる心もありやと」は、「気が紛れることもあろうかと[17]」などと訳されるが、これも慰められるような「心」が対象の中に見出せないだろうか、という意味だろう。「心」「慰もる」ではなく「慰もる」「心」の語順であることは重要だ。この歌では、家郷の妻への恋を慰める「心」を求めて「家の辺り」を「立ち見」ている。おそらくこの「心」は、本来、「家の辺り」に見出されるはずのものなのであろう。よって、当歌の「心ある」状態とは、詠み手が自然物象に働きかける（ここでは「見る」）ことで、「家の辺り」に「家」や「妹」が、あるいはそれを喩としてもつ何かが見えることを言ったものである。しかし、ここでは詠み手が見たいと思った「家」や「妹」、つまり、「慰もる心」は雲に隠されて見えないのである。

二〇七番歌は人麻呂の泣血哀慟歌だが、この歌でも同じことが言える。詠み手は妹への恋の思いを少しでも慰めてくれるような「心」を得ることを期待し、妹が通っていた市に立つ。しかし、市で「聞」いても、「鳴く鳥の声も聞こえ」ないという。ここでの「心」は、鳥の好ましい鳴き方（妹の声を間接、あるいは直接に伝えるもの）を言うのだろう。

このように、「心なく（き）」「心もありやと」という表現は、詠み手が見たい（聞きたい）と思っているものが見え（聞こえる）ないときに用いられていることが分かる。反対に、それが見える（聞こえる）とき、その対象に、「心」は見出されるのではないか。この場合の「心」とは、自分の内面を表すのではなく、むしろ、自分の内面に気づかせてくれるような対象そのものの状態を指す概念である。そう考えると、巻十九巻末の「心悲し」「うら悲し」といった表現も、「心」が見出せないがために「悲し」という状態になると読むことができるのではないか。

この解釈の妥当性を確かめるために、「うら悲し」「心悲し」が実際にどう詠まれているか、用例を見ていきたい。

朝日照る島の御門におほほしく人音もせねばまうら悲しも（②一八九）

日並皇子の殯宮のときに、舎人等が作った歌の一首である。日並皇子の宮殿である朝日が照らす島の御門（宮）は、皇子が亡くなったために閑散としている。「人音も」しないような島の宮の有り様は、詠み手が島の宮に見ようとする状況とはかけ離れた姿であっただろう。ここでも、聞こえて欲しい「人音」が聞こえないことが「心」の喪失として認識され、それを切に求める思いが「悲し」と表されたと考えられる。「人音」は皇子がまだ存命であったころの宮殿のにぎわいを指すのである。

行くさには二人我が見しこの崎をひとり過ぐれば心悲しも（③四五〇）

波の上に浮き寝せし夕あど思へか心悲しく夢に見えつる（⑮三六三九）

これらは、「心悲し」の用例である。一首目は、行くときに二人で見た崎を今ひとりで見ることを「心悲し」と言う。今目にしている「崎」に、かつて妹と共に見た「崎」の姿を見ようとしているのである。この一首の直前には、次のような歌が並ぶ。

妹と来し敏馬の崎を帰るさにひとりし見れば涙ぐましも（③四四九）

四五〇番歌の「崎」はこの歌の「敏馬の崎」と同じ場所を指すのだろう。そして、この「敏馬」には「見ぬ妻」が響いていると言われる。(18) 行きに妹と見たときには見えなかった「見ぬ妻《め》」という意味を、今一人で見る「崎」に見出してしまったのだ。妻の不在を突きつける「崎」の姿は、当歌の詠み手にとって好ましいものではなかったはずだ。

三六三九番歌では、旅寝をしているとどう思ってか「心悲しく」夢に見えたとある。夢に見えたのは、家で旅先の自分を案じる妹の姿であろう。「あど」は「いかに」といった意味に当たるため、「あど思へか」は挽歌の常套句である「いかさまに思ほしめせか」と同様、予想外の事態への驚きを相手の心情の図り難さで表した表現である。ここでは、夢の中に現れた妹の姿が、あまりに予想外の様子だったのだ。その内容ははっきり詠まれないが、たとえば、旅先の自分を思って身も世もなく嘆き打ちひしがれる姿などを想像することができよう。しかし、家に残る妹が旅先の自分を思うことは、むしろ詠み手にとって好ましい状況を示す。では、なぜそれが「悲し」となるのか。おそらくその姿が「夢」の中のものだからである。それほどに自分を思っている妹に直接逢うことがままならず、「夢」でしか見ることができないのである。

このように、「うら悲し」「心悲し」は、本来すばらしく見える対象が、条件によってその本来の姿を顕わさないことで生じる状態とも言える。

よって、「うら」「心」とは、初めから詠み手の内面にかかえられているようなものではない。こちら側から対象に働きかける（＝見る・聞くなどの対象に関わろうとする行動をおこす）ことで顕れてくる、対象の姿なのである。そして、「心」が見え（聞こえ）ないとき、その心を強く求める状態が「心悲し」「うら悲し」だったのではないか。[19]

「うら悲し」「心悲し」をこのように捉えなおすことができれば、家持の巻十九巻末三首の読みも大きく変わってくる。なぜなら、たとえば一首目と三首目の歌は、「春の野に霞たなびき」「うらうらに照れる春日にひばり上がり」という自然物象を見ても、その中に自らの求めるようなものが見出せないことを「うら悲し」「心悲し」と言ったものと考えられるからだ。しかし、この二首は、詠み手が何を見た（聞きた）かったのかが全く分からないという点で、これまでの例とは一線を画す。

たとえば、先に挙げた「うら悲し」や「心悲し」の例で言えば、人々で賑わう島の宮の姿や、夢ではなく現実の世界で自分の目の前に現れる妹など、詠み手が見たい内容は歌からある程度理解することができた。それは、好ましくない状況を明らかにする「人音もせず」「夢」といった内容が詠み込まれることで、その対極にある理想的なものを想像することが可能となるためである。単に「島の宮」「妹」といった対象を詠むのではなく、それを意味付けて示すことで、詠み手の求めるものも自ずと歌に表れる仕組みになっていたのである。

しかし巻十九巻末の二首では、たとえば「春の野に霞たなびき」「うらうらに照れる春日にひばり上がり」という自然物象だけが投げ出されているため、詠み手が春の野に何を見出すべきだったのか、全く分からないのだ。もしかすると、それは詠み手自身にも分からなかったのかもしれない。そもそも、これまでの例も、詠み手の中で見たい（聞きたい）ものが明確にあったわけではなく、むしろ対象を見ることで自分の心の方向性を知り、そこではじめて見え（聞こえ）たものがそれとずれていると認識できたのである。しかし、巻十九巻末の二首では対象から見えたものの意味さえ説明されず、詠み手が今その対象に何を見ているのかも明らかにはされないのである。

第一首目の歌では、「うら悲し」の後、「この夕影にうぐひす鳴くも」と、また別の自然物象が詠み込まれている。この形は次のような家持長歌の展開に似た構造を持つものと思われる。

もののふの　八十伴の緒の　思ふどち　心遣らむと　馬並めて　うちくちぶりの　白波の　荒磯に寄する　渋谿の　崎たもとほり　松田江の　長浜過ぎて　宇奈比川　清き瀬ごとに　鵜川立ち　か行きかく行き　見つれども　そこも飽かにと　布勢の海に　舟浮け据ゑて　沖辺漕ぎ　辺に漕ぎ見れば　渚には　あぢ群騒き　島廻には　木末花咲き　ここばくも　見のさやけきか　玉櫛笥　二上山に　延ふつたの　行きは別れず　あり通ひ　いや年のはに　思ふどち　かくし遊ばむ　今も見るごと（⑰三九九一）

布勢の海の沖つ白波あり通ひいや年のはに見つつしのはむ（⑰三九九二）

本書でも何度か取り上げた、「布勢水海に遊覧する賦」である。この賦では、「見つれどもそこも飽かにと」を境に、前半には布勢水海に至るまでの土地の様子、後半には布勢水海の様子がそれぞれ詠まれている。第II部・第一章で明らかにしたように、「思ふどち」が、「心を遣る」ための自然物象を求めて遊覧するものの、見る対象に「喩としての自然」を見出すことができず、「喩」を求めてさらに遊覧を続ける姿が描かれている。

当歌でも「春の野に霞たなびき」と「この夕影にうぐひす鳴くも」といった二つの自然物象の間に、「うら悲し」が差し挟まれている。ここにも、「春の野に霞たなびき」という自然に「喩＝心」が見出せず、それを求めてさらに別の自然物象を見る、というあり方を認めることができるのではないか[20]。

六　「思ふどち」と歌の喩

最後に、三首目の「ひとりし思へば」について触れておきたい。便宜上、もう一度三首目の歌を載せる。

　うらうらに照れる春日にひばり上がり心悲しもひとりし思へば（⑲四二九二）

万葉集の「ひとり」は、男女の対である「ふたり」に対する「ひとり」の意で用いられる場合がほとんどであり、その対応は次のような歌に明らかである。

　明日よりは我が玉床の打ち払ひ君と寝ねずてひとりかも寝む（⑩二〇五〇）

「寝る」というのは、本来ふたりで寝ることを表すため、それを前提として「ひとりかも寝む」と詠まれるのである。ここでの「ひとり」は「君」の不在を表している。

しかし、当歌には、特に明確に恋の状況を表すことばが見られず、ここでの「ひとり」は、群衆の中のひとり、つまり「孤独」としても捉えられる可能性を持っている。このことも近代において当歌が高く評価された理由の一つである。歌の流れから見ると「心悲し」の原因が「ひとりし思」う状況であるように読める。では、「ひとり」でなければ「心」は得られ、「心悲し」という状態から解放されるのだろうか。これについては、次のような歌が参考になる。

ひとり居て物思ふ夕にほととぎすこゆ鳴き渡る心しあるらし（⑧一四七六）

「思ひ」と「ひとり」が同時に用いられた歌は、集中でこの歌と先の家持歌のみである。作者である小治田広耳は伝未詳であるが、家持と同時代の人物と考えられている。当歌では「ひとり」「物思ふ」状態でほととぎすの声を聞いており、ひとりで自然物象を享受するという状況は四二九二番歌と変わらない。しかし、この歌では、ほととぎすの声を聞いて「心しあるらし」、つまり詠み手が聞きたいと思っていた通りにほととぎすが鳴いたというのである。おそらく、ほととぎすの声が恋人のメッセージとして受け取られたということだろう。そこには「心」が見出されており、家持の「心悲し」とは相反する結果が表れている。よって、この歌の「ひとり」は先の「ひとり寝」と同様、恋人といない意味での「ひとり」として捉えられるのであり、そこから、「ひとり居て物思ふ」内容は、離れている恋人のことであると言える。

では、家持歌の「ひとり」は何と向き合い、何を「思ふ」のか。

ここで思い起こされるのは、家持が頻繁に用いた「思ふどち」という語彙である。第Ⅲ部・第二章で述べたように、「思ふどち」は、「思ふどち心遣らむと」「うちなびく心もしのにそこをしもうら恋しみ思ふどち」「思ふどちますらをのこの木の暗繁き思ひを」と、あらかじめ何か「心」や「恋」や「思ひ」を抱いた状態で登場する集団である。「志を同じくする者・気の合うもの同士」というだけではなく、同じ内面性を抱えながら自然と接触していく集団である。そして「同じ内面性」とは、うつろう自然に「喩としての自然」を見出せないことから生じる、自然への漠とした「恋」であった。同じく第Ⅲ部・第二章で扱った、家持が池主に贈ったほととぎす詠でも、詠み手と「君」はほととぎすに恋情を抱かされるという点で並列のつながりを作りあげていた。

このように、家持圏、特に家持と池主のやり取りの中では、自然物象に対する恋情を共有する集団として「思ふどち」があらわれ、自然に対する彼らの恋情は歌の中で解消されることはない。家持・池主歌の「思ふどち」は、その長歌の冒頭に抱かされた恋情を「しくしくに恋は増されど今日のみに飽き足らめやも」と、持ち越してしまうのである。

家持がことさらに「ひとりし思へば」と言わなければならなかったのは、このような、文字通り「思ふ」「集団」としての「思ふどち」が対極に意識されていたからではないか。巻十一には女性が詠んだと思われる次のような歌がある。

ますらをは友の騒きに慰もる心もあるらむ我そ苦しき（⑪二五七一）

ますらをであれば友人どうし騒ぐ中で「慰もる心」を見出すこともできようが、女である自分はそうできず苦しい、という。この「ますらをの友」には、家持や地主の「思ふどち」と似た姿を認めることができる。だが、先ほど挙げた布勢水海遊覧の賦でも述べたように、たとえ「思ふどち」と共に遊覧しても「見つれどもそこも飽かにと」と「心」が見出されない場合もある。それこそが家持歌の特徴であった。

家持や池主は、「思ふどち」「ますらをのこ」「八十伴の壮」といったことばを歌に詠み込み、ある特定の集団を作り上げるが、特に「思ふどち」の使用例を見ると、それがかなり狭い範囲の集団を表すものとして機能していたことが分かる。(21) 宴に集まり、水海を遊覧する集団が、いつでも「思ふどち」であったわけではない。では、彼らがこのように限定された、狭い範囲の集団を必要としたのはなぜか。

おそらくここにも「喩としての自然」の喪失、あるいは揺らぎという問題が関わるものと思われる。歌の「喩」は、ある集団の中で共通性を持つときにはじめて意味をなす。むしろ、ある集団においては共通した認識が与えられることを保証されるからこそ、「喩」は「喩」として機能するのである。花なら花を繁栄の象徴として見出し、それを歌に詠み込むには、その花の喩がある程度の層に共感と共に迎え入れられる必要がある。よって、自然物象の持つ喩が明らかである場合には、人によってそのとらえ方が異なるという事態は起きようもなく、喩そのものも、それが表れた歌も、比較的広い層に共有され得ることになる。

しかし、本書で繰り返し述べてきたように、特に後期万葉ではその喩が揺らぎ、同じ「花」に全ての享受者が同じ喩を読み取るということは望めなくなっていた。このような動きは、花なら花の表現の可能性を広げる一方で、ある一つの喩を共有できる集団の範囲を狭めていく。第四期の「思ふどち」が、限定された集団として設定されるように見えるのもそのためである。

四二九二番歌の「ひとり」は、こうした「喩」を共有する集団としての「思ふどち」を離れ、「ひとり」で自然物象と向き合うことを詠んだものである。先ほど述べたように、喩は、ある集団の要員一人一人に共通の認識を与えることではじめて意味を為すものである。従って、「思ふどち」を離れた「ひとり」という状態では、喩そのものの意識も稀薄化する。喩はより不安定なものになるのである。よって、「思ふどち」という「喩」を共有する集団から離れて「ひとり」でいる状態が、一層「心悲し」という状況をもたらすのだろう。

七　結

このように、家持の四二九〇・四二九二番歌における「うら悲し」「心悲し」は、失われた「喩としての自然(＝心)」を強く求める状態を詠んだものと理解することができる。自然に見出せるはずの心(＝喩)を見失っている状態を、そのまま詠んでいるのである。

そして、題詞・左注は『文心雕龍』の「興」に導かれ、かつて「興」的発想により詩作を行っていた理想的文学者である『詩経』詩人に関する語を散りばめる。家持にとっての「興」的発想とは、まさに「喩としての自然」を歌に呼び込むことであり、『詩経』詩人を装うことが歌における「喩」の喪失を補うことにつながると考えたのだろう。いずれにしても、「喩としての自然」に向き合う中でこのようなかたちを与えられたということでは、題詞も左注も歌も共通しているのである。

「春愁三首」と呼ばれる歌が実際に描いていたものは、「喩としての自然」を求めて試行錯誤する詠み手の姿そのものである。そして、そこで抱かれるものは、むろん「春愁」ではない。それをあえて表すならば、つかみきれぬ春景と、本来それが示してくれるはずの「心」への「恋」であったと言うべきであろう。

（1）　橋本達雄（「空穂顕彰―家持秀歌の発見について―」『まひる野』四二五　一九八二・九）によれば、この三首に初めて高い評価を与えたのは窪田空穂であるという。氏は、この三首を「家持の絶唱として翫賞するようになったのは、万葉研究史上それほど古く遡ることではないようだ」という稲岡耕二の発言（「天平勝宝五年春二月の歌」『万葉集を学ぶ』第八集　一九七八）を受け、窪田空穂がその第一発見者であることを指摘する。

（2）　三浦佑之「表現を探る」（セミナー古代文学85『家持の歌を〈読む〉』古代文学会　一九八六）。

（3）　春愁三首を含めた家持の歌をあくまでも古代の表現の側から読むことにこだわった試みとして、一九八五・六年に行われた古代文学会主催の夏季セミナーがある。その成果は、セミナー古代文学85『家持の歌を〈読む〉』（古代文学会　一九八六）と、セミナー古代文学86『家持の歌を〈読む〉II』（古代文学会　一九八七）にまとめられている。

（4）　野田浩子「〈景〉あるいは〈物〉と〈こころ〉」（『古代文学』二九　一九九〇・三）、近藤信義「古代和歌における〈景〉と〈心〉の行方―憑依される心と、憑依されない心―」（『日本文学』一九九七・三）、呉哲男「家持と四季」（古代文学講座2『自然と技術』勉成社　一九九三）などに詳しい。

（5）　「讃歌としての『春愁三首』」（『文学』一九八八・二）。

（6）　『大伴家持―古代和歌表現の基層』第十一章「春愁三首」（至文堂　一九九四）。

（7）　「天平二十年正月連作四首」（セミナー古代文学86『家持の歌を〈読む〉II』古代文学会　一九八七）。

（8）『萬葉集選』下（窪田空穂全集第二五巻『古典評釋』角川書店）。
（9）森朝男「和歌的情調への〈読み〉へ」（セミナー古代文学85『家持の歌を〈読む〉』（古代文学会　一九八六）。
（10）前掲森論文(7)に同じ。
（11）このような特徴について本書第II部・第二章で詳しく触れている。
（12）『上代日本文学と中国文学』中（塙書房　一九六四）。
（13）辰巳正明「悲歌―家持の春の心」（『万葉集と比較詩学』おうふう　一九九七）は、山口博「春情詩の流」（『王朝歌壇の研究　文武・聖武・光仁朝篇』桜楓社　一九九三）が指摘する家持歌と中国文学の春情詩との関係をふまえ、当時の家持が触れ得たと思われる「春の悲しみ」を主題とする中国文学を挙げ、影響関係を論じている。
（14）本書第II部・第二章。
（15）野田浩子「非類の〈景〉―四二九二番歌〈読み〉の試み〉（セミナー古代文学86『家持の歌を〈読む〉II』古代文学会　一九八七）は、この「うら」は「天上から異世界の力を発顕させて降り来る陽光」をさし、当歌ではそれを「うらうら」と重ねることで、その威力が地上を覆って充満していることを示したとする。
（16）『新全集』一七番歌訳。
（17）『新全集』の現代語訳による。『伊藤釋注』にも、「気が晴れる、おのづから心が和む」とある。
（18）井手至「柿本人麻呂の羈旅歌八首をめぐって」（『万葉集研究』第一集　塙書房　一九七二）。
（19）三六三九番歌の「心悲し」の主体は詠み手である。諸注釈、妹が夢に見えることで、詠み手が「悲し」という心情を抱くとするが、もしそのような影響関係であれば「夢にみえつつ心悲しも」などの語順になるかと思われる。この矛盾について『澤瀉注釋』に「夢に見えたので心がなしさが感ぜられるのであるが、それを逆に、心かなしさの感ぜられるように夢に見えたと云ったのである」という説明が見られる。しかし、もとの語順のまま理解し、「悲し」は詠み手の心情のみを表すのではなく、詠み手に見えた「妹の状態」と心との関係を表すものと考えたい。
（20）この歌の句切れをどう捉えるかという点については諸説ある。かつては「うら悲し」を終止形と考え、三句切れとし、そこで小休止を置くとするもの（『全釈』『古典大系』など）が主流であった。しかし、最近では「うら悲し」が「この夕」にかかる連体句である可能性、またこの歌が作り出す特徴的な情調のあり方を考慮し、上二句、下二句のいずれにも関わる心情部分と捉えられることが多い（『集成』『伊藤釋注』など）。
（21）池田三枝子「神のことば・人のことば―歌語・地名など―」（『古代文学』四二　二〇〇三・三）。

初出一覧

※本書は二〇〇四年三月、『大伴家持研究―自然詠における抒情性を中心に―』としてフェリス女学院大学に提出した学位請求論文をもとにしているが、現在に至るまでに雑誌等に発表する機会を得た内容も含まれている。次にその初出を挙げる。ただし、本書を編むに当たり、大幅な加筆修正を加えたことをお断りしておく。左記論文以外は書き下し。

第Ⅰ部　第一章　「見れど飽かぬ」と詠む主体―宮廷歌人と自然詠―
「見れど飽かぬ」と詠む主体―万葉歌における〈詠み手〉の成立について―（『古代文学』40号　古代文学会　二〇〇一・三）

第Ⅰ部　第四章　黒人〈叙景歌〉の内実
〈叙景歌〉の内実―黒人歌再考―（『日文大学院紀要』第7号　フェリス女学院大学　二〇〇〇・三）。

第Ⅱ部　第一章　「見明らめ」られる自然
家持の自然詠と〈恋〉―遊覧布勢水海歌を中心に―（『古代中世文学論考』第九集　古代中世文学論考刊行会編　新典社　二〇〇三・四）

第Ⅲ部　第一章　巻六「授刀寮散禁歌群」―春日讃歌としての読み―
巻六「授刀寮散禁歌群」考―聖武朝春日讃歌としての読み―（『古代文学』44号　古代文学会　二〇〇五・三）

あとがき

大伴家持の自然詠にはそれ以前の歌とは一線を画するものがある。その新味は、素材の新しさ、描写の細やかさ、漢籍の影響など多岐にわたるが、なかでも注目すべきはその心情描写であろう。

自然を詠み込む歌に「詠―」の題詞を用いた家持が、中国の詠物詩を意識していたことは明らかだ。しかし、それにも関わらず、家持自然詠が描くのは自然物象そのものではなく「詠み手」の心である。自然物象と向き合う中に生じる「恋・思ひ・悲し」といった心を歌の中に重ねていくのだ。

これらの歌を私的な述懐を主眼としたものと捉えることに、私は以前から抵抗を感じていた。家持が対象である自然物象への耽溺を詠むのは、それが翻って自然物象を価値化する技となったからに違いないという思いがあったためである。つまり、家持自然詠も基本的には人麻呂や赤人の讃歌と同じように、土地や物象の讃美を目的とした歌だということだ。すると、あの特殊な抒情性も、自然讃美ということに関わって生まれてきたことになる。

このような興味に導かれ、家持自然詠独特の表現の本質、ならびにその発生の要因を問い、万葉集から古今集に向かう和歌史の中に位置付けること―あくまで古代の表現としての意義を問うこと―を目的としたのが本書である。

よって、第Ⅰ部「万葉集儀礼歌と自然―家持自然詠を導くもの―」では、柿本人麻呂や高市黒人、山部赤人といった、いわゆる宮廷歌人たちの自然描写と家持自然詠の関係について考察した。彼らの宮廷儀礼歌には、対象を見ても十全にその本質を捉えることができないことを示す「見れど飽かぬ」という表現が見られる。この表現には、見る行為が完全でないからこそ心惹かれるという讃めの構造が見られ、対象を讃美しながら、その讃美が同時に「飽かぬ」という嘆きの心情を併せ持つという点に、家持自然詠の抒情性につながるものを認めることができた。

続く第II部「後期万葉と自然」では、「見れど飽かぬ」のような讃美表現が家持歌に与えた影響と、そこに複雑に絡み合う自然物象をめぐる時間意識の変化について論じ、家持自然詠の特殊な抒情性が歌の「喩」の問題を抱えて現れる仕組みを明らかにした。

また、第III部「大伴家持と自然―自然詠と集団性―」では、中国詩学の影響や「集団」への志向について考察し、それらが家持自然詠にどのように関わるかを論じた。

以上、本書では、家持自然詠の持つ特殊な抒情性が、宮廷儀礼歌を含む歌表現の歴史や、平安和歌へも受け継がれてゆく新しい時間意識の中であらわれる「喩」の問題に関わること、そしてその喩の問題が、これも家持歌の特徴である中国詩学との関わりや集団性にも影響を与えていたことを明らかにしてきた。「喩」というものを置いてみることで、これまではそれぞれに分断して語られることの多かった家持歌の特徴、すなわち、儀礼性・抒情性・集団性・中国文学との関わりといった要素を包括的に眺める視点を示せたのではないかと思う。

本書は平成十六年、『大伴家持研究―自然詠における抒情性を中心に―』としてフェリス女学院大学に提出した学位請求論文を骨子としている。今、まとめなおしてみれば、どの章で取り上げた問題も簡単には答えの出せない大きなものばかりであり、また、一元的な文学史を作り出すことに懸命になるあまり、一つ一つの歌の丁寧な読みがないがしろにされている部分も大変多かったことを思い知らされる。それらの読み直しはこれからの大切な課題となるであろう。

そして、もう一つ気がかりなのは、結局私が本書で考えてきたことは、発生論や様式論、表現論の先ではなく、その上にあぐらをかいた大伴家持作家論に過ぎなかったのではないかということである。

私が本格的に万葉集研究を始めたのは、今から十二年前になる。初めて参加した学会である古代文学会では、当時夏季セミナーを中心として「現場論」と呼ばれる方法論が展開されていた。一回一回の表現に生成する「場」から古代を見るという、それは大変魅力的なものであった。当時、東京学藝大学の学生であった私は、先輩方に話をうかがい、夏季セミナーに参加するようになった。それ以来、「現場論」を引き継いだ何年かのセミナーにおいて、セミナー運営委員を務めたこともある。

ただ、その当初からずっと変わらず私が抱えているのは、この「現場論」という方法が万葉集の読みとして本当に成立するのだろうかという思いである。私がセミナー委員を担当したのは、初めて「現場論」の呼びかけ文を読んだときの興奮が忘れられなかったからだが、私は、私なりに解釈した「現場論」という方法で歌を見ることが、ついに出来なかったように思う。

だが、それだからこそそこで考えたことが少しでも本書に入り込んでいてくれることを、心から望んでもいるのである。「現場論」のあの魅力的な視点を意識のどこかに抱えつつ、もう一度、発生論や様式論、表現論に立ち戻り、そこでやはり歌の「詠み手」の問題を考えたかったのである。

こうした物言いは不勉強な私の独りよがりであろう。だが、失礼と無知の恥を晒すことを承知の上で、やはり私の思うところを記しておきたいと思った次第である。

本書を上梓するにあたり、論文審査にあたられた辰巳正明先生、宮坂覺先生、三田村雅子先生に深く感謝申し上げる。宮坂先生、三田村先生には、フェリス女学院大学大学院入学以来、様々な面で大変お世話になった。辰巳先生には審査後もたびたび励ましのおことばをいただいた。重ねてお礼申し上げたい。

そして私のどんな拙い論にも親身に耳を傾けてくださり、貴重な時間を割いて懇切丁寧に御指導くださった森朝男先生に、心から御礼を申し上げる。本書は森先生の展開される御論に多大な影響を受けたものである。

私にとって、先生のもとで万葉集が読めるということは、この上ない喜びであった。フェリス女学院大学大学院に入学した当時、毎回のゼミが楽しくてしかたがなかったことを、今でもよく覚えている。だが、大学院を出て三年を経た今、先生に学ぶべきことはまだまだたくさんあったのだと、そう思われてしかたがない。先生は今年度でフェリス女学院大学をご退任になる。フェリスの森ゼミがなくなってしまうのは、とても寂しい。先生のお人柄によるのか、森ゼミでは互いを尊重しつつ相手の研究について真摯に向き合うすばらしいゼミが展開されていた。森ゼミが自分の居るべき場所として存在していたことを、本当に幸せなことだと思う。

本書の刊行は、平成十八年度のフェリス女学院大学博士学位論文刊行費助成金を受け、実現した。ここに至るまで三年間にわたり、いろいろとご配慮くださった、池田つや子社長、橋本孝編集長、竹石ちか氏をはじめとする、笠間書院の皆様にも、この場をお借りして深く御礼申し上げたい。本書をご担当いただいた編集部の田口美佳氏にいたっては、そのお言葉に何度も励まされ、実務面でも大変お世話になった。氏にも心からの感謝を述べたいと思う。

平成十九年二月十四日

●著者紹介

古舘　綾子（ふるだて　あやこ）

1974年　宮城県生まれ

1997年　東京学芸大学教育学部小学校教員養成課程卒業。

1999年　フェリス女学院大学大学院人文科学研究科博士前期課程日本文学専攻修了。

2004年　フェリス女学院大学大学院人文科学研究科博士後期課程日本文学専攻修了。

2004年　博士（文学）号取得。

現在、フェリス女学院大学非常勤講師

［論文］

悲恋歌としての泣血哀慟歌（『日本文学』2003年6月号）、巻六「授刀寮散禁歌群」考―聖武朝春日讃歌としての読み―（『古代文学』44号2005年）、大伴家持自然詠の方法（『和歌の文化学―フェリス女学院大学日本文学国際会議』―2006年）等。

大伴家持《おおとものやかもち》　自然詠《しぜんえい》の生成《せいせい》

2007年3月31日　初版第1刷発行©

著　者　古舘　綾子

発行者　池田つや子

発行所　有限会社　笠間書院

〒101-0064　東京都千代田区猿楽町2-2-3

☎03-3295-1331㈹　FAX03-3294-0996

NDC分類：911.12　振替00110-1-56002

ISBN978-4-305-70344-6　印刷　藤原印刷：製本　渡辺製本

落丁・乱丁本はお取りかえいたします。　（本文用紙：中性紙使用）

出版目録は上記住所までご請求下さい。

http://www.kasamashoin.co.jp

I　要語索引

・本索引には本書の本文ならびに注記において用いた要語を収めた。
・書名・人名も併せて示したが、人名については本書の論旨に大きく関わるものに限った。

さ

た

な

は

ま

や

ら

II　歌謡・和歌索引

・本書の本文中において論究した歌謡と和歌の索引である。
・歌番号に従って並べ、併せて初句を示した。

■万葉集